庫

31-182-2

桜の森の満開の下・白痴

他十二篇

坂口安吾作

岩波書店

目 次

桜の森の満開の下・白痴　他十二篇

風博士

諸君は、東京市某区某町某番地なる風博士の邸宅を御存じであろう乎《か》？　御存じない。それは大変残念である。そして諸君は偉大なる風博士を御存知であろうか？　御存知ない。それは大変残念である。では偉大なる風博士が自殺したことも御存じないであろうか？　ない。嗚乎《ああ》。では諸君は遺書だけが発見されて、偉大なる風博士自体は杳《よう》として紛失したことも御存知ないであろうか？　ない。嗟乎《ああ》。では諸君は僕が其筋《そのすじ》の嫌疑のために並々ならぬ困難を感じていることも御存知ないのであろうか？　於戯《ああ》。では諸君は僕が偉大なる風博士の愛弟子《まなでし》であったことも御存じあるまい。しかし警察は知っていたのである。そして其筋の計算に由《よ》れば、偉大なる風博士は僕と共謀のうえ遺書を捏造《ねつぞう》して自殺を装い、かくてかの憎むべき蛸《たこ》博士の名誉《めいよ》毀損《きそん》をたくらんだに相違あるまいと睨《にら》んだのである。諸君、これは明らかに誤解である。何となれば偉大なる風博士は自殺したからである。果して自殺した乎？　然《しか》り、偉大なる風博士は紛失したのである。諸君は軽率に真理を疑っていいのであろうか？　なぜならそれは、諸君の生涯に様々な不運を齎《もた》らすに相違ないからである。真理は信ぜらるべき性質のものであるから、諸君は偉大なる風博士の死を信じなければならない。そして諸君は、かの憎むべき蛸博士の——あ、諸君はかの憎むべき蛸博士を御存知であろうか？　御存じない。噫吁《ああ》、それは大変残念である。では諸君は、まず悲痛なる風博士の遺書を一読しなければなるまい。

風博士の遺書

諸君、彼は禿頭《はげあたま》である。然り、彼は禿頭である。禿頭以外の何物でも、断じてこれある筈《はず》はない。彼は鬘《かつら》を以《もっ》て之《これ》の隠蔽《いんぺい》をなしおるのである。ああこれ実に何たる滑稽！　然り何たる滑稽である。ああ何たる滑稽である。かりに諸君、一撃を加えて彼の毛髪を強奪せりと想像し給え。突如諸君は気絶せんとするのである。而《しこう》して諸君は気絶以外の何物にも遭遇することは不可能である。即《すなわ》ち諸君は、猥褻《わいせつ》名状すべからざる無毛赤色の突起体に深く心魄《しんぱく》を打たるるであろう。異様なる臭気は諸氏の余生に消えざる歎《なげ》きを与えるに相違ない。忌憚《きたん》なく言えば、彼こそ憎むべき蛸である、人間の仮面を被《かぶ》り、内にあらゆる悪計を蔵《かく》すところの蛸は即ち彼に外《ほか》ならぬのである。

諸君、余《よ》を指して誣告《ぶこく》の誹《そしり》を止《や》め給え。何となれば、真理に誓って彼は禿頭である。尚《なお》疑わんとせば諸君よ、巴里《パリ》府モンマルトル Bis 三番地、Perruquier ショオブ氏に訊《き》き給え。今を距《へだた》ること四十八年前のことなり、二人の日本人留学生によって鬘の購《あがな》われたることを記憶せざるや。一人は禿頭にして肥満すること豚児の如《ごと》く愚昧《ぐまい》の相を漂わし、その友人は黒髪明眸《めいぼう》の美青年なりき、と。黒髪明眸なる友人こそ即ち余である。見給え諸君、ここに至って彼は果然四十八年以前より禿げていたのである。於戯《ああ》実に慨嘆の至《いたり》に堪《た》えんではない乎！　高尚なること槲《かしわ》の木の如き諸君よ、諸君は何故《なにゆえ》彼如き陋劣漢《ろうれつかん》を地上より埋没せしめんと願わざる乎。彼は鬘を以てその禿頭を瞞着《まんちゃく》せんとするのである。

諸君、彼は余の憎むべき論敵である。単なる論敵であるか？　否《いな》否否。千辺否。余の生活の全てに於て彼は又余の憎むべき仇敵《きゅうてき》である。実に憎むべきであるか？　然り実に憎むべきである！　諸君、彼の教養たるや浅薄至極でありますぞ。かりに諸君、聡明《そうめい》なること世界地図の如き諸君よ、諸君は学識深遠なる蛸の存在を認容することが出来るであろうか？　否否否、万辺否。余はここに敢《あえ》て彼の無学を公開せんとするものである。

諸君は南欧の小部落バスクを認識せらるるであろうか？　仏蘭西《フランス》、西班牙《スペイン》両国の国境をなすピレネエ山脈を、やや仏蘭西に降《くだ》る時、諸君は小部落バスクに逢着《ほうちゃく》するのである。この珍奇なる部落は、人種、風俗、言語に於《おい》て西欧の全人種に隔絶し、実に地球の半廻《はんかい》転《てん》を試みてのち、極東じゃぽん国にいたって初めて著しき類似を見出すのである。これ余の研究完成することなくしては、地球の怪談として深く諸氏の心胆を寒からしめたに相違ない。而して諸君安んぜよ、余の研究は完成し、世界平和に偉大なる貢献を与えたのである。見給え、源 義経《みなもとのよしつね》は成吉思可汗《ジンギスカン》となったのである。成吉思可汗は欧洲《おうしゅう》を侵略し、西班牙に至ってその消息を失うたのである。然り、義経及びその一党はピレネエ山中最も気候の温順なる所に老後の隠栖《いんせい》を卜《ぼく》したのである。之《これ》即ちバスク開闢《かいびゃく》の歴史である。しかるに嗚乎、かの無礼なる蛸博士は不遜千万《ふそんせんばん》にも余の偉大なる業績に異論を説《とな》えたのである。彼は曰《いわ》く、蒙古《もうこ》の欧洲侵略は成吉思可汗の後継者太宗の事蹟《じせき》にかかり、成吉思可汗の死後十年の後《のち》に当る、と。実に何たる愚論浅識であろうか。失われたる歴史に於て、単なる十年が何である乎！　実にこれ歴史の幽玄を冒瀆《ぼうとく》するも甚《はなは》しいではないか。

　さて諸君、彼の悪徳を列挙するは余の甚だ不本意とするところである。なんとなれば、その犯行は奇想天外にして識者の常識を肯《がえ》んぜしめず、むしろ余に対して誣告の誹を発せしむる憾《うら》みあるからである。たとえば諸君、頃日《けいじつ》余の戸口にBananaの皮を撒布《さんぷ》し余の殺害を企てたのも彼の方寸に相違ない。愉快にも余は臀部《でんぶ》及び肩胛骨《けんこうこつ》に軽微なる打撲傷を受けしのみにて脳震盪《のうしんとう》の被害を蒙《こうむ》るにはいたらなかったのであるが、余の告訴に対し世人は挙げて余を罵倒《ばとう》したのである。諸君はよく余の悲しみを計りうるであろう乎。賢明にして正大なること太平洋の如き諸君よ、諸君はこの悲痛なる椿事《ちんじ》をも黙殺するであろう乎。即ち彼は余の妻を寝取ったのである！　而して諸君、再び明敏なること触《しょく》鬚《しゅ》の如き諸君よ、余の妻は麗《うる》わしきこと高山植物の如く、実に単なる植物ではなかったのである。ああ三度冷静なること扇風機の如き諸君よ、かの憎むべき蛸博士は何等の愛なくして余の妻を奪ったのである。何となれば諸君、ああ諸君永遠に蛸なる動物に戦慄《せんりつ》せよ、即ち余の妻はバスク生れの女性であった。彼《か》の女は余の研究を助くること、疑いもなく地の塩であったのである。蛸博士はこの点に深く目をつけたのである。ああ、千慮の一失である。然り、千慮の一失である。余は不覚にも、蛸博士の禿頭なる事実を余の妻に教えておかなかったのである。そしてそのために不幸なる彼の女はついに蛸博士に籠絡《ろうらく》せられたのである。

ここに於てか諸君、余は奮然蹶起《ふんぜんけっき》したのである。打倒蛸！　蛸博士を葬れ、然り、懲《ちょう》膺《よう》せよ憎むべき悪徳漢！　然り然り。故《ゆえ》に余は日夜その方策を錬《ね》ったのである。諸君はすでに、正当なる攻撃は一つとして彼の詭計《きけい》に敵し難い故以《ゆえん》を了解せられたに違いない。而して今や、唯一策を地上に見出すのみである。然り、ただ一策である。故に余は深く決意をかため、鳥打帽に面体を隠してのち、夜陰に乗じて彼の邸宅に忍び入ったのである。長夜にわたって余は、錠前に関する凡《およ》そあらゆる研究書を読破しておいたのである。そのために、余は空気の如く彼の寝室に侵入することができたのである。そして諸君、余は何のたわいもなくかの憎むべき鬘を余の掌中に収めたのである。諸君、目前に露出する無毛赤色の怪物を認めた時に、余は実に万感胸にせまり、溢《あふ》れ出る涙を禁じ難かったのである。諸君よ、翌日の夜明けを期して、かの憎むべき蛸はついに蛸自体の正体を遺憾なく曝露《ばくろ》するに至るであろう！　余は躍る胸に鬘をひそめて、再び影の如く忍び出たのである。

しかるに諸君、ああ諸君、おお諸君。余は敗北したのである。悪略神の如しとは之か、ああ蛸は曲者《くせもの》の中の曲者である。誰《たれ》かよく彼の神謀遠慮を予測しうるであろう乎。翌日彼の禿頭は再び鬘に隠されていたのである。実に諸君、彼は秘《ひそ》かに別の鬘を貯蔵していたのである。余は負けたり矣。刀折れ矢尽きたり矣。余の力を以《も》ってして、彼の悪略に及ばざることすでに明白なり矣。諸氏よ、誰人《たれびと》かよく蛸を懲《こら》す勇士はなきや。蛸博士を葬れ！　彼を平和なる地上より抹殺せよ！　諸君は正義を愛さざる乎！　ああ止むを得ん次第である。しからば余の方より消え去ることにきめた。ああ悲しいかな。

諸君は偉大なる風博士の遺書を読んで、どんなに深い感動を催されたであろうか？　そしてどんなに劇《はげ》しい怒りを覚えられたであろうか？　僕にはよくお察しすることが出来るのである。偉大なる風博士はかくて自殺したのである。然り、偉大なる風博士は果して死んだのである。極めて不可解な方法によって、そして屍体《したい》を残さない方法によって、それが行われたために、一部の人々はこれは怪しいと睨んだのである。ああ僕は大変残念である。それ故《ゆえ》僕は、唯一の目撃者として、偉大なる風博士の臨終をつぶさに述べたいと思うのである。

偉大なる博士は甚だ周章《あわ》て者《もの》であったのである。たとえば今、部屋の西南端に当る長椅子《ながいす》に腰懸けて一冊の書に読《よ》み耽《ふけ》っていると仮定するのである。次の瞬間に、偉大なる博士は東北端の肱掛椅子《ひじかけいす》に埋もれて、実にあわただしく頁をくっているのである。又偉大なる博士は水を呑む場合に、突如コップを呑み込んでいるのである。諸君はその時、実にあわただしい後悔と一緒に黄昏《たそがれ》に似た沈黙がこの書斎に閉《と》じ籠《こ》もるのを認められるに相違ない。順《したが》って、このあわただしい風潮は、この部屋にある全ての物質を感化せしめずにはおかなかったのである。たとえば、時計はいそがしく十三時を打ち、礼節正しい来客がもじもじして腰を下《お》ろそうとしない時に椅子は劇しい癇癪《かんしゃく》を鳴らし、物体の描く陰影は突如太陽に向って走り出すのである。全てこれらの狼狽《ろうばい》は極めて直線的な突風を描いて交錯するために、部屋の中には何本もの飛ぶ矢に似た真空が閃光《せんこう》を散らして騒いでいる習慣であった。時には部屋の中央に一陣の竜巻が彼自身も亦《また》周章てふためいて湧《わ》き起ることもあったのである。その刹那《せつな》偉大なる博士は屢々《しばしば》この竜巻に巻きこまれて、拳《こぶし》を振りながら忙《いそ》がしく宙返りを打つのであった。

さて、事件の起った日は、丁度《ちょうど》偉大なる博士の結婚式に相当していた。花嫁は当年十七歳の大変美《うつ》くしい少女であった。偉大なる博士が彼の女に目をつけたのは流石《さすが》に偉大なる見識と言わねばならない。何となればこの少女は、街頭に立って花を売りながら、三日というもの一本の花も売れなかったにかかわらず、主として雲を眺め、時たまネオンサインを眺めたにすぎぬほど悲劇に対して無邪気であった。偉大なる博士ならびに偉大なる博士等の描く旋風《せんぷう》に対照して、これ程ふさわしい少女は稀《まれ》にしか見当らないのである。僕はこの幸福な結婚式を祝福して牧師の役をつとめ、同時に食卓給仕人となる約束であった。僕は僕の書斎に祭壇をつくり、花嫁と向き合せに端坐して偉大なる博士の来場を待ち構えていたのである。そのうちに夜が明け放たれたのである。流石に花嫁は驚くような軽率はしなかったけれど、僕は内心穏かではなかったのである。もしも偉大なる博士は間違えて外《ほか》の人に結婚を申し込んでいるのかも知れない。そしてその時どんな恥をかいて、地球一面にあわただしい旋風を巻き起すかも知れないのである。僕は花嫁に理由を述べ、自動車をいそがせて恩師の書斎へ駈《か》けつけた。そして僕は深く安心したのである。その時偉大なる博士は西南端の長椅子に埋もれて、飽くことなく一書を貪《むさぼ》り読んでいた。そして、今、東北端の肱掛椅子から移転したばかりに相違ない証拠には、一陣の突風が東北から西南にかけて目に沁《し》み渡る多くの矢を描きながら走っていたのである。

「先生約束の時間がすぎました」

僕はなるべく偉大なる博士を脅かさないように、特に静粛なポオズをとって口上を述べたのであるが、結果に於てそれは偉大なる博士を脅かすに充分であった。なぜなら偉大なる博士は色は褪《あ》せていたけれど燕尾服《えんびふく》を身にまとい、そのうえ膝頭《ひざがしら》にはシルクハットを載せて、大変立派なチューリップを胸のボタンにはさんでいたからである。つまり偉大なる博士は深く結婚式を期待し、同時に深く結婚式を失念したに相違ない色々の条件を明示していた。

「POPOPO！」

偉大なる博士はシルクハットを被り直したのである。そして数秒の間疑わしげに僕の顔を凝視《みつ》めていたが、やがて失念していたものをありありと思い出した深い感動が表れたのであった。

「TATATATAH！」

已《すで》にその瞬間、僕は鋭い叫び声をきいたのみで、偉大なる博士の姿は蹴飛《けと》ばされた扉の向う側に見失っていた。僕はびっくりして追跡したのである、そして奇蹟《きせき》の起ったのは即ち丁度この瞬間であった。偉大なる博士の姿は突然消え失《き う》せたのである。

諸君、開いた形跡のない戸口から、人間は絶対に出入しがたいものである。順って偉大なる博士は外へ出なかったに相違ないのである。そして偉大なる博士は邸宅の内部にも居なかったのである。僕は階段の途中に凝縮して、まだ響き残っているそのあわただしい跫音《あしおと》を耳にしながら、ただ一陣の突風が階段の下に舞い狂うのを見たのみであった。

諸君、偉大なる博士は風となったのである。果して風となったか？　然り、風となったのである。何となればその姿が消え去《き う》せたではないか。姿見えざるは之即ち風である乎？　然り、之即ち風である。何となれば姿が見えないではない乎。これ風以外の何物でもあり得ない。風である。然り風である風である風である。諸氏は尚、この明白なる事実を疑《うたぐ》るのであろうか？　それは大変残念である。それでは僕は、さらに動かすべからざる科学的根拠を附《つ》け加えよう。この日、かの憎むべき蛸博士は、恰《あたか》もこの同じ瞬間に於て、インフルエンザに犯されたのである。

傲慢な眼

(一)

ある辺鄙《へんぴ》な県庁所在地へ、極めて都会的な精神的若さを持った県知事が赴任《ふにん》してきた。万事が派手であったので、町の人々を吃驚《びっくり》させたが、間もなく夏休みが来て、東京の学校へ置き残した美《うつ》くしい一人娘が此《こ》の町へ来ると、人々は初めて県知事の偉さを納得した。

一夕《いっせき》町に祭礼があって、令嬢は夜宮の賑《にぎわ》いを見物に出掛けた。祭の灯に薄ら赤く照らされた雑踏の中で、自分に注がれた多くの眼が令嬢を満足させたが、最後に我慢の出来ない傲岸《ごうがん》な眼を発見した。その眼は憧《あこが》れや羨望《せんぼう》や或いはそれらを裏打した下手《へた》な冷笑を装うものでもなく、一途《いちず》な傲岸さで焼きつくように彼女の顔を睨《にら》んでいた。令嬢は突嗟《とっさ》にその眼を睨み返したが、すると、彼女の激しい意気組を嘲《あざ》けるように、傲岸な眼は無造作に反《そ》らされていた。その後、同じ眼に数回出会った。眼は思いがけない街の一角から、彼女の横顔を射すくめるように睨むのであった。

或日のこと、海から帰るさに、令嬢は道でない砂丘へ登った。一面に松とポプラの繁茂した林であったが、その木暗い片隅に三脚を据えて、画布に向っている傲岸な眼を発見した。傲岸な眼は六尺に近い大男であったのに、破れた小倉のズボンや、汚い学帽によって、まだ中学生の若さであることが分った。

その日、令嬢は二人の女中に付添われていた。令嬢は一寸《ちょっと》女中達のことも考えてみたが、振向いたりせずに、まっすぐ傲岸な眼の正面へ進んできて立ち止まった。

「貴方《あなた》はなぜあたしを憎々しげに睨むのですか？……」

令嬢ははっきりした声で言った。

少年は幽《かす》かに吃驚した色を表わしたが、うつろな眼を画布に向けて、返答をせずに、顔を赭《あか》らめた。そして次第に俯向《うつむ》いてしまった。

「あたしが生意気だと仰有《おっしゃ》るのですか。それとも、県知事の娘は憎らしいのですか」

併《しか》し少年は大きな身体を不器用に丸めて、俯向いたまま、むっと口を噤《つぐ》んでいた。暫《しばら》くしてから、困ったように、筆を玩《もてあそ》びはじめた。

「では――」令嬢は少年の頭へきっぱりした言葉を残した。「二度と睨んだりしませんね！」

そして鋭く振向いて戻りはじめた。併し令嬢が振向く途中に、少年は突嗟に顔を挙げた。そして、傲岸な眼に光を湛《たた》えて、刺し抜くように彼女を睨んだ。もはや令嬢は振向いていたので、どうすることも出来なかった。

「あの子はきっとお嬢様を思っているのでございましょう」と女中は言った。それは愉快な言葉であったが、彼女を安心させなかった。自分はなぜ、あの時再び振向いて、叱責《しっせき》してやらなかったかと悔まれた。

翌日の同じ時刻に、令嬢は一人で砂丘の林へ行った。傲岸な眼は果してその場所で画布に向っていたが、令嬢を認めると、明らかに狼狽《ろうばい》を表して、やり場を失った視線を画布に落した。令嬢は画布越しに少年のもじゃもじゃした毛髪を視凝《みつ》めていたが、次第に和やかな落付《おちつき》が湧《わ》いてきた。

「貴方は此の町の中学生ですか？」と令嬢は訊《き》いた。

「そうです」と少年はぶっきら棒に答えた。

「貴方は画家に成《なる》のですか？」

少年はむっつりとして頷《うなず》いた。そして慌てたように画筆を玩《いじ》りはじめた。令嬢は胸の閊《つか》えがとれたような楽な気がした。そこで松の根本へ腰を下《おろ》した。振仰ぐと葉越しに濃厚な夏空が輝いており、砂丘一面に蟬《せみ》の鳴《な》き澱《よど》む物憂《ものう》い唸《うな》りが聞えた。少年はもじもじしていたが、軈《やが》て写生帳を取出して、俯向きがちに令嬢を描きはじめた。

(二)

令嬢は暫く素知らない風をしていたが、やがて笑いながら、あたしを描いていますの？ と訊くと、少年はむっとした面持《おももち》で併し小声に、動かないで下さいと呟《つぶや》いた。

暫くしてから、少年には構わずに、令嬢は急に生々と立ち上って、それをお見せなさい、と命じた。少年は矢張りむっつりしたまま、二、三筆手入れをしてのち、黙って写生帳を差出した。同じ姿が巧《たくみ》に数枚描かれていた。令嬢は考え乍《なが》ら一枚一枚眺めていたが、

「そうね、じゃ、あたしモデルになってあげるわ。明日の此の時間に新《あた》らしいカンヴアスを用意して、此処《ここ》でお待ちなさい」

少年は驚いて令嬢を見上げたが、彼女は少年の返答を待たずに振向いて、木蔭《こかげ》へ走り去った。

それからの一週間程というもの、二人は同じ砂丘で、毎日画布を差し挟んで対坐していたが、殆《ほとん》ど言葉を交さなかった。令嬢が微笑しながら話しかける度《たび》に少年は怒った顔

をして、そうです、とか、いいえ、とか、ただそれだけの返答をした。そして、焼けつくような眼を、令嬢と画布へ交互に走らせていた。

一日急用があって、令嬢は少年に断りなしに十日程の旅に出た。帰ると、生憎《あいにく》それからの数日は連日の雨であった。そして慌ただしく夏が終ろうとしていた。

雨の霽《は》れた昼、令嬢はきらきらするポプラの杜へ登っていった。いつもの場所へ来てみると、少年は、其処《そこ》へ据えつけられた彫刻のように、黙然と画布に向って動かずにいた。

「明日、あたしは東京へ帰るの……」

「もう、一人でも仕上げることが出来ます」

少年はぶっきら棒に答えて、令嬢が姿勢につくことを促すように、もう画筆を執り上げていた。雨の間に、去り行く夏の慌ただしい凋落《ちょうらく》が、砂丘一面にも、そして蒼空《あおぞら》にも現れていて、蟬の音が侘《わ》びしげに澱んでいた。画《え》は令嬢の予期しなかった美しさに完成に近づいていた。別れる時、令嬢は再び言った。

「もう、お別れね。明日は東京へ帰るの……」

「もう、一人でも仕上げることが出来ます」

少年は怒ったような、きっぱりした声で、同じことを呟いた。そして、朴訥《ぼくとつ》な手つきで汚い帽子を脱ぐと、大きい身体を丸めて、別れのために不器用な敬礼をした。

翌日令嬢は旅立った。親しい人々の賑やかな見送りを受けて停車場を出ると、線路沿いの炎天の下に奇妙な人影を見出して吃驚した。絵具箱を抱えた大きな中学生が電柱に凭《もた》れて、むっとした顔をしながら、あの祭礼の日に見出した傲岸な眼を車の中へ射込んでいた。そして、車が擦《す》れ違ってしまうと、物憂げに振向いて、大きな肩をゆさぶりながら歩いて行った。

次の冬休みに、令嬢は父の任地へ帰らなかった。無論、少年にこだわることは莫迦莫《ばかば》迦《か》しく思われたし、事実少年に再会するとすれば、不気味千万なものに考えられた。

併し令嬢は、ある喋《しゃべ》り疲れた黄昏《たそがれ》に、一人の友達へ囁《ささや》いた。

「あたし、別れた恋人があるの。六尺もある大男だけど、まだ中学生で、絵の天才よ……」

天才という言葉を発音した時、令嬢は言いたいことを全部言い尽したような、思いがけない満足を覚えた。なぜなら、此の思いがけない言葉に由《よ》って、夏の日、砂丘の杜《もり》を洩《も》れてきたみずみずしい蒼空を、静かな感傷の中へ玲瓏《れいろう》と思《おも》い泛《うか》べることが出来たから。

姦淫に寄す

九段坂下の裏通りに汚い下宿屋があった。冬の一夜、その二階の一室で一人の勤め人が自殺した。原因は色々あったろうが、どれといって取立てて言うほどの原因もない、いわば自殺に適した生れつきの、生きていても仕様のない湿っぽい男の一人であったらしい。第一、書置もなかったのである。そんなあっさりした死に方が却《かえ》って人々を吃驚《びっくり》させたらしいが、その隣室に住んでいて、死んだ隣人の顔さえ見知らずに暮していたという図抜けた非社交性と強度の近視眼をもった一人の大学生だけが、隣室のこんな大事に見世物ほどの好奇心さえ起すことなく寝ころんでいた。のみならず、こんな出来事があっては当分あの部屋も借手がつかないだろうと宿の者がこぼすのをきいて、大学生はお伽話《とぎばなし》に合槌《あいづち》を打つような静かな声で、そんなら俺《おれ》が移ろうかなと呟《つぶや》いた。別に義侠心《ぎきょうしん》を燃《もや》したらしい素振りではなく鼻唄《はなうた》のような物足りない様子だったので気にとめる者もなかったが、自分の部屋へ戻ってくると、この男はほんとにノコノコ隣室へ移ってしまった。どうという確《しっか》りした理由があったとは思われない。全ての挙動が原因不明で物足りない風に見えるくせに、引越してしまうと百年も前から其処《そこ》に居ついていたように、至極自然で物静かで落付《おちつ》いていた。あの男も自殺臭いと言う者もあったが、彼の顔付を見たことのある人々は思わず噴《ふ》きだしたりしながら、そんな突きつめた素振りは微塵《みじん》もない彼の勿体《もったい》ぶった顔を思い出して、あいつはつまり変り者という奴で、考える頭はいにしろ生きる頭は悪い種類の、丁度《ちょうど》動物園の河馬《かば》を考え深くしたような割合と無難な愚か者の一人だろうと噂《うわさ》した。そこで宿の亭主が考えたことには、これはてっきり下宿料を値切る魂胆に相違ないと勘のいいところを人々に洩《も》らしていたが、実に呆《あき》れ果てたことには(そして宿の亭主が悦《よろこ》んだことには――)月末がくると催促もしないうちに定《き》まった下宿料を届けてよこした。もともとこの男は金払いの几帳面《きちょうめん》な男であった。そのうえ部屋なども常に清潔で整然としていた。ただ彼はめったに外出することがなかった。稀《まれ》に机に向っていることもあったが、大概は整然と寝床をしいて矢張り整然と昼寝をむさぼっていたというのである。恐らくほんとの話であろう。彼は同宿人のどの一人にも挨拶《あいさつ》することがなかったし物を言うこともなかったが、そのくせ物腰は無愛想でもなかった。なぜならば此《こ》の男は人の顔を見るときには、どうしても此れは笑いだと判断しなければならない種類の、そして決して其《そ》れ以上の何物でもない種類の、たしかに一種の笑いを機械的に顔に刻む習性を持っていたらしい。それは喪中の人に向っても例外はなかったし、怒った人に向う時でも例外はないように見えた。いわば全く張合いがなかったのである。こんな男を相手にするのはまるで雲を摑《つか》むようなもので、あいつは馬鹿だと決めなければ、こっちが馬鹿を見るばかりだと人々は考えた。そこで初めは此の男に極度の好奇心を燃した人々も、全く拍子抜けがしてしまって、彼が自殺の部屋へ引越して三日とたたないうちに皆《み》んな此の男を忘れてしまった。

こんな男の顔立ちというものは何処《どこ》に転がっていても目立たない風の極めて通俗的なあれだと読者はきめてしまったに相違ない。ところが此の大学生は案外整った顔をしていた。そのうえ体格がのびのびと大柄なせいか、どことなく寛大な鷹揚《おうよう》な風格があって、一見犯しがたい味と品位とがほのみえることもあったのである。そこで斯《こ》んな男というものは時には底の知れない怪物に見えて一種の畏怖《いふ》を人におしつけることもあるものであるが、又こんな男に限って、あれは馬鹿だときめてしまえば極めて簡単に其の範囲内の型に当てはまって見えるものである。ところが此の男が毎週の水曜日のきまった夕刻になるとブラリと出掛けて必ず夜更けまで帰らないことに気付くと、あんな男でもやっぱりそうかと人々は考えてニヤリとした。つまり彼奴《あいつ》でも女があるのかという意味であろう。けれども人々の想像は的を外《はず》れていたと言わなければならない。この大学生は教会の聖書講義会というものへ通《かよ》っていたのである。

これは凡《およ》そ柄に合わない莫迦莫迦しいことに見えるであろう。けれども其の教会では矢張り其処では其処なりに全ては此の男の柄にはまって見えたかも知れなかった。いわば彼は、同じ彼が事務所の机に向っていても留置場の中にいても料理店のコックであっても乃至《ないし》は総理大臣であってさえ極めて自然に其れは其れにしか見えないような、単に全ての現実が全ての現実でしかないような、「常に凡《あら》ゆる断片」とでも呼ぶべき男であったかも知れない。

併《しか》しこれだけは断っておくが、彼は一度も神を信じたことはなかった——ないようであった——にらがいない——尤《もっと》もこれは取立てて言うほど重大なことでもなさそうである。つまり我々は斯んな男が神を信じるなんてそんな可笑《おか》しなことがあってたまるかというだけの理由で、此の男は神様なんて考えたこともないのだと片附《かたづ》けてしまって構わないのだ。こんな張合いのない男の心を一々推測してはいられないのである。

氷川澄江は聖書研究会の一会員であった。彼女が此の大学生に興味を惹《ひ》かれた理由ははっきりしていない。併し彼女が五十名近い会員の中から彼のみに挨拶し話しかけるようになったのは、たしかに何らかの興味ある性格を此の男の中に嗅《か》ぎ出したからに相違ない。いったい此の男(村山玄二郎と称《よ》んだ)は一見甚だ冷《つ》めたい孤独の威圧を漂わす男で、こういう男に挨拶したり話しかけたりするには余程の無関心か余程の労力を必要とする。どこの交遊関係にも斯んな人物の一人二人はいるものであるが、さて話してみれば見かけによらず物分りもよく、寛大で、寧《むし》ろ他人の好意に感動し易いと思われるほど盲信的で、おまけに絶えず温《あたたか》い心を秘《ひそ》かに他人へ燃しつづけていたりする。そして孤独を激しく憎悪しているが、憎み疲れて孤独に溺《おぼ》れ孤独に縋《すが》りついている。もう四十に手のとどく澄江は、熟練した女の感覚で玄二郎の孤独な外貌《がいぼう》から内に蔵《かく》された寧ろ多感な心情を見抜いたことは想像することができる。

　或夜のことであった。澄江は馴《な》れ馴れしすぎるほどの微笑を泛《うか》べて、すでに長年心おきなく交際している友達へ話しかけるのと全く同じに玄二郎へ挨拶した。その心おきない微笑、打ちとけた物腰、一片の危懼《きく》もない瞳《ひとみ》、——その瞳にはただ一人の人のみに話しかけた或る種の暗愁と悪戯《いたずら》を読むことさえできたが——それは恰《あたか》も彼女自身すら彼と長年の交遊を思い信じているのではないかと疑われるばかりであった。こういう女の心は全く男には解きがたい謎《なぞ》である。彼女は自分の打ちとけた様子によって一時に心をひらくであろう男の心理を計算しつくしていたものだろうか。この微笑は若い女には出来ないものであろうが、また頭の悪い女にも出来ないことに相違ない。のみならず、女のこんな微笑と大胆な他動性とは男にとって全く解きがたい謎であるばかりでなく、困ったことには無邪気にさえ見えてしまう。そしてほのみえる女の情慾《じょうよく》をむしろ純粋であり、恰も宝石のかもすがような清らかな情熱と多情ではないかと考えたりしがちである。ところが玄二郎にいたっては、そんな人並みの意識さえ思い浮べる余地がなかった。この朦朧《もうろう》とした男にはただ事実が分った。否《いな》、事実の中にいた。澄江に話しかけられているというこの事実の中に。そして事実であるが故《ゆえ》に、それはもはや理由や原因を超越して専ら「当然」にしか見えなかった。彼は幾分赧《あか》らみながら併しながら彼も亦《また》長年の友達と語るように話しはじめていたのである。斯うして始めて挨拶を交した日に、二人は已《すで》に夜更けるまでとある静かな喫茶室で閑談《かんだん》していた。

「貴方《あなた》のような方がいっと純粋に神をもとめていらっしゃるのでしょうって、先生が仰言《おっしゃっ》ていましたわ」

この人を食った言葉は明らかに此の夜澄江の口から発せられたものである。しかも彼女は斯う言ったときに幾分頸《くび》を曲げて上眼づかいに彼を見上げながら、殆《ほと》んど媚《こ》びるように微笑した。こんな途方もない言葉の意味は徹頭徹尾わけがわからない。澄江は玄二郎を子供扱いに――これは悪い意味でなしに確かに彼女は玄二郎に少年を見出している、こういうことは言えたかも知れない――そしてその少年に向って一種の親愛な揶揄《やゆ》を言ったのかも知れない。尤も女が男の中に少年を見出すということは已に或る種の関心を懐《いだ》いていることと同義語でもあるだろう。だが如何《いか》なる種類の関心であるかは聡明《そうめい》な女にあっては矢張り謎である。澄江の慧眼《けいがん》は玄二郎の心に無神論を読み破ったとも受けとれるが、また、彼女の言葉に伴《いつわり》はないのであって、神に変形したノスタルジイを彼の心に見たのかも知れない。さればとて、そこから澄江の心を推断する手掛りを求めることも軽率であろう。

併し研究会の講師が澄江に洩《もら》したと言われる言葉は恐らく真実であったろうと思われる。先にも述べたように彼の表情から彼の心を汲取《くみと》ることは全く難しい。もしも彼を往来で見た人には斯んな男が教会へ通うなんて思いもよらないことであろうが、しかしながら此の同じ男を教会の中で見た人には、こんな男ほど神をもとめ、むしろ不可思議な方法を通して神を眼前に感得しているのではないかとさえ疑《うた》ぐりたくなることもあるであろう。研究会の講師はたしかにこの男に特殊な興味を感じていた。彼は時々五十名の聴衆の中に玄二郎のみが唯一の人間であるかのように彼に向って講義を進めていることがあった。ところがそういう講師に向って、玄二郎が暗示する表情はこれは又完《まった》き感覚の世界に於て処理する以外には全く方法がない。いわば漠然そのものである。人々は人各々の容器によって無数の彼を読みとることができると思うが、恐らく講師は神秘的な能力を彼に信じたくなることもあったろうと思われる。

この大学生のこの傾向は彼の素朴を物語るものであろうか。むしろ最も聡明な(同時に無意識な本能的な)悪魔的な狡智《こうち》を物語るものであろうか。或いは別にそれ以上の善へも悪へも発展することのない単にこれはこれで終る平凡な性質にすぎないのか。

恐らく澄江は講師さえ瞞着《まんちゃく》されたこの男をある点で看破《みやぶ》っていたのはほんとであろう。尤も彼を看破ることによって優越を感じたのか、それとも看破ったところのものに一層の畏敬《いけい》と讃美を捧げたのか(そういうこともありうる)、これ又軽率には解きがたい。併しながら、これが如何なる純粋な心情の上になされたにせよ将又《はたまた》最も精神的な友誼《ゆうぎ》にせよ、これは一つの姦淫《かんいん》であることは疑えない。但《ただ》しかかる姦淫は人の世に於て最も甘美であり華麗であり幽玄なことであるかも知れない。或いは彼女は玄二郎に少年の心と同時に少年の姦淫を読み破ったのかも知れないが、その場合には、彼の中に見出したと同じ姦淫を彼女自らも心に蔵していたことは言うまでもないことだろう。

澄江の言葉が過褒《かほう》にとれたからであろうが、玄二郎は幾分赧《あか》らみながら、併し微笑して答えた。

「僕は自分の神様は持っているかも知れません」

私は言い忘れたが、この聖書研究会は決して宗教的な禁欲的な雰囲気の中に行われてはいなかった。寧《むし》ろ宗教的な雰囲気に誤魔化しうることを利用して人々は一層非宗教的な自分をさらけだす気楽さと破廉恥《はれんち》を与えられていたようである。一般に日本人は宗教的であることが甚だ不似合で滑稽であるばかりでなく、往々にして宗教的であるために却って救われない人間に見えがちな国民である。ところが、氷川澄江にいたっては教会の中に於て全く劇場の中に於《お》ける気易さであった。彼女は五十名の一団の中で最も宗教に無関係に見えたばかりでなく、恐らく劇場の中に於ても彼女以上に宗教に無関係に見える人は稀であったに違いない。彼女の服装は美麗であった。併しその趣味は洗煉《せんれん》されていた。そして四十に近い年齢であったが美貌であったし知識的な顔立だったので一層若々しく感じられた。殊に眼が輝いていた。その瞳にたたえられた複雑な翳《かげ》は時に少女の澄みきった好奇心を思わしめ時に熟練した多情な女の好奇心を思わせた。だが宗教の持つ暗い感じは彼女のどこからも見出すことができなかった。彼女は多分単に退屈か気紛れから斯んな場所へまぐれこんできたのだろうと考えられるが、併し又、こんな気楽そうな女に限って何か不思議な常人には理解しがたい通路に由《よ》って、常人とはまるで違った奇妙な救いを宗教の中に感じていると疑ぐってみることもできよう。もしそんな場合がありうるとすれば、こんな女と宗教との奇天烈《きてれつ》な結び目こそ却って誰人《たれびと》の信仰よりも崇高であり深遠であると考えられないこともない。尤もこの種の異常な想像はなるべく避ける方がいい。

彼女は自分を未亡人であると言っていた。併し彼女の生き生きとした表情や、翳のない澄みきった動作の中には、実に落付いた安住を読むことができたので、実は彼女には立派なそして寛大な夫があるにも拘《かかわ》らず嘘《うそ》をついているのかも知れなかった。うっかりすると其の夫を神様よりも愛しもし尊敬もしていたかも知れたものではない。尤も玄二郎にとって、それはどうでもいいことであった。彼の心はまだそれ以上のものへひらかれていないようである。いわば彼は長い冬籠《ふゆごも》りから突然花園へともなわれてきた人のように、きらびやかな風景へ静かに腰を落付けて、現実をただ茫漠《ぼうばく》と感じとり浸りきっていさえすれば和やかな憩いのような安らかさを味《あじわ》うことができたのであろう。どんな和やかな場合でも人の心というものを掘下げてゆけば、きっと苦味や酸味に突き当るものであろうが、玄二郎の場合に於てもいらぬ頭を働かして自分の心を穿鑿《せんさく》して妙な石にぶつかったりしたら、彼は却って吃驚し困惑して顔を顰《しか》めてしまったかも知れない。それはちっとも彼の心の清潔を意味するものではなく、むしろ煩雑《はんざつ》をもたらしまいとする無意識な且《かつ》悪質なずるさと、激しい遥《はる》かな憂鬱《ゆううつ》とを暗示しているように思われた。

「神様って、美しいものでしょうね」

と彼女は言った。笑いながら。

だが、こんな異体《えたい》の知れない言葉から意味ありげな何物かを探し出そうとする無役《むえき》なことは忘れることにしよう。玄二郎は全ての時間がただ愉《たの》しいように微笑しながら、彼

女の全ての言葉に実に愚劣なエスプリのない返答をかえしていた。あまつさえ、彼は時々生き生きとした笑いを泛べて、

「僕は野心に疲れきっているのです」

と呟いた。――のみならず、それを呟くときの彼の顔付ときては殆んど誇らしげに見え得意であるかにさえ見えた。今にも嬉《うれ》しさのあまり哄笑《こうしょう》するのではないかと思われるほど嬉々《きき》とした顔付で。恐らく、この言葉はよほど彼の気に入ったのであろう、三十分ぐらいの間をおいて都合三度くりかえした。おまけに、喫茶店をでて、愈々《いよいよ》停留場へ向って歩いてゆく別れの夜道で、彼は更に生き生きとした声で同じ文句を呟くことを忘れなかった。

「僕はもうどうしていいか分らないほど疲れきっているのです。まるで夢のかたまりのような途方もない目当もない、出鱈目《でたらめ》な野心が、僕をすっかりくたくたに疲らしてしまったのですからね！」

そして彼は愉しげに笑い、それから漸《ようや》く如何にも重荷をおろしたような安堵《あんど》をうかべて彼女に訣《わか》れをつげたのである。

そのことがあってからの水曜毎《ごと》に彼等は必ず夜晩《よるおそ》くまで語りあった。凡そくだらない会話であったに相違ない。恐らくトンチンカンでさえあったであろう。けれども、二人

はあきもせずに時々約束して芝居を見、映画を見た。夢のように日が流れ、玄二郎の学年試験も終ったとき、突然春が訪れていた。その春に気付いたとき彼は心にまぶしいものを感じ、それから、愁《うれ》いを脱ぎすてたような爽《さわ》やかな溜息《ためいき》を感じた。そういう漠然とした季節の感覚が、一片《ひとき》れの雲のような斯んな男にのこされた唯一の切実な実感であったかも知れない。

そして、まだ浅い春の一日、彼は澄江にまねかれて、彼女の大磯《おおいそ》の別荘へ行った。

——

その日はひどい嵐であった。玄二郎が東京を出るときも横なぐりのひどいしぶきが暮色の中のように淋《さび》れてしまった街を荒れ走っていたが、大磯駅へ降りた時には一段と風速もまして、プラットフォーム一面になぐりこむ水煙りが濛々《もうもう》とはね狂っていた。濡《ぬ》れきった改札口に澄江が待っていた。澄江の身体が濡れているわけではなかったが、四囲の湿った暗い感じで、まるで彼女も嵐のために濡れおちて痩《や》せたような姿に見えた。彼女は玄二郎の姿を認めると、漸く笑うことができたように笑ってみせたが、一瞬の表情が経過すると、いつものように反省のある冷静な微笑にかえった。彼女の顔色はよくないように思われた。

「いらっしゃらないと思ってましたわ。ひどい嵐ですわね」

自動車に乗ってから、玄二郎はいつもの屈託《くったく》のない笑顔で言った。

「お身体が悪いのではありませんか？　お顔の色が悪いようですが」

「ええ、すこしばかり。——でも、たいしたことはありませんわ」

自動車をおりてから松林を一町あまり歩かねばならなかった。一本の傘に二人の身体を包むにしては余りに嵐が激しすぎた。嵐に傘を押し流されて二人はときどき密生した松に突き当るほどよろめいたが、物を言う余裕もなかった。雨は容赦なく降りこんできた。建物に辿《たど》りついたとき、漸くのような笑い顔を示し合うことが辛うじてできたばかりであった。一室へ落付いたときには、まるで病み疲れたような異常な疲労が彼女の顔に表われていたが、無理につくろう微笑のために、それが一層青ざめて見えた。

「お天気だと海の景色がきれいなんですけど。……四、五日ゆっくり泊ってらしてね」

彼女は暫《しばら》くそれだけを繰返して言った。繰返すたびに、前にも已に同じ言葉を述べていることを忘れきっているように見えた。そして言葉を言い終ったあとには、今の今まで喋っていた自分にさえ気付いていないような、激しい放心と疲労を表わしていた。それを彼女は無意識に微笑で隠しているのであったが、そのために強められた明るさが益々《ますます》病的なすきとおる青さに感じられた。全てそれらは、漠とした無形の苦痛に激しく抗争するもののような切なさを表わしていた。

澄江は近所の別荘へ電話をかけて、一人の男と一人の女を呼び寄せた。彼等は夜の九時頃までトランプや麻雀《マージャン》をして遊んだ。

「きっと四、五日泊ってらっしゃいね。泊って下さいますわね。嵐さえしずまると――浜は静かで綺麗《きれい》ですわ」

彼女は遊戯の間でも、時々思いだしたように言った。

「ほんとに静かでひろびろとしていますわ。私は今頃の海がいっと冷めたく広い感じがして好きなんですわ」

だが彼女の顔に表わされた疲労はもはや一様のものではなかった。眼は落ちくぼんでいたし、狂燥《きょうそう》を帯びた挙動には同時にのっぴきならぬ放心をともなっていた。

「外へでてみましょうか？ 私顔がほてってしまって……」

併し物凄《ものすさま》じい戸外《こがい》の嵐に脅えていた人々は答えることができなかった。その沈黙に澄江の耳は漸く嵐の唸音《うなりおと》をききとることができたらしい。彼女はとっさに間のわるそうな幼い少女の顔付をしたが、とうとう悲しさをおさえることができなくなった冷めたさで、しょうことなしに笑いだした。

「まあ、私ったら。こんなひどい嵐だというのに」

遂《つい》に来客の女がたまりかねて言った。

「あなたは気分が悪いんじゃなくって？」

「ええ、少し熱があるようだわ。でも、たいしたこともないようだけど」

「そんなら夜更しは毒だわよ。早くおやすみなさいな」

澄江は素直に頷《うなず》いた。その顔にはもはや苦痛を隠すこともできないような切なさが表れていた。そして来客は帰っていった。

「ほんとに失礼しましたわね。ちょっとした神経熱なんですわ。かんにんして下さいね。せっかく来ていただいて、お相手もできないなんて……」

だが、この最後の言葉を述べることができたとき、彼女の瞳はこの一日の中で最も澄んでいたし、態度にも全く平素の落付を取戻していた。微笑も静かで和やかに見え、全く病的なそれではなかった。彼女は玄二郎を彼の寝室へ案内した。

「おひるまで、ゆっくりおやすみなさいね」

玄二郎はただ微笑をもって答えた。彼の思念は全く杜絶《とだ》えていたのだった。そして彼は彼女の跫音《あしおと》が可憐《かれん》な雌鳩《めすばと》のそれのように遠ざかるのを夢からの便りのように聞き終ってのち、光の下の椅子へ戻って腰を下《おろ》すと、朦朧とした肢体《したい》の四周へ、極めて細いそして静かな冷めたさが泌《し》みるように流れてくるのが分った。彼が自分にかえった時、彼の身体は絹糸の細い柔らかい気配となって感じられたばかりであった。今にも透明なものが泪《なみだ》となって流れでるように思われたが、併しそれは泪にもならずに、遠く深い溜息のようなものとなり、ひっそりした夜の気配へ消えこんでいった。それから更に静かな遠い冷めたさが河のような心となって戻ってきたのだ。それは懐《なつか》しい時間であった。きびしい苛酷《かこく》な孤独のもつ最も森厳な愛と懐しさと温かさ。恐らくそういうものでもあったろうか。もはや雨はやんでいた。残された風のみが荒れ狂い、広く大きな松籟《しょうらい》となって彼の心になりひびいていた。自然の心を心にきいた切ない一夜であったのである。やがて長々と欠伸《あくび》を放つと、心安らかにねむりについた。

翌朝、彼は早々とめざめた。召使い達は起きていたが、澄江はまだ起きてはいないようであった。彼は海岸へ散歩にでた。

嵐はすでにおさまっていた。吹きちぎられた多くの雲が空に残りまだあわただしく彷徨《さまよ》うていたが、隙間《すきま》隙間《すきま》に透きとおる青がかがやき、朝の爽やかな光が時々そこからのぞけて見えた。砂はじっとり濡れていたが、そのために却って快い弾力があって踏む足ごとにキシキシと音を生んだ。彼は何事も考えずに歩いていたが、又泛《う》かびでる考えもなかったのである。全ては落付いていた。そして静寂であった。路《みち》も砂丘も松林も。そして彼自身も。海は浪《なみ》が高かったが嵐のすぎた安らかな気配はひろびろと水の果てるところまで流されていたのだった。広茫とした砂原に一人の人影もなく、ただ彼のふむ足跡のみがしるされていたのだ。彼の見凝《みつ》める遥かな水の涯《はて》からは彼の心にかえろうとする大いなる気配があがった。長々と眺め、長々と眺めおわり、そして静かにふりむいたとき、再び彼は彼にかえろうとする大いなる風景を知った。それはその広茫とした砂原に一条《ひとすじ》にひかれた自らの足跡であったが。

別荘へかえると、澄江もすでに起きていた。

「海はとても壮大ですね。ひろびろとして、胸がひらかれてゆくようでした」

彼は心から愉しく、歌うように言うことができた。

「今しがたもくやんでいたところでしたわ。おともしたかったのに……」

澄江の顔に昨夜の疲労は全く見出すことができなかった。そして彼女も歌うように微笑とともに答えた。

「僕はね――」

玄二郎は静かな柔《やさ》しさに包まれながら、何のこだわりもなく微笑を泛べて言った。

「僕は今日、はやばやと帰らなければならないのです。どうにも仕方のない用があるものですから」

「あら、だって、そんなことありませんわ。もう一日ぐらい……」

「ええ、でもね、ほんとに余儀ない用があるんですから」

「まあ、そうですの。でも――ほんとに残念ですわ」

恐らく最も敏感を誇る人でさえ彼女の顔から又言葉からそれ以外の隠れた意味を読みとることはできなかったに違いない。ところが、この鈍感な大学生は実に不遜至極《ふそんしごく》にも、彼女の胸に恐らく彼女自身さえ気付かぬであろう安堵の吐息を読んでしまったように感じた。勿論《もちろん》こんな男の怪しげな感覚に信用を置くことは夢にもできることではないが、併し彼はその時のある気配の中に於て――少くとも彼自身が浸っていたある安らかな気配の中へ、彼女も亦《また》全く一つの同じ気配となって流れこんできたことを感じてしまったのであった。そして彼は彼女の安堵を見とどけたことによって、まるで古代の騎士のような満足を感じていた、というのであるが真偽のほどは請合《うけあ》えない。尤も、彼女と別れた汽車の中で、彼はやみがたい哀愁を感じつづけていた。とはいえそれは彼女を対象にしたものではなく、ただ最も漠然とした一つの気分としてであったが。併し、かかるやみがたい悲しさ故に、その悲しさは懐しく心温いものであることを彼はひしひしと感じつづけていたのであった。

玄二郎はその後教会へは行かなくなった。恐らく澄江もそうだろうと思われる。尤も澄江は例の無関心な明るい微笑を泛べながらその後も教会へ現れていることを考えるのは不可能でない。それに彼女は玄二郎が二度と其処へ現れないことを見抜く力量もある筈だから。尤も玄二郎に再会したと仮定しても、彼女が動揺を覚える理由は全くなかったかも知れないのである。彼女は玄二郎に見せてしまった一日の激しい疲労を恰も夢の出来事のように忘れることもできたであろうから。然《しか》りとすれば、杞憂《きゆう》を懐《いだ》いた玄二郎こそ、詩も花もない一野獣の姦淫に盲《めし》いた野人であったのだろう。

不可解な失恋に就て

人あるところに恋あり、各人各様千差万別の恋愛が地上に営まれていることはいうまでもないことであろうが、見方によればどの恋も似寄ったものだといえないことはない。文学や映画の恋の筋書が似寄ったものであるように、人生の恋の筋書も似寄っている。あまつさえ人生の恋はむしろ概して先人の型を模することが甚だ多く、いっぱし自らの情意のままに思うところを行った筈《はず》が知識高き人にあっても、或いは若きエルテルの恋を、或いはドミトリイ・カラマーゾフの粗暴な恋を知らず模しいることもあり、一般大衆に至っては通俗文学や映画の恋の型の外《ほか》に恋することが殆《ほと》んど不可能にちかい状態ではないのか。

恋情の発するところ自然にして自由なるべきものが、然《しか》し決して自由ではない。このことほど型を逃れがたい、又自らの自然の姿勢を失い易い不自由なものはほかに少いようである。

たまたま私の身辺に甚だ型破りな、ちょっと判断に迷う恋の実例があったので、その荒筋を書いてみよう。

私の知人にもう五十を越えたAという絵の先生があった。三十名近い女弟子がいる中から、いつも五、六人の美少女を引率《ひきつ》れて盛り場をぶらついている先生で、その時の様子は甚だ福々しく楽しそうで、我々がそれらの美少女の一人に恋しない限り、決してそういう先生の姿を憎むことはできない。私はアトリエの先生の姿も知っていたが、アトリエの先生は魂のぬけがらで、散歩の先生にははずみきった生命があった。生々とした喜怒哀楽がよそめに分るのであった。

先生は天来稀《まれ》なフェミニストで、美少女達には常に騎士の礼を持ち、慈父の厳格を持しかりそめにも淫猥《いんわい》な振舞いはなかったのだと見る人もあり、然《しか》りとすればその潜在性慾《せいよく》の逞《たくま》しさはジュリアン・ソレルをして修道院に入れたるが如《ごと》しと説をなす人もあり、敢《あえ》て美少女に恋人ならぬ人達の中にも、あの先生ほど淫猥な奴も少い、美少女はすべてなで斬《ぎ》りならむなぞと想像を逞《たくまし》うする者もあった。いずれとも真偽はわからない。

そのうちに先生は美少女の一人に恋をした。このことは人々に明瞭に分った。その日まで先生の態度が特定の一人にさし向けられたという例は決してなかったのである。と、不思議な現象が起った。というのはその頃まで決して散歩の同伴者に男性をまじえなかった先生が、恋のはじまるとまもなく、男性それも若く快活にして麗しい青年のみを数名選び、散歩のお供の列に加えた。

寛大な恋のとりもち役という様であるが、そうしていうまでもなく各々の入りみだれた恋が暗に活躍しはじめたが、しかも最も嫉妬《しっと》に悩む人はといえば、誰の目にもそれが先生その人に他ならぬことが明瞭だった。

お供の男女のなんでもない会話すら先生の心臓をかきむしり、先生は苦悩のために窒息しそうでありながら、強いて何気ない風を装って連日の散歩をやめなかった。そのうちに先生の意中の人なる美少女も青年と恋をはじめた。

町を歩いていたら、猛烈な勢いで、野獣の形相《ぎょうそう》をして、目の前を走って行った老紳士を見た。それが先生だったと言う者があった。俺《おれ》も見た、ある停車場で先生の後姿を認めたので呼びかけようとしたら、先生階段に一足かけたとみるや三段ずつ飛び越えて矢のように駈《か》け登って消えてしまったと或者が言う。一人は又にわか雨にぶつかった先生が、わざわざ濡《ぬ》れるためのように公園の奥へぐんぐん這入《はい》って行くのを見たと言うのであった。

美少女は結婚した。

同時に先生は散歩をやめた。丸々とふとっていた先生が突然痩《や》せ衰え、頬肉《ほおにく》は落ち、眼はくぼみ、見る影もない老衰病者のようになった。

こうなることは分っているのに、自分の恋がはじまると、どうして先生はお供の列に美青年を加えなければならなかったか？　我々の知人間《ちじんかん》では一様に分らないと言う。美少女と結婚したB青年の話をきくと、ほかのお供の青年に当るよりもB青年につらく当るということもなかったと言う。悩んだのは徹頭徹尾先生一人だけであった。

先生は不能者だという者もあるが、これは然し当《あて》にならぬ。暴風のごとく悩むことが先生の自らも気付かざる趣味であり、潜在性慾と潜在自虐趣味との相剋《そうこく》の結果、即《すなわ》ち潜在裡《せんざいり》に潜在自虐趣味の方が克《か》つこととなったのだろうと見る人もあった。この場合潜在性慾の敗北は性慾の力の弱きを意味せず、その潜在力の深すぎたことが敗因で、性慾そのものはむしろ強すぎたことにはならぬのかと附言《ふげん》して言う、これも当にはならぬ。

結局先生は女好きであったか知れぬが、この年までまことの恋を知らず、この美少女が初恋で、すっかり戸惑いしたのだろうと言う者もあり、如何《いか》に戸惑いしても、わざわざ恋敵《こいがたき》をつくりだすということは初恋であるだけに尚更《なおさら》嘘だと言う者もある。

見給え、我々がこうして先生の恋をふりかえってみると、滑稽だが又悲しくその切なさがむしろ我々に生す力を与えるような感激があるじゃないか、我々が先生の恋からこんな感激を受けるように、先生自ら自分を他人の如く感激の対象に捨てさったのじゃないかな。勿論《もちろん》いざやってみると、自分の姿に感激するどころの騒ぎではなく、先生一瞬にして老衰し果てる始末となってしまったがね。

然りとすれば先生ほど人生の切なさに徹した悲劇役者も稀なんだろうぜと呟《つぶや》く者もいたが、こんなの尚更当にならない。先生は真の騎士で、愛する人にまことの幸福が与えたかったのだろうという解釈もあろうが、これこそ愈々《いよいよ》もってありそうもないことである。

不幸な恋は深刻そうであるが、必ずしもそういう理窟《りくつ》はなりたたないだろう。最大の愚、不幸な恋をみならうこと。

南風譜

――牧野信一へ――

私は南の太陽をもとめて紀伊の旅にでたのです。友達の家《うち》の裏手の丘から、熊野《くまの》灘《なだ》が何よりもいい眺めでした。

このあたりは海外へ出稼ぎに行く風習があります。それゆえ変哲もない漁村の炉端で、人々は香りの高い珈琲《コーヒー》をすすり、時には椰子《やし》の実の菓子皿からカリフォルニヤの果物をつまみあげたりするのです。

友達の家に旅装をといて、浴室を出ようとすると、夕陽《ゆうひ》を浴びた廊下の角《すみ》から私の方を視凝《みつ》めている女の鋭い視線を見ました。私の好きな可愛《かわい》らしい魔物の眼でした。密林の虎《とら》の姿勢を思わせて、痺《しび》れるようなノスタルジイに酔わすので、そのような眼をもつ人を私はいつも胸に包んでいるのでした。

友達の顔を見ると、私はさっそく今見た話を伝えました。

「俺《おれ》のうちには婆《ばあ》やと子供の女中のほかに女はいないよ」友達は退屈しきった顔付で

語るのも物憂《ものう》そうに背延《せの》びをしました。「君の見たのは、仏像だよ。会いたけりゃ食事のあとで案内するが……」

私は思わず笑いだしてしまっていました。

「仏像かね。俺はまた虎かと思った」

しかし友達は私の浮いた心持にはとりあわず、にこりともせず夕陽を視凝めているのでした。

食事のあと、友達は手燭《てしょく》をともして現れました。「物置には燈《あかり》がないのだ」渡り廊下を通るとき、海風が、酔いにほてった私の顔を叩《たた》いていました。

仏像は物置の奥手に、埃《ほこり》のいっぱい積《つ》った長持に、凭《もた》れるようにして立っていました。木彫《きぼり》の地蔵でした。

私はかつてこのような地蔵を、鎌倉の国宝館と京都の博物館でのみ見た覚えがあります。これも恐らく鎌倉時代の作でしょう。なんとまた女性的な、むしろ現実の女体には恐らく決して有りうべくもない情感と秘密に富んだ肢体《したい》でしょうか。現実の快楽《けらく》を禁じられた人々の脳裡《のうり》には、妄想の翼によって、妄想のみが達しうる特殊な現実が宿ります。その現実を夢とよぶ人もあるのでした。そしてそれらの人々の脳裡に宿った現実に比べたなら、地上の快楽はなんとまた貧しく、秘密なく、あまつさえ幻滅に富むものでありましょうか。ひたすら妄想に身を焼きこがした人々が、やがてこれらの仏像のように、汲《く》めども尽きぬ快楽と秘密をたきこめた微妙な肉体を創《つく》りだすこともできるのでした。老齢なお妄念の衰えを知らず、殺気をこめて鑿《のみ》を揮《ふる》う老僧を思《おも》い泛《うか》べずにいられません。私は、薄暗い手燭の燈に照しだされた木像の胸や腰や腕や頸《くび》のあまりにも生々《なまなま》しいみずみずしさに幾分不気味な重苦しさを覚えていました。やがて四囲《あたり》の事情に反し仏像のみに積る埃のないことを見て、

「君は、毎日、これを眺めにここへくるのか」私は彼にたずねました。

「つい先頃まで書斎に置いたものなのだ」彼は私の疑惑を察して答えるのです。「散歩にでたり、空気銃をうったり、硝子《ガラス》をこわしたり、ほっとくと勝手な悪戯《いたずら》をするのでね」そして彼ははじめていくらか打ち解けた笑い顔をみせたのです。

しかし私は彼が幾分私の眼から隠すようにしていたところに——木像の脾《ひ》腹《ばら》のあたりに、たしか刃物でえぐったようなまだ生々しい傷あとを認めていました。傷口から脾腹のあたりに、まるく滲《にじ》んだ血《ち》糊《のり》のあとを、たしかこの眼に認めたように思われたのです。

「さあ出ようよ」と、そのとき友達が言っていました。

翌日私はひとり海辺へ散歩にでました。浜で偶然言葉を交した漁師の小舟で、やがて私は海へ薄明《うすあかり》が落ちかけるまでぐじを釣っていたのです。赤々と沈む夕陽を見ると、私

は可愛い魔物の視線をよみがえらせていたのでした。

「君はあの家の仏像を知っているのかね」私は漁師に訊《たず》ねました。

「仏像と――？」

漁師はやがて笑いだしていたのです。「なるほど、あれは仏像だ。あの混血《あいのこ》の父《てて》なし娘は白痴《はくち》で唖でつんぼだよ」

そして私は漁師から友達の妻が白痴で唖であることを知らされていました。混血児のみがもつような光沢《こうたく》の深い銅色をした美しい娘であったそうです。友達は自ら激しく懇望して、やがて妻としたのだそうです。

「おやおや、虎でもなくて白痴だったか」けれども私は、ぼんやりと自然に海をながめていました。

釣りあげたぐじをさげて、私は家《うち》へ帰りました。一日の潮風を洗い流して浴室をでるとき、私は廊下の角《すみ》の方をみたのですが、もはや夜も落ちていたし、誰の視線もなかったのです。

――あの傷口にあった血は……私は眠りに落ちるとき、ひとりごとを言っていました。やっぱりほんとの血だったな。気のままよいではなかったのだ。

あの仏像を書斎へ置いたら、白痴の妻ではないにしても恐らく嫉妬《しっと》をいだかずにいられないのが至当なのでした。白痴の妻がついに刃物を揮ったのでしょう。自らの手が傷ついて血潮が仏像の傷口をそめたのでしょう。

けれども白痴の嫉妬よりも――私はふと重い思いに沈んでいました。あの男のあこがれが、現実の美女達よりも白痴の女をもとめさせてしまったように、結局白痴の女よりも、あやしい快楽の数々に富んだあの木像が、いっそう彼の心をみだしていたかも知れない。……

私は苦しくなるのでした。白痴の女の憎しみが、あまり生々しく私の胸すら刺したからにほかなりません。そして私はなおいっそうの生々しさで、仏像の秘密の深い肉体を思い、うねうねと絡《から》みついてくるような鞭《むち》に似たその弾力の苦しさに驚かずにはいられぬのでした。

木像のみずみずしい脾腹のふくらみにまるく滲んだ血糊は、ほかでもない、やっぱりあの快楽の深い肉の中からどくどくと流れでてきた血潮なのでした。

「とにかく――」私はすでに眠りのなかで決意をかためていたのです。「あの人々の静かな生活をみださぬために、私はあした出発しよう」

そして翌日友達が孤独に疲れた人のみのもつ静かさで頻《しき》りにとめる言葉もきかず、私は出発していたのです。そして私は浜木綿《はまゆう》のさわぐ海辺の径《みち》を、できるだけ太陽をふり仰ぎながら、歩いていました。

白痴

その家には人間と豚と犬と雞《にわとり》と家鴨《あひる》が住んでいたが、まったく、住む建物も各々の食物も殆《ほとん》ど変っていやしない。物置のようなひん曲った建物があって、階下には主人夫婦、天井裏に母と娘が間借りしていて、この娘は相手の分らぬ子供を孕《はら》んでいる。

伊沢の借りている一室は主屋《おもや》から分離した小屋で、ここは昔この家の肺病の息子がねていたそうだが、肺病の豚にも贅沢《ぜいたく》すぎる小屋ではない。それでも押入と便所と戸棚がついていた。

主人夫婦は仕立屋で町内のお針の先生などもやり（それ故《ゆえ》肺病の息子を別の小屋へ入れたのだ）町会の役員などもやっている。間借りの娘は元来町会の事務員だったが、町会事務所に寝泊りしていて町会長と仕立屋を除いた他の役員の全部の者（十数人）と公平に関係を結んだそうで、そのうちの誰かの種《たね》を宿したわけだ。そこで町会の役員共が醵《きょ》金《きん》してこの屋根裏で子供の始末をつけさせようというのだが、世間は無駄がないもので、役員の一人に豆腐屋がいて、この男だけ娘が姙娠《にんしん》してこの屋根裏にひそんで後《のち》も通《かよ》ってきて、結局娘はこの男の妾《めかけ》のようにきまってしまった。他の役員共はこれが分るとさっそく醵金をやめてしまい、この分れ目の一ケ月分の生活費は豆腐屋が負担すべきだと主張して支払いに応じない八百屋《やおや》と時計屋と地主と何屋だか七、八人あり（一人当り金五円）娘は今に至るまで地団駄ふんでいる。

この娘は大きな口と大きな二つの眼の玉をつけていて、そのくせひどく痩《や》せこけていた。家鴨を嫌って、雞にだけ食物の残りをやろうとするのだが家鴨が横からまきあげるので、毎日腹を立てて家鴨を追っかけている。大きな腹と尻《しり》を前後に突きだして奇妙な直立の姿勢で走る恰好《かっこう》が家鴨に似ているのであった。

この露路《ろじ》の出口に煙草屋《たばこや》があって、五十五という婆《ばあ》さんが白粉《おしろい》つけて住んでおり、七人目とか八人目とかの情夫を追いだして、その代りを中年の坊主にしようか矢張り中年の何屋だかにしようかと煩悶《はんもん》中の由《よし》であり、若い男が裏口から煙草を買いに行くと幾つか売ってくれる由で（但《ただ》し闇値《やみね》）先生（伊沢のこと）も裏口から行ってごらんなさいと仕立屋が言うのだが、あいにく伊沢は勤め先で特配があるので婆さんの世話にならずにすんでいた。

ところがその筋向いの米の配給所の裏手に小金を握った未亡人が住んでいて、兄（職工）と妹の二人の子供があるのだが、この真実の兄妹が夫婦の関係を結んでいる。けれども未亡人は結局その方が安上りだと黙認しているうちに、兄の方に女ができた。そこで妹の方をかたづける必要があって親戚に当る五十とか六十とかの老人のところへ嫁入りということになり、妹が猫イラズを飲んだ。飲んでおいて仕立屋(伊沢の下宿)へお稽古にきて苦しみはじめ、結局死んでしまったが、そのとき町内の医者が心臓麻痺《しんぞうまひ》の診断書をくれて話はそのまま消えてしまった。え？　どの医者がそんな便利な診断書をくれるんですか、と伊沢が仰天して訊《たず》ねると、仕立屋の方が呆気《あっけ》にとられた面持で、なんですか、よそじゃ、そうじゃないんですか、と訊《き》いた。

このへんは安アパートが林立し、それらの部屋の何分の一かは妾と淫売《いんばい》が住んでいる。それらの女達には子供がなく、又、各々の部屋を綺麗《きれい》にするという共通の性質をもっているので、そのために管理人に喜ばれて、その私生活の乱脈さ背徳性などは問題になったことが一度もない。アパートの半数以上は軍需工場の寮となり、そこにも女子挺身隊《じょしていしんたい》の集団が住んでいて、何課の誰さんの愛人だの課長殿の戦時夫人(というのはつまり本物の夫人は疎開中ということだ)だの重役の二号だの、会社を休んで月給だけ貰《もら》っている姙娠中の挺身隊だのいるのである。中に一人五百円の妾というのが一戸を構えていて羨望《せんぼう》の的であった。人殺しが商売だったという支那浪人(この妹は仕立屋の弟子)の隣は指圧の先生で、その隣は仕立屋銀次の流れをくむその道の達人だということであり、その裏に海軍少尉《かいぐんしょうい》がいるのだが、毎日魚を食い珈琲《コーヒー》をのみ缶詰をあけ酒を飲み、このあたりは一尺掘ると水がでるので防空壕の作りようもないというのに、少尉だけはセメントを用いて自宅よりも立派な防空壕《ぼうくうごう》をもっていた。又、伊沢が通勤に通る道筋の百貨店(木造二階建)は戦争で商品がなく休業中だが、二階では連日賭場《とば》が開帳されており、その顔役は幾つかの国民酒場を占領して行列の人民共を睨《にら》みつけて連日泥酔《でいすい》していた。

伊沢は大学を卒業すると新聞記者になり、つづいて文化映画の演出家(まだ見習いで単独演出したことはない)になった男で、二十七の年齢にくらべれば裏側の人生にいくらか知識はある筈《はず》で、政治家、軍人、実業家、芸人などの内幕に多少の消息は心得ていたが、場末の小工場とアパートにとりかこまれた商店街の生態がこんなものだとは想像もしていなかった。戦争以来人心が荒《すさ》んだせいだろうと訊いてみると、いえ、なんですよ、このへんじゃ、先からこんなものでしたねえ、と仕立屋は哲学者のような面持で静かに答えるのであった。

けれども最大の人物は伊沢の隣人であった。

この隣人は気違いだった。相当の資産があり、わざわざ露路のどん底を選んで家を建てたのも気違いの心づかいで、泥棒乃至《ないし》無用の者の侵入を極度に嫌った結果だろうと思われる。なぜなら、露路のどん底に辿《たど》りつきこの家の門をくぐって見廻《みまわ》すけれども戸口というものがないからで、見渡す限り格子《こうし》のはまった窓ばかり、この家の玄関は門と正反対の裏側にあって、要するにいっぺんグルリと建物を廻った上でないと辿りつくことができない。無用の侵入者は匙《さじ》を投げて引下《ひきさが》る仕組であり、乃至は玄関を探してうろつくうちに何者かの侵入を見破って警戒管制に入るという仕組でもあって、隣人は浮世の俗物どもを好んでいないのだ。この家は相当間数《まかず》のある二階建であったが、内部の仕掛に就《つい》ては物知りの仕立屋も多くを知らなかった。

気違いは三十前後で、母親があり、二十五、六の女房があった。母親だけは正気の人間の部類に属している筈だという話であったが、強度のヒステリイで、配給に不服があると跣足《はだし》で町会へ乗込んでくる町内唯一の女傑であり、気違いの女房は白痴《はくち》であった。ある幸多き年のこと、気違いが発心《ほっしん》して白装束《しろしょうぞく》に身をかため四国遍路に旅立ったが、そのとき四国のどこかしらで白痴の女と意気投合し、遍路みやげに女房をつれて戻ってきた。気違いは風采《ふうさい》堂々たる好男子であり、白痴の女房はこれも然《しか》るべき家柄の然るべき娘のような品の良さで、眼の細々とうっとうしい、瓜核顔《うりざねがお》の古風の人形か能面のような美しい顔立《かおだち》で、二人並べて眺めただけでは、美男美女、それも相当教養深遠な好一対《こういっつい》としか見受けられない。気違いは度の強い近眼鏡をかけ、常に万巻の読書に疲れたような憂《うれ》わしげな顔をしていた。

ある日この露路で防空演習があってオカミさん達が活躍していると、着流し姿でゲタゲタ笑いながら見物していたのがこの男で、そのうち俄《にわか》に防空服装に着代えて現れて一人のバケツをひったくったかと思うと、エイとか、ヤーとか、ホーホーという数種類の奇妙な声をかけて水を汲《く》み水を投げ、梯子《はしご》をかけて塀に登り屋根に登り、屋根の上から号令をかけ、やがて一場の演説(訓辞)を始めた。伊沢はこのときに至って始めて気違いであることに気付いたので、この隣人は時々垣根から侵入してきて仕立屋の豚小屋で残飯のバケツをぶちまけ、ついでに家鴨に石をぶつけ、全然何食わぬ顔をして雞に餌《えさ》をやりながら突然蹴《け》とばしたりするのであったが、相当の人物と考えていたので、静かに黙礼などを取交していたのであった。

だが、気違いと常人とどこが違っているというのだ。違っているといえば、気違いの方が常人よりも本質的に慎み深いぐらいのもので、気違いは笑いたい時にゲタゲタ笑い、演説したい時に演説をやり、家鴨に石をぶつけたり、二時間ぐらい豚の顔や尻を突ついていたりする。けれども彼等は本質的にはるかに人目を怖《おそ》れており、私生活の主要な部分は特別細心の注意を払って他人から絶縁しようと腐心している。門からグルリと一廻りして玄関をつけたのもその為《ため》であり、彼等の私生活は概して物音がすくなく、他に対して無用なる饒舌《じょうぜつ》に乏しく、思索的なものであった。露路の片側はアパートで伊沢の小屋にのしかかるように年中水の流れる音と女房どもの下品な声が溢《あふ》れており、姉妹の淫売が住んでいて、姉に客のある夜は妹が廊下を歩きつづけており、妹に客のある時は姉が深夜の廊下を歩いている。気違いがゲタゲタ笑うというだけで人々は別の人種だと思っていた。

白痴の女房は特別静かでおとなしかった。何かおどおどと口の中で言うだけで、その言葉は良くききとれず、言葉のききとれる時でも意味がハッキリしなかった。料理も、米を炊くことも知らず、やらせれば出来るのかも知れないが、ヘマをやって怒られるとおどおどして益々《ますます》ヘマをやるばかり、配給物をとりに行っても自身では何もできず、ただ立っているというだけで、みんな近所の者がしてくれるのだ。気違いの女房ですもの白痴でも当然、その上の慾《よく》を言ってはいけますまいと人々が言うが、母親は大の不服で、女が御飯ぐらい炊けなくって、と怒っている。それでも常はたしなみのある品の良い婆さんなのだが、何がさて一方《ひとかた》ならぬヒステリイで、狂いだすと気違い以上に獰猛《どうもう》で三人の気違いのうち婆さんの叫喚が頭ぬけて騒《さわが》しく病的だった。白痴の女は怯《おび》えてしまって、何事もない平和な日々ですら常におどおどし、人の跫音《あしおと》にもギクリとして、伊沢がヤアと挨拶《あいさつ》すると却《かえ》ってボンヤリして立ちすくむのであった。

白痴の女も時々豚小屋へやってきた。気違いの方は我家の如《ごと》くに堂々と侵入してきて家鴨に石をぶつけたり豚の頰《ほ》っぺたを突き廻したりしているのだが、白痴の女は音もなく影の如くに逃げこんできて、豚小屋の陰に息をひそめているのであった。いわば此処《ここ》は彼女の待避所で、そういう時には大概隣家でオサヨさんオサヨさんとよぶ婆さんの鳥類的な叫びが起り、そのたびに白痴の身体はすくんだり傾いたり反響を起し、仕方なく動きだすには虫の抵抗の動きのような長い反復があるのであった。

新聞記者だの文化映画の演出家などは賤業中《せんぎょう》の賤業であった。彼等の心得ているのは時代の流行ということだけで、動く時間に乗遅れまいとすることだけが生活であり、自我の追求、個性や独創というものはこの世界には存在しない。彼等の日常の会話の中には会社員だの官吏だの学校の教師に比べて自我だの人間だの個性だの独創だのという言葉が汎濫《はんらん》しすぎているのであったが、それは言葉の上だけの存在であり、有金をたいて女を口説《くど》いて宿酔《ふつかよい》の苦痛が人間の悩みだと云《い》うような馬鹿馬鹿しいものなのだった。ああ日の丸の感激だの、兵隊さんよ有難う、思わず目頭が熱くなったり、ズドズドズドは爆撃の音、無我夢中で地上に伏し、パンパンパンは機銃の音、凡《およ》そ精神の高さもなければ一行の実感すらもない架空の文章に憂身《うきみ》をやつし、映画をつくり、戦争の表現とはそういうものだと思いこんでいる。又ある者は軍部の検閲《けんえつ》で書きようがないと言うけれども、他に真実の文章の心当りがあるわけでなく、文章自体の真実や実感は検閲などには関係のない存在だ。要するに如何《いか》なる時代にもこの連中には内容がなく空虚な自我があるだけだ。流行次第で右から左へどうにでもなり、通俗小説の表現などからお手本を学んで時代の表現だと思いこんでいる。事実時代というものはただそれだけの浅薄愚劣なものでもあり、日本二千年の歴史を覆《くつがえ》すこの戦争と敗北が果して人間の真実に何の関係があったであろうか。最も内省の稀《き》薄《はく》な意志と衆愚の盲動だけによって一国の運命が動いている。部長だの社長の前で個性だの独創だのと言いだすと顔をそむけて馬鹿な奴だという言外の表示を見せて、兵隊さんよ有難う、ああ日の丸の感激、思わず目頭が熱くなり、OK、新聞記者とはそれだけで、事実、時代そのものがそれだけだ。

師団長閣下《かっか》の訓辞を三分間もかかって長々と写す必要がありますか、職工達の毎朝のノリトのような変テコな唄《うた》を一から十まで写す必要があるのですか、と訊いてみると、部長はプイと顔をそむけて舌打ちして、やにわに振向くと貴重品の煙草をグシャリと灰皿へ押しつぶして睨みつけて、おい、怒濤《どとう》の時代に美が何物だい、芸術は無力だ！　ニユースだけが真実なんだ！　と怒鳴るのであった。演出家どもは演出家どもで、企劃部《きかくぶ》員《いん》は企劃部員で、徒党を組み、徳川時代の長脇差と同じような情誼《じょうぎ》の世界をつくりだし義理人情で才能を処理して、会社員よりも会社員的な順番制度をつくっている。それによって各自の凡庸さを擁護《ようご》し、芸術の個性と天才による争覇を罪悪視し組合違反と心得て、相互扶助の精神による才能の貧困の救済組織を完備していた。内にあっては才能の貧困の救済組織であるけれども外に出《い》ではアルコールの獲得組織で、この徒党は国民酒場を占領し三、四本ずつビールを飲み酔っ払って芸術を論じている。彼等の帽子や長髪やネクタイや上着《ブルース》は芸術家であったが、彼等の魂や根性は会社員よりも会社員的であった。伊沢は芸術の独創を信じ、個性の独自性を諦《あきら》めることができないので、義理人情の制度の中で安息することができないばかりか、その凡庸さと低俗卑劣な魂を憎まずにいられなかった。彼は徒党の除け者《もの》となり、挨拶しても返事もされず、中には睨む者もある。思いきって社長室へ乗込んで、戦争と芸術性の貧困とに理論上の必然性がありますか、それとも軍部の意志ですか。ただ現実を写すだけならカメラと指が二、三本あるだけで沢山《たくさん》ですよ。如何なるアングルによって之《これ》を裁断し芸術に構成するかという特別な使命のために我々芸術家の存在が——社長は途中に顔をそむけて苦りきって煙草をふかし、お前はなぜ会社をやめないのか、徴用が怖いからか、という顔付で苦笑をはじめ、会社の企劃通り世間なみの仕事に精をだすだけでそれで月給が貰《もら》えるならよけいなことを考えるな、生意気すぎるという顔付になり、一言も返事をせずに、帰れという身振りを示すのであった。賤業中の賤業でなくて何物であろうか。ひと思いに兵隊にとられ、考える苦しさから救われるなら、敵弾も飢餓《きが》もむしろ太平楽のようにすら思われる時があるほどだった。

伊沢の会社では「ラバウルを陥《おと》すな」とか「飛行機をラバウルへ！」とか企劃をたてコンテを作っているうちに敵はもうラバウルを通りこしてサイパンに上陸していた。「サイパン決戦！」企劃会議も終らぬうちにサイパン玉砕、そのサイパンから敵機が頭上にとびはじめている。「焼夷弾《しょういだん》の消し方」「空の体当り」「ジャガ芋《いも》の造り方」「一機も生きて返すまじ」「節電と飛行機」不思議な情熱であった。底知れぬ退屈を植えつける奇妙な映画が次々と作られ、生《なま》フイルムは欠乏し、動くカメラは少くなり、芸術家達の情熱は白熱的に狂躁《きょうそう》し「神風《かみかぜ》特攻隊」「本土決戦」「ああ桜は散りぬ」何ものかに憑《つ》かれた如く彼等の詩情は亢奮《こうふん》している。そして蒼《あお》ざめた紙の如く退屈無限の映画がつくられ、明日の東京は廃墟《はいきょ》になろうとしていた。

伊沢の情熱は死んでいた。朝目がさめる。今日も会社へ行くのかと思うと睡《ねむ》くなり、うとうとすると警戒警報がなりひびき、起き上りゲートルをまき煙草を一本ぬきだして火をつける。ああ会社を休むとこの煙草がなくなるのだな、と考えるのであった。

ある晩、おそくなり、ようやく終電にとりつくことのできた伊沢は、すでに私線がなかったので、相当の夜道を歩いて我家へ戻ってきた。あかりをつけると奇妙に万年床《まんねんどこ》の姿が見えず、留守中誰かが掃除《そうじ》をしたということも、誰かが這入《はい》ったことすらも例がな

いた。

いので、訝《いぶか》りながら押入をあけると、積み重ねた蒲団《ふとん》の横に白痴の女がかくれていた。不安の眼で伊沢の顔色をうかがい蒲団の間へ顔をもぐらしてしまったが、伊沢の怒らぬことを知ると、安堵《あんど》のために親しさが溢れ、呆《あき》れるぐらい落付《おちつ》いてしまった。口の中でブツブツと呟《つぶや》くようにしか物を言わず、その呟きもこっちの訊ねることと何の関係もないことをああ言い又こう言い自分自身の思いつめたことだけをそれも至極漠然と要約して断片的に言《い》い綴《つづ》っている。伊沢は問わずに事情をさとり、多分叱《しか》られて思い余って逃げこんで来たのだろうと思ったから、無役《むえき》な怯えをなるべく与えぬ配慮によって質問を省略し、いつごろどこから這入ってきたかということだけを訊ねると、女は訳の分らぬことをあれこれブツブツ言ったあげく、片腕をまくりあげてその一ケ所をなでて(そこにはカスリ傷がついていた)私、痛いの、とか、今も痛むの、とか、さっきも痛かったの、とか、色々時間をこまかく区切って言っているので、ともかく夜になってから窓から這入ったことが分った。跣足で外を歩きまわって這入ってきたから部屋を泥でよごした、ごめんなさいね、という意味も言ったけれども、あれこれ無数の袋小路をうろつき廻る呟きの中から意味をまとめて判断するので、ごめんなさいね、がどの道に連絡しているのだか決定的な判断はできないのだった。

深夜に隣人を叩《たた》き起《おこ》して怯えきった女を返すのもやりにくいことであり、さりとて夜が明けて女を返して一夜泊めたということが如何なる誤解を生みだすか、相手が気違いのことだから想像すらもつかなかった。ままよ、伊沢の心には奇妙な勇気が湧《わ》いてきた。その実体は生活上の感情喪失に対する好奇心と刺戟《しげき》との魅力に惹《ひ》かれただけのものであったが、どうにでもなるがいい、ともかくこの現実を一つの試煉《しれん》と見ることが俺《おれ》の生き方に必要なだけだ、白痴の女の一夜を保護するという眼前の義務以外に何を考え何を怖れる必要もないのだと自分自身に言いきかした。彼はこの唐突千万な出来事に変に感動していることを羞《は》ずべきことではないのだと自分自身に言いきかせていた。

二つの寝床をしき女をねせて電燈を消して一、二分もしたかと思うと、女は急に起き上り寝床を脱けでて、部屋のどこか片隅にうずくまっているらしい。それがもし真冬でなければ伊沢は強いてこだわらず眠ったかも知れなかったが、特別寒い夜更けで、一人分の寝床を二人に分割しただけでも外気がじかに肌にせまり身体の顫《ふる》えがとまらぬぐらい冷《つ》めたかった。起き上って電燈をつけると、女は戸口のところに襟《えり》をかき合せてうずくまっており、まるで逃げ場を失って追いつめられた眼の色をしている。どうしたの、ねむりなさい、と言えば呆気ないほどすぐ頷《うなず》いて再び寝床にもぐりこんだが、電気を消して一、二分もすると、又、同じように起きてしまう。それを寝床へつれもどして、心配することはない、私はあなたの身体に手をふれるようなことはしないから、と言いきかせると、女は怯えた眼付をして何か言訳《いいわけ》じみたことを口の中でブツブツ言っているのであった。そのまま三たび目の電気を消すと、今度は女はすぐ起き上り、押入の戸をあけて中へ這入って内側から戸をしめた。

この執拗《しつよう》なやり方に伊沢は腹を立てた。手荒く押入を開け放して、あなたは何を勘違いをしているのですか、あれほど説明もしているのに押入へ這入って戸をしめるなどとは人を侮辱《ぶじょく》するも甚《はなは》だしい、それほど信用できない家へなぜ逃げこんできたのですか、それは人を愚弄《ぐろう》し私の人格に不当な恥を与え、まるであなたが何か被害者のようではありませんか、茶番もいい加減にしたまえ。けれどもその言葉の意味もこの女には理解する能力すらもないのだと思うと、これくらい張合のない馬鹿馬鹿しさもないもので、女の横《よこ》ッ面《つら》を殴りつけてさっさと眠る方が何より気がきいていると思うのだった。すると女は妙に割切れぬ顔付をして何か口の中でブツブツ言っている、私は帰りたい、私は来なければよかった、という意味の言葉であるらしい。でも私はもう帰るところがなくなったから、と言うので、その言葉には伊沢もさすがに胸をつかれて、だから、安心してここで一夜を明したらいいでしょう、私が悪意をもたないのにまるで被害者のような思いあがったことをするから腹を立てただけのことです、押入の中などにはいらずに蒲団の中でおやすみなさい。すると女は伊沢を見つめて何か早口にブツブツ言う、え？ なんですか、そして伊沢は飛び上るほど驚いた。なぜなら女のブツブツの中から、私はあなたに嫌われていますもの、という一言がハッキリききとれたからである。え、なんですって？　伊沢が思わず目を見開いて訊き返すと、女の顔は悄然《しょうぜん》として、私はこなければよかった、私はきらわれている、私はそうは思っていなかった、という意味のことをくどくどと言い、そしてあらぬ一ヶ所を見つめて放心してしまった。

伊沢ははじめて了解した。

女は彼を怖れているのではなかったのだ。まるで事態はあべこべだ。女は叱られて逃げ場に窮してそれだけの理由によって来たのではない。伊沢の愛情を目算に入れていたのであった。だがいったい女が伊沢の愛情を信じることが起り得るような何事があったのであろうか。豚小屋のあたりや露路や路上でヤアと云って四、五へん挨拶したぐらい、思えばすべてが唐突で全く茶番に外《ほか》ならず、伊沢の前に白痴の意志や感受性や、ともかく人間以外のものが強要されているだけだった。電燈を消して一、二分たち男の手が女のからだに触れないために嫌われた自覚をいだいてその羞《はずか》しさに蒲団をぬけだすということが、白痴の場合はそれが真実悲痛なことであるのか、伊沢がそれを信じていいのか、これもハッキリは分らない。遂《つい》には押入へ閉じこもる、それが白痴の恥辱と自卑《じひ》の表現と解していいのか、それを判断する為の言葉すらもないのだから、事態はともかく彼が白痴と同格に成《な》り下《さが》る以外に法がない。なまじいに人間らしい分別が、なぜ必要であろうか。白痴の心の素直さを彼自身も亦《また》もつことが人間の恥辱であろうか。俺にもこの白痴のような心、幼い、そして素直な心が何より必要だったのだ。俺はそれをどこかへ忘れ、ただあくせくした人間共の思考の中で、うすぎたなく汚れ、虚妄の影を追い、ひどく疲れていただけだ。

彼は女を寝床へねせて、その枕元に坐り、自分の子供、三ツか四ツの小さな娘をねむらせるように額《ひたい》の髪の毛をなでてやると、女はボンヤリ眼をあけて、それがまったく幼い子供の無心さと変るところがないのであった。私はあなたを嫌っているのではない、人間の愛情の表現は決して肉体だけのものではなく、人間の最後の住みかはふるさとで、あなたはいわば常にそのふるさとの住人のようなものなのだから、などと伊沢も始めは妙にしかつめらしくそんなことも言いかけてみたが、もとよりそれが通じるわけではないのだし、いったい言葉が何物であろうか、何ほどの値打があるのだろうか、人間の愛情すらもそれだけが真実のものだという何のあかしも有り得ない、生の情熱を托《たく》すに足る真実なものが果してどこに有り得るのか、すべては虚妄の影だけだ。女の髪の毛をなでていると、慟哭《どうこく》したい思いがこみあげ、さだまる影すらもないこの捉《とら》えがたい小さな愛情が自分の一生の宿命であるような、その宿命の髪の毛を無心になでているような切ない思いになるのであった。

　この戦争はいったいどうなるのであろう。日本は負け、敵は本土に上陸して、日本人の大半は死滅してしまうのかも知れない。それはもう一つの超自然の運命、いわば天災のようにしか思われなかった。彼には然《しか》しもっと卑小な問題があった。それは驚くほど卑小な問題で、しかも眼の先にさしせまり常にちらついて放れなかった。それは彼が会社から貰う二百円ほどの給料で、その給料をいつまで貰うことができるか、明日にもクビになり路頭に迷いはしないかという不安であった。彼は月給を貰うとき、同時にクビの宣告を受けはしないかとビクビクし、月給袋を受取ると一月《ひとつき》延びた命のために呆れるぐらい幸福感を味《あじわ》うのだが、その卑小さを顧《かえりみ》ていつも泣きたくなるのであった。彼は芸術を夢みていた。その芸術の前ではただ一粒の塵埃《じんあい》でしかないような二百円の給料が、どうして骨身にからみつき、生存の根柢《こんてい》をゆさぶるような大きな苦悶《くもん》になるのであろうか。生活の外形のみのことではなくその精神も魂も二百円に限定され、その卑小さを凝視して気も違わずに平然としていることが尚更《なおさら》なさけなくなるばかりであった。怒濤の時代に美が何物だい。芸術は無力だ！　という部長の馬鹿馬鹿しい大声が、伊沢の胸にまるで違った真実をこめ鋭いそして巨大な力で食いこんでくる。ああ日本は敗《ま》ける。泥人形のくずれるように同胞たちがバタバタ倒れ、吹きあげるコンクリートや煉瓦《れんが》の屑《くず》と一緒くたに無数の脚《あし》だの首だの腕だの舞いあがり、木も建物も何もない平な墓地になってしまう。どこへ逃げ、どの穴ぼこへ追いつめられ、どこで穴もろとも吹きとばされてしまうのだか、夢のような、けれどもそれはもし生き残ることができたら、その新鮮な再生のために、そして全然予測のつかない新世界、石屑だらけの野原の上の生活のために、伊沢はむしろ好奇心がうずくのだった。それは半年か一年さきの当然訪れる運命だったが、その訪れの当然さにも拘《かかわ》らず、夢の中の世界のような遥《はる》かな戯《たわむ》れにしか意識されていなかった。眼のさきの全てをふさぎ、生きる希望を根こそぎさらい去るたった二百円の決定的な力、夢の中にまで二百円に首をしめられ、うなされ、まだ二十七の青春のあらゆる情熱が漂白されて、現実にすでに暗黒の曠野《こうや》の上を茫々《ぼうぼう》歩くだけではないか。

伊沢は女が欲しかった。女が欲しいという声は伊沢の最大の希願ですらあったのに、その女との生活が二百円に限定され、鍋《なべ》だの釜《かま》だの味噌《みそ》だの米だのみんな二百円の呪文《じゅもん》を負い、二百円の呪文に憑かれた子供が生まれ、女がまるで手先のように呪文に憑かれた鬼と化して日々ぶつぶつ呟いている。胸の灯も芸術も希望の光もみんな消えて、生活自体が道ばたの馬糞《ばふん》のようにグチャグチャに踏みしだかれて、乾きあがって風に吹かれて飛びちり跡片もなくなって行く。爪《つめ》の跡すら、なくなって行く。女の背にはそういう呪文が絡《から》みついているのであった。やりきれない卑小な生活だった。彼自身にはこの現実の卑小さを裁く力すらもない。ああ戦争、この偉大なる破壊、奇妙奇天烈《きみょうきてれつ》な公平さでみんな裁かれ日本中が石屑だらけの野原になり泥人形がバタバタ倒れ、それは虚無のなんという切ない巨大な愛情だろうか。破壊の神の腕の中で彼は眠りこけたくなり、そして彼は警報がなるとむしろ生き生きしてゲートルをまくのであった。生命の不安と遊ぶことだけが毎日の生きがいだった。警報が解除になるとガッカリして、絶望的な感情の喪失が又はじまるのであった。

この白痴の女は米を炊くことも味噌汁をつくることも知らない。配給の行列に立っているのが精一杯で、喋《しゃべ》ることすらも自由ではないのだ。まるで最も薄い一枚のガラスのように喜怒哀楽の微風にすら反響し、放心と怯えの皺《しわ》の間へ人の意志を受け入れ通過させているだけだ。二百円の悪霊すらもこの魂には宿ることができないのだ。この女はまるで俺のために造られた悲しい人形のようではないか。伊沢はこの女と抱き合い、暗い曠野を飄々《ひょうひょう》と風に吹かれて歩いている無限の旅路を目に描いた。

それにも拘らず、その想念が何か突飛《とっぴ》に感じられ、途方もない馬鹿げたことのように思われるのは、そこにも亦《また》卑小きわまる人間の殼が心の芯《しん》をむしばんでいるせいなのだろう。そしてそれを知りながら、しかも尚、わきでるようなこの想念と愛情の素直さが全然虚妄のものにしか感じられないのはなぜだろう。白痴の女よりもあのアパートの淫売婦が、そしてどこかの貴婦人がより人間的だという何か本質的な掟《おきて》が在《あ》るのだろうか。けれどもまるでその掟が厳として存在している馬鹿馬鹿しい有様なのであった。

俺は何を怖れているのだろうか。まるであの二百円の悪霊が——俺は今この女によってその悪霊と絶縁しようとしているのに、そのくせ矢張り悪霊の呪文によって縛りつけられているではないか。怖れているのはただ世間の見栄《みえ》だけだ。その世間とはアパートの淫売婦だの妾だの姙娠した挺身隊だの家鴨のような鼻にかかった声をだして喚《わめ》いているオカミサン達の行列会議だけのことだ。そのほかに世間などはどこにもありはしないのに、そのくせこの分りきった事実を俺は全然信じていない。不思議な掟に怯えているのだ。

それは驚くほど短い(同時にそれは無限に長い)一夜であった。長い夜のまるで無限の続きだと思っていたのに、いつかしら夜が白み、夜明けの寒気が彼の全身を感覚のない石のようにかたまらせていた。彼は女の枕元で、ただ髪の毛をなでつづけていたのであった。

★

その日から別な生活がはじまった。

けれどもそれは一つの家に女の肉体がふえたということの外《ほか》には別でもなければ変ってすらもいなかった。それはまるで嘘《うそ》のような空々しさで、たしかに彼の身辺に、そして彼の精神に、新たな芽生えの唯《ただ》一本の穂先すら見出すことができないのだ。その出来事の異常さをともかく理性的に納得しているというだけで、生活自体に机の置き場所が変ったほどの変化も起きてはいなかった。彼は毎朝出勤し、その留守宅の押入の中に一人の白痴が残されて彼の帰りを待っている。しかも彼は一足でると、もう白痴の女のことなどは忘れており、何かそういう出来事がもう記憶にも定かではない十年二十年前に行われていたかのような遠い気持がするだけだった。

戦争という奴が、不思議に健全な健忘性なのであった。まったく戦争の驚くべき破壊力や空間の変転性という奴はたった一日が何百年の変化を起し、一週間前の出来事が数年前の出来事に思われ、一年前の出来事などは記憶の最もどん底の下積の底へ距てられていた。伊沢の近くの道路だの工場の四囲の建物などが取りこわされ町全体がただ舞いあがる埃《ほこり》のような疎開騒ぎをやらかしたのもつい先頃のことであり、その跡すらも片づいていないのに、それはもう一年前の騒ぎのように遠ざかり、街の様相を一変する大きな変化が二度目にそれを眺める時にはただ当然な風景でしかなくなっていた。その健康な健忘性の雑多なカケラの一つの中に白痴の女がやっぱり遠くへ押しのけられて霞《かす》んでいる。昨日まで行列していた駅前の居酒屋の疎開跡の棒切れだの爆弾に破壊されたビルの穴だの街の焼跡だの、それらの雑多のカケラの間にはさまれて白痴の顔がころがっているだけだった。

けれども毎日警戒警報がなる。時には空襲警報もなる。すると彼は非常に不愉快な精神状態になるのであった。それは彼の留守宅の近いところに空襲があり知らない変化が現に起っていないかという懸念であったが、その懸念の唯一の理由はただ女がとりみだして飛びだして、すべてが近隣へ知れ渡っていないかという不安なのだった。知らない変化の不安のために、彼は毎日明るいうちに家へ帰ることができなかった。この低俗な不安を克服し得ぬ惨《みじ》めさに幾たび虚《むな》しく反抗したか、彼はせめて仕立屋に全てを打開けてしまいたいと思うのだったが、その卑劣さに絶望して、なぜならそれは被害の最も軽少な告白を行うことによって不安をまぎらす惨めな手段にすぎないので、彼は自分の本質が低俗な世間なみにすぎないことを呪《のろ》い憤《いきどお》るのみだった。

彼には忘れ得ぬ二つの白痴の顔があった。街角を曲る時だの会社の階段を登る時だの電車の人ごみを脱けでる時だのはからざる随所に二つの顔をふと思いだし、そのたびに彼の一切の思念が凍り、そして一瞬の逆上が絶望的に凍りついているのであった。

その顔の一つは彼がはじめて白痴の肉体にふれた時の白痴の顔だ。そしてその出来事自体はその翌日には一年昔の記憶の彼方《かなた》へ遠ざけられているのであったが、ただ顔だけが切り放されて思いだされてくるのである。

その日から白痴の女はただ待ちもうけている肉体であるにすぎず、そのほかの何の生活も、ただ一《ひ》ときれの考えすらもないのであった。常にただ待ちもうけていた。伊沢の手が女の身体の一部にふれるというだけで、女の意識する全部のことは肉体の行為であり、そして身体も、そして顔も、ただ待ちもうけているのみであった。驚くべきことに、深夜、伊沢の手が女にふれるというだけで、眠《ねむ》り痴《し》れた肉体が同一の反応を起し、肉体のみは常に生き、ただ待ちもうけているのである。眠りながらも！　けれども、目覚めている女の頭に何事が考えられているかと云えば、元々ただの空虚であり、在るものはただ魂の昏睡《こんすい》と、そして生きている肉体のみではないか。目覚めた時も魂はねむり、ねむった時もその肉体は目覚めている。在るものはただ無自覚な肉慾《にくよく》のみ。それはあらゆる時間に目覚め、虫の如き倦《う》まざる反応の蠢動《しゅんどう》を起す肉体であるにすぎない。

もう一つの顔、それは折から伊沢の休みの日であったが、白昼遠からぬ地区に二時間にわたる爆撃があり、防空壕をもたない伊沢は女と共に押入にもぐり蒲団を楯《たて》にかくれていた。爆撃は伊沢の家から四、五百米《メートル》離れた地区へ集中したが、地軸もろとも家はゆれ、爆撃の音と同時に呼吸も思念も中絶する。同じように落ちてくる爆弾でも焼夷弾と爆弾では凄《すご》みに於《お》いて青大将と蝮《まむし》ぐらいの相違があり、焼夷弾にはガラガラという特別不気味な音響が仕掛けてあっても地上の爆発音がないのだから音は頭上でスウと消え失《き》せ《う》、竜頭蛇尾とはこのことで、蛇尾どころか全然尻尾《しっぽ》がなくなるのだから、決定的な恐怖感に欠けている。けれども爆弾という奴は、落下音こそ小さく低いが、ザアという雨降りの音のようなただ一本の棒をひき、此奴《こいつ》が最後に地軸もろとも引裂くような爆発音を起すのだから、ただ一本の棒にこもった充実した凄味といったら論外で、ズドズドズドと爆発の足が近づく時の絶望的な恐怖ときては額面通りに生きた心持がないのである。おまけに飛行機の高度が高いので、ブンブンという頭上通過の敵機の音も至極かすかに何食わぬ風に響いていて、それはまるでよそ見をしている怪物に大きな斧《おの》で殴りつけられるようなものだ。攻撃する相手の様子が不確かだから爆音の唸《うな》りの変な遠さが甚だ不安であるところへ、そこからザアと雨降りの棒一本の落下音がのびてくる、爆発を待つまの恐怖、全く此奴は言葉も呼吸も思念もとまる。愈々《いよいよ》今度はお陀仏《だぶつ》だという絶望が発狂寸前の冷めたさで生きて光っているだけだ。

伊沢の小屋は幸い四方がアパートだの気違いだの仕立屋などの二階屋でとりかこまれていたので、近隣の家は窓ガラスがわれ屋根の傷《いた》んだ家もあったが、彼の小屋のみガラスに罅《ひび》すらもはいらなかった。ただ豚小屋の前の畑に血だらけの防空頭巾《ぼうくうずきん》が落ちてきたばかりであった。押入の中で、伊沢の目だけが光っていた。彼は見た。白痴の顔を。虚空をつかむその絶望の苦悶を。

ああ人間には理知がある。如何なる時にも尚いくらかの抑制や抵抗は影をとどめているものだ。その影ほどの理知も抑制も抵抗もないということが、これほどあさましいものだとは！　女の顔と全身にただ死の窓へひらかれた恐怖と苦悶が凝《こ》りついていた。苦悶は動き、苦悶はもがき、そして苦悶が一滴の涙を落している。もし犬の眼が涙を流すなら、犬が笑うと同様に醜怪きわまるものであろう。影すらも理知のない涙とは、これほども醜悪なものだとは！　爆撃のさなかに於て、四、五歳乃至《ないし》六、七歳の幼児達は奇妙に泣かないものである。彼等の心臓は波のような動悸《どうき》をうち、彼等の言葉は失われ、異様な目を大きく見開いているだけだ。全身に、生きているのは目だけであるが、それは一見したところ、ただ大きく見開《みひ》らかれているだけで、必ずしも不安や恐怖というものの直接劇的な表情を刻んでいるというほどではない。むしろ本来の子供よりも却って理知的に思われるほど情意を静かに殺している。その瞬間にはあらゆる大人もそれだけで、或いはむしろそれ以下で、なぜならむしろ露骨な不安や死への苦悶を表すからで、いわば子供が大人よりも理知的にすら見えるのだった。

白痴の苦悶は子供達の大きな目とは似ても似つかぬものであった。それはただ本能的な死への恐怖と死への苦悶があるだけで、それは人間のものではなく、虫のものですらもなく、醜悪な一つの動きがあるのみだった。やや似たものがあるとすれば、一寸五分ほどの芋虫が五尺の長さにふくれあがってもがいている動きぐらいのものだろう。そして目に一滴の涙をこぼしているのである。

言葉も叫びも呻《うめ》きもなく、表情もなかった。伊沢の存在すらも意識してはいなかった。人間ならばかほどの孤独が有り得る筈はない。男と女とただ二人押入にいて、その一方の存在を忘れ果てるということが、人の場合に有り得べき筈はない。人は絶対の孤独というが、彼の存在を自覚してのみ絶対の孤独も有り得るので、かほどまで盲目的な、無自覚な、絶対の孤独が有り得ようか。それは芋虫の孤独であり、その絶対の孤独の相のあさましさ。心の影の片鱗《へんりん》もない苦悶の相の見るに堪《た》えぬ醜悪さ。

爆撃が終った。伊沢は女を抱き起したが、伊沢の指の一本が胸にふれても反応を起す女が、その肉慾すら失っていた。このむくろを抱いて無限に落下しつづけている、暗い、暗い。無限の落下があるだけだった。

彼はその日爆撃直後に散歩にでて、なぎ倒された民家の間で吹きとばされた女の脚も、腸のとびだした女の腹も、ねじきれた女の首も見たのであった。

三月十日の大空襲の焼跡もまだ吹きあげる煙をくぐって伊沢は当《あて》もなく歩いていた。

人間が焼鳥と同じようにあっちにこっちに死んでいる。ひとかたまりに死んでいる。まったく焼鳥と同じことだ。怖くもなければ、汚くもない。犬と並んで同じように焼かれている屍体《したい》もあるが、それは全く犬死《いぬじに》で、然しそこにはその犬死の悲痛さも感慨すらも有りはしない。人間が犬の如くに死んでいるのではなく、犬と、そして、それと同じような何物かが、ちょうど一皿の焼鳥のように盛られ並べられているだけだった。犬でもなく、もとより人間ですらもない。

白痴の女が焼け死んだら――土から作られた人形が土にかえるだけではないか。もしこの街に焼夷弾のふりそそぐ夜がきたら……伊沢はそれを考えると、変に落付いて沈み考えている自分の姿と自分の顔、自分の目を意識せずにいられなかった。俺は落付いている。そして、空襲を待っている。よかろう。彼はせせら笑うのだった。俺はただ醜悪なものが嫌いなだけだ。そして、元々魂のない肉体が焼けて死ぬだけのことではないか。俺は女を殺しはしない。俺は卑劣で、低俗な男だ。俺にはそれだけの度胸はない。だが、戦争が、たぶん女を殺すだろう。その戦争の冷酷な手を女の頭上へ向けるためのちょっとした手掛りだけをつかめばいいのだ。俺は知らない。多分、何か、ある瞬間が、それを自然に解決しているにすぎないだろう。そして伊沢は空襲をきわめて冷静に待ち構えていた。

★

それは四月十五日であった。

その二日前、十三日に、東京では二度目の夜間大空襲があり、池袋だの巣鴨《すがも》だの山手方面に被害があったが、たまたまその罹災《りさい》証明が手にはいったので、伊沢は埼玉へ買出しにでかけ、いくらかの米をリュックに背負って帰ってきた。彼が家へ着くと同時に警戒警報がなりだした。

次の東京の空襲がこの街のあたりだろうということは、焼け残りの地域を考えれば誰にも想像のつくことで、早ければ明日、遅くとも一ヶ月とはかからないこの街の運命の日が近づいている。早ければ明日と考えたのは、これまでの空襲の速度、編隊夜間爆撃の準備期間の間隔が早くて明日ぐらいであったからで、この日がその日になろうとは伊沢は予想していなかった。それ故《ゆえ》買出しにも出掛けたので、買出しと云っても目的は他にもあり、この農家は伊沢の学生時代に縁故のあった家であり、彼は二つのトランクとリュックにつめた物品を預けることがむしろ主要な目的であった。

伊沢は疲れきっていた。旅装は防空服装でもあったから、リュックを枕にそのまま部屋のまんなかにひっくりかえって、彼は実際この差しせまった時間にうとうととねむってしまった。ふと目がさめると諸方のラジオはがんがんがなりたてており、編隊の先頭はもう伊豆《いず》南端にせまり、伊豆南端を通過した。同時に空襲警報がなりだした。愈々この街の最後の日だ、伊沢は直覚した。白痴を押入の中に入れ、伊沢はタオルをぶらさげ歯ブラシをくわえて井戸端へでかけたが、伊沢はその数日前にライオン煉歯磨《ねりはみがき》を手に入れ長い間忘れていた煉歯磨の口中にしみわたる爽快《そうかい》さをなつかしんでいたので、運命の日を直覚するとどういうわけだか歯をみがき顔を洗う気になったが、第一にその煉歯磨が当然あるべき場所からほんのちょっと動いていただけで長い時間(それは実に長い時間に思われた)見当らず、ようやくそれを見付けると今度は石鹼《せっけん》(この石鹼も芳香のある昔の化粧石鹼)がこれもちょっと場所が動いていただけで長い時間見当らず、ああ俺は慌てているな、落付け、落付け、頭を戸棚にぶつけたり机につまずいたり、そのために彼は暫時《ざんじ》の間一切の動きと思念を中絶させて精神統一をはかろうとするが、身体自体が本能的に慌てだして滑り動いて行くのである。ようやく石鹼を見つけだして井戸端へでると仕立屋夫婦が畑の隅の防空壕へ荷物を投げこんでおり、家鴨によく似た屋根裏の娘が荷物をブラさげてうろうろしていた。伊沢はともかく煉歯磨と石鹼を断念せずに突きとめた執拗さを祝福し、果してこの夜の運命はどうなるのだろうと思った。まだ顔をふき終らぬうちに高射砲がなりはじめ、頭をあげると、もう頭上に十何本の照空燈が入りみだれて真上をさして騒いでおり、光芒《こうぼう》のまんなかに敵機がぽっかり浮いている。つづいて一機、また一機、ふと目を下方へおろしたら、もう駅前の方角が火の海になっていた。

愈々《いよいよ》来た。事態がハッキリすると伊沢はようやく落付いた。防空頭巾をかぶり蒲団をかぶって軒先に立ち二十四機まで伊沢は数えた。ポッカリ光芒のまんなかに浮いて、みんな頭上を通過している。高射砲の音だけが気が違ったように鳴りつづけ、爆撃の音は一向に起らない。二十五機を数える時から例のガラガラとガードの上を貨物列車が駆け去る時のような焼夷弾の落下音が鳴りはじめたが、伊沢の頭上を通り越して、後方の工場地帯へ集中されているらしい。軒先からは見えないので豚小屋の前まで行って後を見ると、工場地帯は火の海で、呆れたことには、今迄《いままで》頭上を通過していた飛行機と正反対の方向からも次々と敵機が来て後方一帯に爆撃を加えているのだ。するともうラジオはとまり、空一面は赤々と厚い煙の幕にかくれて、敵機の姿も照空燈の光芒も全く視界から失われてしまった。北方の一角を残して四周は火の海となり、その火の海が次第に近づいていた。

仕立屋夫婦は用心深い人達で、常から防空壕を荷物用に造ってあり目張りの泥も用意しておき、万事手順通りに防空壕に荷物をつめこみ目張りをぬり、その又上へ畑の土もかけ終っていた。この火じゃとても駄目ですね、仕立屋は昔の火消の装束で腕組みをして火の手を眺めていた。消せったって、これじゃ無理だ。あたしゃもう逃げますよ、煙にまかれて死んでみても始《はじま》らねえや。仕立屋はリヤカーにも一山の荷物をつみこんでおり、先生、いっしょに引上げましょう。僕はね、伊沢はそのとき騒々《そうぞう》しいほど複雑な恐怖感に襲われた。彼の身体は仕立屋といっしょに滑りだしかけているのであったが、身体の動きをふりきるような一つの心の抵抗で滑りをとめると、心の中の一角から張りさけるような悲鳴の声が同時に起ったような気持がした。この一瞬の遅延のために焼けて死ぬ、彼は殆ど恐怖のために放心したが、再びともかく自然によろめきだすような身体の滑りをこらえていた。

「僕はね、ともかく、もうちょっと、残りますよ。僕はね、仕事があるのだ。僕はね、ともかく芸人だから、命のとことんの所で自分の姿を見凝《みつ》め得るような機会には、そのとことんの所で最後の取引をしてみることを要求されているのだ。僕は逃げたいが、逃げられないのだ。この機会を逃《の》がすわけに行かないのだ。もうあなた方は逃げて下さい。早く、早く。一瞬間が全てを手遅れにしてしまう」

早く、早く。一瞬間が全てを手遅れに。全てとは、それは伊沢自身の命のことだ。早く早く。それは仕立屋をせきたてる声ではなくて、彼自身が一瞬も早く逃げたい為の声だった。彼がこの場所を逃げだすためには、あたりの人々がみんな立去った後でなければならないのだ。さもなければ、白痴の姿を見られてしまう。

じゃ先生、お大事に。リヤカーをひっぱりだすと仕立屋も慌てていた。リヤカーは露路の角々にぶつかりながら立去った。それがこの露路の住人達の最後に逃げ去る姿であった。岩を洗う怒濤の無限の音のような、屋根を打つ高射砲の無数の破片の無限の落下の音のような、休止と高低の何もないザアザアという無気味な音が無限に連続しているのだが、それが府道を流れている避難民達の一かたまりの跫音なのだ。高射砲の音などはもう間が抜けて、跫音の流れの中に奇妙な命がこもっていた。この高低と休止のない奇怪な音の無限の流れを世の何人《なんぴと》が跫音と判断し得よう。天地はただ無数の音響でいっぱいだった。敵機の爆音、高射砲、落下音、爆発の音響、跫音、屋根を打つ弾片、けれども伊沢の身辺の何十米かの周囲だけは赤い天地のまんなかでともかく小さな闇をつくり全然ひっそりしているのだった。変てこな静寂の厚みと、気の違いそうな孤独の厚みがとっぷり四周をつつんでいる。もう三十秒、もう十秒だけ、待とう。なぜ、そして、誰が命令しているのだか、どうしてそれに従わねばならないのだか、伊沢は気違いになりそうだった。突然、もだえ、泣き喚いて盲目的に走りだしそうだった。

そのとき鼓膜の中を掻《か》き廻《まわ》すような落下音が頭の真上へ落ちてきた。夢中に伏せると、頭上で音響は突然消え失せ、嘘のような静寂が再び四周に戻っている。やれやれ、脅かしやがる、伊沢はゆっくり起上って、胸や膝《ひざ》の土を払った。頭をあげると、気違いの家が火をふいている。何だい、とうとう落ちたのか、彼は奇妙に落付いていた。気がつくと、その左右の家も、すぐ目の前のアパートも火をふきだしているのだ。伊沢は家の中へとびこんだ。押入の戸をはねとばして(実際それは外《はず》れて飛んでバタバタと倒れた)白痴の女を抱くように蒲団をかぶって走りでた。それから一分間ぐらいのことが全然夢中で分らなかった。露路の出口に近づいたとき、又、音響が頭上めがけて落ちてきた。伏せから起上ると、露路の出口の煙草屋も火を吹き、向いの家では戸を開け放した仏壇の中から火が吹きだしているのが見えた。露路をでて振りかえると、仕立屋も火を吹きはじめ、どうやら伊沢の小屋も燃えはじめているようだった。

四周は全く火の海で府道の上には避難民の姿もすくなく、火の粉がとびかい舞い狂っているばかり、もう駄目だと伊沢は思った。十字路へくると、ここから大変な混雑で、あらゆる人々がただ一方をめざしている。その方向がいちばん火の手が遠いのだ。そこはもう道ではなくて、人間と荷物と悲鳴の重《かさな》りあった流れにすぎず、押しあいへしあい突き進み踏み越え押し流され、落下音が頭上にせまると流れは一時に地上に伏して不思議にぴったり止まってしまい何人かの男だけが流れの上を踏みつけて駈《か》け去るのだが、流れの大半の人々は荷物と子供と女と老人の連れがあり、呼びかわし、立ち止り、戻り、突き当り、はねとばされ、そして火の手はすぐ道の左右にせまっていた。

小さな十字路へきた。流れの全部がここでも一方をめざしているのは矢張りそっちが火の手が最も遠いからだが、その方向には空地も畑もないことを伊沢は知っており次の敵機の焼夷弾が行く手をふさぐとこの道には死の運命があるのみだった。一方の道はすでに両側の家々が燃え狂っているのだが、そこを越すと小川が流れ、小川の流れを数町上ると麦畑へでられることを伊沢は知っていた。その道を駈けぬけて行く一人の影すらもないのだから伊沢の決意もにぶったが、ふと見ると百五十米ぐらい先の方で猛火に水をかけているたった一人の男の姿が見えるのであった。猛火に水をかけるといっても決して勇《いさま》しい姿ではなく、ただバケツをぶらさげているだけで、たまに水をかけてみたり、ぼんやり立ったり歩いてみたり変に痴鈍な動きで、その男の心理の解釈に苦しむような間の抜けた姿なのだった。ともかく一人の人間が焼け死もせず立っていられるのだから、と、伊沢は思った。俺の運をためすのだ。運。まさに、もう、残されたのは、一つの運、それを選ぶ決断があるだけだった。十字路に溝があった。伊沢は溝に蒲団をひたした。

伊沢は女と肩を組み、蒲団をかぶり、群集の流れに訣別《けつべつ》した。猛火の舞い狂う道に向って一足歩きかけると、女は本能的に立ちどまり、群集の流れる方へひき戻されるようにフラフラとよろめいて行く。

「馬鹿！」

女の手を力一杯握ってひっぱり道の上へよろめいて出る女の肩をだきすくめて「そっちへ行けば死ぬだけなのだ」女の身体を自分の胸にだきしめて、ささやいた。

「死ぬ時は、こうして、二人一緒だよ。怖れるな。そして、俺から離れるな。火も爆弾も忘れて、おい、俺達二人の一生の道はな、いつもこの道なのだよ。この道をただまっすぐ見つめて、俺の肩にすがりついてくるがいい。分ったね」

女はごくんと頷いた。

その頷きは稚拙であったが、伊沢は感動のために狂いそうになるのであった。ああ、長い長い幾たびかの恐怖の時間、夜昼の爆撃の下に於て、女が表した始めての意志であり、ただ一度の答えであった。そのいじらしさに伊沢は逆上しそうであった。今こそ人間を抱きしめており、その抱きしめている人間に、無限の誇りをもつのであった。二人は猛火をくぐって走った。熱風のかたまりの下をぬけでると、道の両側はまだ燃えている火の海だったが、すでに棟は焼け落ちたあとで火勢は劣《おとろ》え熱気は少くなっていた。そこにも溝があふれていた。女の足から肩の上まで水を浴《あび》せ、もう一度蒲団を水に浸してかぶり直した。道の上に焼けた荷物や蒲団が飛び散り、人間が二人死んでいた。四十ぐらいの女と男のようだった。

二人は再び肩を組み、火の海を走った。二人は疲れ、自然に歩いていたが、まるで道の両側の火は二人の愛人の通過のために火勢をゆるめているように見えた。ようやく小川のふちへでた。ところが此処は小川の両側の工場が猛火を吹きあげて燃え狂っており、進むことも退くことも立止ることも出来なくなったが、ふと見ると小川に梯子がかけられているので、蒲団をかぶせて女を下《おろ》し、伊沢は一気に飛び降りた。訣別した人間達が三々五々《さんさんごご》川の中を歩いている。女は時々自発的に身体を水に浸している。犬ですらそうせざるを得ぬ状況だったが、一人の新たな可愛《かわい》い女が生れでた新鮮さに伊沢は目をみひらいて水を浴びる女の姿態をむさぼり見た。小川はようやく火の海の炎の下を出外れて暗闇の下を流れはじめた。空一面の火の色で真の暗闇は有り得なかったが、再び生きて見ることを得た暗闇に、伊沢はむしろ異体《えたい》の知れない大きな疲れと、涯《はて》知れぬ虚無とのためにただ放心がひろがる様を見るのみだった。その底に小さな安堵があるのだが、それは変にケチくさい、馬鹿げたものに思われた。何もかも馬鹿馬鹿しくなっていた。

川をあがると、麦畑があった。麦畑は三方丘にかこまれて、三町四方ぐらいの広さがあり、そのまんなかを国道が丘を切りひらいて通っている。丘の上の住宅は燃えており、麦畑のふちの銭湯と工場と寺院と何かが燃えており、その各々の火の色が、白、赤、橙《だいだい》、青、濃淡とりどりみんな違っているのである。にわかに風が吹きだして、ごうごうと空気が鳴り、霧のようなこまかい水滴が一面にふりかかってきた。

群集は尚蜿々《えんえん》と国道を流れていた。麦畑に休んでいるのは数百人で、蜿々たる国道の群集にくらべれば物の数ではないのであった。麦畑のつづきに雑木林《ぞうきばやし》の丘があった。その丘の林の中には殆ど人がいなかった。二人は木立の下へ蒲団をしいてねころんだ。丘の下の畑のふちに一軒の農家が燃えており、水をかけている数人の人の姿が見える。その裏手に井戸があって一人の男がポンプをガチャガチャやり水を飲んでいるのである。それを目がけて畑の四方から忽《たちま》ち二十人ぐらいの老幼男女が駈け集ってきた。彼等はポンプをガチャガチャやり代る代る水を飲んでいるのである。それから燃え落ちようとする家の火に手をかざして、ぐるりと並んで煖《だん》をとり、崩れ落ちる火のかたまりに飛びいたり、煙に顔をそむけたり、話をしたりしている。誰も消火に手伝う者はいなかった。

ねむくなったと女が言い、私疲れたの、とか、私ねむいの、とか、足が痛いの、とか、目も痛いの、とか、色々呟き、それらの呟きの三つの中の一つぐらいに私ねむりたいの、と言うのであった。ねむるがいいさ、と伊沢は女を蒲団にくるんでやり、彼は煙草に火をつけた。そして何本目かの煙草を吸っているうちに、遠く彼方にかすかに解除の警報がなり、数人の巡査が麦畑の中を歩いて解除を知らせて廻ってきた。彼等の声は一様につぶれ、人間の声のようではなかった。蒲田《かまた》署管内の者は集れ、矢口国民学校が焼け残ったから、そこへ集れ、とふれている。人々が畑の畝《うね》から起き上り国道へ下りて歩きはじめる。国道は再び人の波だった。然し、伊沢は動かなかった。彼の前にも巡査がきた。

「その人は何かね。怪我《けが》をしたのかね」

「いいえ、疲れて、ねているのです」

「矢口国民学校を知っているかね」

「ええ、一休みして、あとから行きます」

「勇気をだしたまえ。これしきのことに」

巡査の声はもう続かなかった。巡査の姿は消え去り、雑木林の中にはとうとう二人の人間だけが残された。二人の人間だけが——けれども女は矢張り一つのただ肉塊にすぎないではないか。女はぐっすりねむっていた。すべての人々が今焼跡の煙の中を歩いている。全ての人々が家を失い、そして、みんな歩いている。眠りのことを考えてすらいないであろう。今ねむることができるのは、死んだ人間と、この女だけだ。死んだ人間は再び目覚めることがないが、この女はやがて目覚め、そして目覚めることによって、眠りこけた肉塊に何物を附加《つけくわ》えることも有り得ないのだ。

女はかすかであるが今まで聞き覚えのない鼾声《いびきごえ》をたてていた。それは豚の鳴声に似ていた。まったくこの女自体が豚そのものだと伊沢は思った。そして彼は子供の頃の小さな記憶の断片をふと思いだしていた。一人の餓鬼大将《がきだいしょう》の命令で十何人かの子供たちが仔《こ》豚《ぶた》を追いまわしていた。追いつめて、餓鬼大将はジャックナイフでいくらかの豚の尻肉を切りとった。豚は痛そうな顔もせず、特別の鳴声もたてなかった。尻の肉を切りとられたことも知らないように、ただ逃げまわっているだけだった。伊沢は敵が上陸して重砲弾が八方に唸りコンクリートのビルが吹きとび、頭上に敵機が急降下して機銃掃射を加える下で、土煙りと崩れたビルと穴の間をころげまわって逃げ歩いている自分と女のことを考えていた。崩れたコンクリートの陰で、女が一人の男に押えつけられ、男は女をねじ倒して、肉体の行為に耽《ふけ》りながら、男は女の尻の肉をむしりとって食べている。女の尻の肉はだんだん少くなるが、女は肉慾のことを考えているだけだった。

明方に近づくと冷えはじめて、伊沢は冬の外套《がいとう》もきていたし厚いジャケツもきているのだが、寒気が堪えがたかった。下の麦畑のふちの諸方には尚《なお》燃えつづけている一面の火の原があった。そこまで行って煖をとりたいと思ったが、女が目を覚すと困るので、伊沢は身動きができなかった。女の目を覚すのがなぜか堪えられぬ思いがしていた。

女のねむりこけているうちに、女を置いて立去りたいとも思ったが、それすらも面倒くさくなっていた。人が物を捨てるには、たとえば紙屑を捨てるにも、捨てるだけの張合いと潔癖ぐらいはあるだろう。この女を捨てる張合いも潔癖も失われているだけだ。微塵《みじん》の愛情もなかったし、未練もなかったが、捨てるだけの張合いもなかった。生きるための、明日の希望がないからだった。明日の日に、たとえば女の姿を捨ててみても、どこかの場所に何か希望があるのだろうか。何をたよりに生きるのだろう。どこに住む家があるのだか、眠る穴ぼこがあるのだか、それすらも分りはしなかった。敵が上陸し、天地にあらゆる破壊が起り、その戦争の破壊の巨大の愛情が、すべてを裁いてくれるだろう。考えることもなくなっていた。

夜が白みかけてきたら、女を起して、焼跡の方には見向きもせずに、ともかくねぐらを探して、なるべく遠い停車場をめざして歩きだすことにしようと伊沢は考えていた。電車や汽車は動くだろうか。停車場の周囲の枕木の垣根にもたれて休んでいるとき、今朝《けさ》は果して空が晴れて、俺と俺の隣に並んだ豚の背中に太陽の光がそそぐだろうか、と伊沢は考えていた。あまり今朝が寒《さ》むすぎるからであった。

女体

岡本は谷村夫妻の絵の先生であった。元々素行のおさまらぬ人ではあったが、年と共に放埒《ほうらつ》はつのる一方で、五十をすぎて狂態であった。

谷村夫妻の結婚後、岡本は名声も衰え生活的に谷村にたよることも多かったので、金銭のこと、隠した女のこと、子供のこと、それまでは知らなかったり、横から眺めていたにすぎないことを、内部に深く厭《いや》でも立入らねばならなかった。

岡本は己れの生活苦が芸術自体の宿命であるように言った。そして己れを蔑《さげす》むことは芸術自体を蔑むことに外《ほか》ならぬという態度言辞をほのめかした。けれども彼の人生の目的が官能の快楽だけで、遠く芸術を離れたことは否《いな》み得ないと思われた。若い頃はともかく気骨も品位もあったと谷村は思った。今はただ金を借りだすための作意と狡《ず》るさ、芸術を看板にするだけ悪どさが身にしみた。

谷村は苦々しく思っていたが、その無心にはつとめて応じてやるように心掛け、小さな反感はつつしむ方がよいと思った。自分がこの年まで生きてきた小さな環境は、自分にとってはかけがえのないものであるから、人の評価の規準と別に小さく穏やかにまもり通して行くことは自分の「分」というものだと思っていた。その「分」を乗り越えて生きる道を探求するほど非凡でもなく、芯《しん》から情熱的でもない。そして小さな反感をとりのぞけば、岡本の狂態にも愛すべきものは多々あった。

ところが、ある日のこと、虫のいどころのせいで、柄《がら》にもなく、岡本に面罵《めんば》を加えてしまった。面罵というほどのことではないが、なるべく自分の胸にしまって漏《も》らさぬようにと心掛けていたことをさらけだしてしまったもので、つとめて身辺の平穏を愛す谷村には、自分ながら意外であった。

彼は言った。先生は理解せられざる天才をもって自ら任じていらっしゃる。ところが僕一存の感じで申すと、先生御自身そのお言葉を信じておられるようでもありませんね。知られざる天才は知られざる傑作を書く必要がありますが、先生は知られざる傑作を書く情熱や野心よりも、知られざる官能の満足が人生の目的のようだ。先生は僕たちに対して御自分のデカダンスは芸術自体の欲求する宿命のように仰有《おっしゃ》る。さすれば僕たちが芸術への献金をはばみ得ないと甘く見ていられるようです。ところが世間は存外甘くないようです。なるほど世間は往々天才を見落しますが、それは天才の場合のことで、先生ぐらいの中級、二流程度の才能に対して世間が誤算することもなく、かりに誤算し見落してもたかが二流のざらにある才能の一つにすぎないではありませんか。先生も以前は一かどの盛名を得て、つまり知られざる天才ではなく、才能の処《ところ》を得ていられたようです。今日、なぜ名声が衰え、世に忘れられたか。画境深遠となって凡愚の出入を締出《しめだ》したせいですか。ところが世間の凡俗どもは先生の画境の方が芸術から締出されたと評しています。僕も亦《また》凡俗の一人ですからそれ以上には見ておりません。世間なみに先生はデカダンスによって身を亡《ほろぼ》し芸術を亡したと解釈しておるのです。ただ僕が世間といくらか違うのは、古風な情誼《じょうぎ》をなつかしんでいるだけのことです。

岡本はあさましいほど狼狽《ろうばい》した。立直る虚勢の翳《かげ》もなかった。苦痛のために顔がゆがんだ。それを見る谷村は、根が善良な岡本を不当に苦しめているような侘《わ》びしさにかられた。然《しか》し、ゆがめられた岡本の顔には、卑しさが全部であった。

★

「先生をやりこめて愉《たの》しかったでしょう」

岡本の帰ったあとで、素子が言った。谷村はこのような奥歯に物のはさまった言い方に、肉体的な反感をもつ性癖だった。人に与える不快の効果を最大限に強めるための術策で、意地悪《いじわる》ると残酷以外の何物でもない。素子はそれを愛情の表現と不可分に使用した。それも亦、一種の肉体の声だった。

「はっきり教えてちょうだい。もし先生が芸術家だったら、先生の言いなり放題にお金を貸してあげる。

「僕のやり方が残酷だったという意味かい。僕はもう僕自身に裁かれているよ。そのうえ君が何をつけたすつもりだろう。然《しか》し、僕はやりこめはしなかったのさ。ただ、反抗しただけのことさ」

「それでも、先生はやりこめられたでしょう。先生のお顔、穴があいたという顔ね。人間の顔の穴は卑しいわ」

女は残酷なことを言うものだと谷村は思った。そのくせ、それを言うことは彼女の主たる目的と何のかかわるところもない。素子はたぶん谷村をやりこめようとしているのである。その途中に寄り道をして、道のべの雑草をいわれなく抜きすてるように、岡本にただ残酷な一言を浴《あび》せかけているのであった。

「古事記にこんな話があるぜ」と谷村は素子にやりかえした。「あるとき神武《じんむ》天皇が野遊びにでると、七人の娘が通りかかったのさ。先登《せんとう》の一人がきわだって美しいので、お供の大久米命《おおくめのみこと》に命じて今宵《こよい》あいたいと伝えさせたのさ。すると娘が大久米命の顔を見つめて、アラ、大きな目の玉だこと、と言うのさ。大久米命は目玉が大きかったのだ。本当は胸がわくわくしているのだぜ。なぜなら、娘は神武天皇と一夜をあかして皇后になったのだからね。そのくせ、ハイ、分りました、とか、ええ待ってるわ、とか答えずに、大きい目玉ね、と叫ぶのさ。幸福な、そして思いがけない、こんなきわどい瞬間でも、女の眼は人のアラを見逃しておらず、きまり悪さをまぎらすにも人のアラを楯《たて》にとっているのだ。神武天皇の昔から、女の性根に変りはなく、横着で、残酷で、ふてぶてしくて、ずるいのさ。そのくせ自分では、弱さのせいだと思っている」

谷村は女の意地の悪さに憎さと怖《おそ》れを感じる性癖であった。

彼は生来病弱で、肋膜《ろくまく》、それから、カリエス、彼の青春は病気と親しむことだった。病気の代りに素子と親しむようになっても、病気が肉体の一部であるように、素子は肉体の一部にはならなかった。

素子は谷村という人間と、谷村とは別の病気という人間と、同時に、そして別々に、結婚しているのではないかと谷村は疑った。

一年に幾たびかある谷村の病気のときは、素子は数日の徹夜を厭《いと》わず看病に献身した。煙草《たばこ》をすわぬ素子であったが、看病の深夜に限って煙草をふかすことがあるのを、谷村はそれに気付いて、あわれに思った。

「たばこ、おいしい？」

「ええ」

「何を考えているの？」

「考えることがないからなのよ」

病む谷村は夜を怖れた。眠りは概《おおむ》ね中断されて、暗闇《くらやみ》と孤独の中へよみがえる。悪熱《おねつ》のえがく夜の幻想ほど絶望的なものはなかった。夜明けの祈り、ただその一つの希望のために、悶死《もんし》をまぬかれているようだった。

その苦しみに、素子ほどいたわり深い親友はなかった。枕頭《ちんとう》に夜を明し、絶望の目ざめのたびに変らざる素子の姿を見出すことができ、話しかければ答えをきくことができた。素子は本を読んでおり、書きものをしたり、縫い物をしたり、又、あるときは煙草をくゆらしていた。薄よごれた眠り不足の素子の顔を胸に残して、谷村は感謝を忘れたことがない。

然し、それのみが素子ではなかった。

夜の遊びに、素子は遊びに専念する無反省な娘のように、全身的で、没我的であった。素子の貪慾《どんよく》をみたし得るものは谷村の「すべて」であった。谷村の痩《や》せた額《ひたい》に噴《ふ》きあがる疲労の汗も、つきせぬ愛の泉のようになつかしく、いたわり拭《ぬぐ》う素子であった。

谷村は人並の労働の五分の一にも堪《た》え得ないわが痩せた肉体に就《つい》て考える。その肉体が一人の女の健康な愛慾をみたし得ていることの不思議さに就て考える。あわれとはこのようなものであろうと谷村は思った。たとえば、自ら徐々に燃えつつある蠟燭《ろうそく》はやがてその火の消ゆるとき自ら絶ゆるのであるが、谷村の生命の火も徐々に燃え、素子の貪《むさぼ》りなつかしむ愛撫《あいぶ》のうちに、やがて自ら絶ゆるときが訪れる。

献身の素子と、貪婪《どんらん》な情慾の素子と、同じ素子であることが谷村の嘆きをかきたて、又、憎しみをかきたてた。情慾の果《はて》の衰えがやがて谷村の季節季節の病気につながることすらも無自覚な素子に見えた。献身は償いであろうか。衰亡は死によって終り、献身は涙によって終るであろう。数日の、ただ数日の、涙によって。

然し情慾の素子と献身の素子には、償いと称するような二つをつなぐ論理の橋はないのだと谷村は思った。素子は思慮深い人であるから、過淫《かいん》が衰弱の因となり、献身がともかくそれを償うことを意識しない筈《はず》はない。だが、意識とは何ほどの物であろうか。流れつつある時間のうちに、そんなことを考えてみたこともあったというだけではないのか。

素子の貪婪な情慾と、素子の献身と、その各々がつながりのない別の物だと谷村は思った。素子の一つの肉体に別々の本能が棲《す》み、別々のいのちが宿り、各々の思考と欲求を旺盛《おうせい》に盲目的に営んでいるのであろう。素子の理智《りち》が二つの物に橋を渡すことがあっても、素子の真実の肉体が橋を渡って二つをつなぐということはない。そして素子は自分の時間が異ったいのちによって距てられていることに気付いたことはないのである。

谷村は呪《のろ》いつつ素子の情慾に惹《ひ》かれざるを得なかった。憎みつつその魅力に惑うわが身を悲しと思った。谷村は自らすすんで素子に挑み、身をすてて情慾に惑乱した。その谷村をいかばかり素子は愛したであろうか!

遊びのはてに谷村のみが我にかえった。その時ほど素子を呪うこともなく、その時ほど情慾の卑しさを羞《は》じ悲しむこともなかった。素子は情慾の余燼《よじん》の恍惚《こうこつ》たる疲労の中で恰《あたか》も同時に炊事にたずさわるもののような自然さで事務的な処理も行うのだ。かかる情慾の行いが素子の人生の事務であり、人生の目的であり、生活の全てであると気付くのはその時であった。谷村は目をそむけずにいられなくなる。彼は一人の情慾と結婚している事実を知り、その動物の正体に正視しがたくなるのであった。然し素子はそむけられた谷村の目を見逃す筈はなかった。その眼は憎しみの石であり、然し概ねあきらめの澱《よど》みの底に沈んでいた。

素子は素知らぬ顔だった。谷村の痩せた額に噴きだした疲労の汗をふいてやるのもその時だった。彼が憎めば憎むほど、いたわりがこもるようだった。それはちょうど、坊やはいつもこの時に拗《す》ねるのね、とからかう様子に見えた。それに答える谷村は益々《ますます》露骨に首を捩《ね》じまげ、胸をひき、身をちぢめる。その上へのしかかるようにして、そむけた頰《ほお》へ素子が濡《ぬ》れた接吻《せっぷん》を押しつけるのもその時であった。

素子とは何者であるか？　谷村の答えはただ一つ、素子は女であった。そして、女とは？　谷村にはすべての女がただ一つにしか見えなかった。女とは、思考する肉体であり、そして又、肉体なき何者かの思考であった。この二つは同時に存し、そして全くつながりがなかった。つきせぬ魅力がそこにあり、つきせぬ憎しみもそこにかかっているのだと谷村は思った。

★

素子は谷村の揶揄《やゆ》に微塵《みじん》もとりあう様子がなかった。けれども素子は態度に激することのない女であった。腹を立てても静かであり、ただ顔色がいくらかむつかしくなるだけだった。

「あなたは先生をやりこめた覚えはないと仰有るでしょう。そして反撥《はんぱつ》しただけと仰有るのでしょう。子供の話にあるじゃありませんか。子供達が石投げして遊んでいると蛙《かえる》に当って死ぬ話が。子供達には遊びにすぎないことが、蛙には命にかかわることなんです」

と素子はつづけた。

「私にも先生の肚《はら》は分っています。誰にだって分りますよ。思慮の浅い人なんですから。お金が欲しくて堪《たま》らなければ誰だってあさましくもなるでしょう。藁《わら》に縋《すが》りついてでも生きたいものだと言いますから、なけなしの肩書ででも、消えそうな名声でも、ふり廻《まわ》せるものはふり廻して借金の算段に使うのも仕方がないじゃありませんか。野卑な魂胆しかないくせに芸術家然とお金をせびられては誰だって厭気《いやけ》ざさずにいられません。私は女ですから人のアラは特別癇《かん》にさわります。先生の助平たらしい顔を見るのも厭ですよ。芸術家然とおさまる時のあのチョビ髭《ひげ》はゾッとするほど厭なんです。けれども、それはそれですよ。それに向って石を投げる必要は毛頭ないじゃありませんか」

素子は社交的な女ではなかった。絵の勉強もしたが、作家特有の華美なるものへの志向も顕著ではない。どちらかと云《い》えば地味な、孤独な性格で、谷村と二人だけで高原の森陰とか田園の沼のほとりで原始的な生活をして一生を終りたいと考《かんが》え耽《ふけ》るような人であった。

この性癖は根強いものだと谷村は思っていた。病弱な谷村とすすんで結婚したことも、その病弱が決定づけている陰気な又隠者的な生活に堪えているのも、素子の底にこの性癖があるからで、その自然さを見出し又信じ得ることは谷村の慰めであり、安堵《あんど》であった。ほかの男と生活をするよりも、自分とこうしていることがこの人の最も自然な状態なのだと信じ得るほど心強いことはない。谷村の現実を支えそして未来へ歩ませている安定の主要なものが、もはやこんな小さな惨《みじ》めなところにある、と谷村は信じ、そしてそれを悲しむよりも懐《なつか》しむようになっていた。

二人は稀《まれ》に口論めくこともあったが、一方が腹をたてると、一方が大人になった。二人だけの現実をいたわることでは、素子は谷村に劣らなかった。そして二人はどんなに腹の立つときでも決して本音を吐かなかった。いたわりが二人を支え、そしていたわられる自分を見出すということは不快をともなうものであるが、二人だけの場合に限って、不快を感じることもなく、よし感じてもそれを別の方向へ向けたり流したりできるような融通がついているのであった。これでよいのだろうかと谷村は思う。これでよいのだろうと谷村は思う。これ以外には仕方がないと思う心があるからだった。「然し、なぜ君が蛙の代弁をしなければならないのだろう？　蛙自身が喋《しゃべ》らないのに。そして、蛙は元々喋らないものだよ。蛙自身が喋りだすのは当事者の良心の中でだけさ」

素子はかすかに頷《うなず》いた。分っています、という意味であった。よけいなことを仰有いますな、という意味だった。

「あなたは先生の芸術家然とお金をせびるのが厭なのでしょう。もともと、お金をせびられるのが厭なのです。お金を貸してあげることが厭なのです。あなたは私に比べればお金に吝嗇《りんしょく》ではありません。ほかの方々に比べても、お金のことには淡泊で、気の毒な方を助けてやりたい豊かな心もお持ちです。けれども、お金をせびられるのが厭で、そのお金を出したくないのも事実でしょう。そして、あなた御自身の問題といえば、そのことではありませんか。お金が惜しいなら、惜しいと仰有るがよろしいのです。厭なら厭と仰有るだけでよろしいのです。それをさしおいて、先生の弱点をあばく必要がありますか。それは卑怯《ひきょう》というものです」

なるほど、その通りに違いはない、と谷村は思った。然し、それは谷村の自覚の上では軽微なものにすぎなかった。

別の生々《なまなま》しい思念が彼の頭に渦巻いていた。それは、なぜ素子は蛙の代弁をしなければならなかったか、ということだった。

なぜなら、ここに明白な一事は、素子は蛙の代弁をしながら、蛙に同情しておらず、むしろ谷村以上の悪意と嫌悪を蛙によせているからであった。芸術家然とおさまるときの岡本のチョビ髭はゾッとするほど厭だと言った。又、岡本の顔の穴は卑しいと言った。その言葉には顔をそむけしめる実感があり、単純な毒気があった。

女の観察はあらゆる時に毒気の上に組み立てられており、そのくせ同時に十八の娘のように甘い夢想もあるのであった。毒気は同情の障碍《しょうがい》となり得ず、愛情の障碍とすらなり得ぬのかも知れなかった。けれども、素子の場合は、と谷村は思う、岡本に同情してはいないという直感があり、それを疑《うたぐ》る気持がなかった。

それにも拘《かかわ》らず、なぜ？　まさか本当に俺《おれ》を憎んでいるのではないだろう、と谷村は考える。まア、いいさ。今に分るときがくるだろう、と谷村は思った。

谷村は身体の調子が又ひとしきり弱くなってきたように感じた。そして、そういう変調のかすかなきざしから、肉体の衰弱よりも、肉体の衰亡を考えるようになっていた。するとと必ず素子にひそかな憎しみを燃やすようになっていた。それは素子の肉体に対する嫉妬《しっと》であろうと谷村は思った。そして、嫉妬する自分も、嫉妬せられる素子も、ともどもに悲しいさだめなのだと思う。だが、近頃は、自分が悲しいのは分る。然し、なんで素子が悲しいさだめであるものか、と疑りだす。俺も我がままになったものだなと谷村は思うが、なぜ我がままでいけないのか、我がままでいいではないか、と吐きだすようにに思うようにもなっていた。

★

それから三月《みつき》ほど岡本は顔を見せなかった。その三月のうちに、谷村は例の季節の病気をやった。

岡本の用件は突飛《とっぴ》すぎるものだった。

岡本夫人は良家からとついだ人で、その持物に高価な品が多いことを素子なども知っていたが、岡本の放埒とそして零落の後は、別してそれを死守するような様子があった。岡本はその品物からダイヤの指環《ゆびわ》や真珠の何とか七、八点を持ちだして、これを大木という男に一万五千円で売った。夫人はこれに気付いたが、売ったことを信用せず、新しい女にやったと思いこんでいる。そして女のもとへ捩じこむ見幕であるが、あいにく今度の女というのが人妻で、女の良人《おっと》に知れただけでも単なる痴情《ちじょう》でおさまらぬ意味があるのだと云うのである。そこで品物を大木から買い戻して貰《もら》えまいかと云うのだが、岡本には金がないので一時たてかえて欲しい、自分の有金はこれだけだからこれに不足の分をたして、と、懐《ふところ》から三千円を摑《つか》みだして、これを素子に差出した。

話の桁《けた》が違いすぎていた。谷村は親ゆずりの小金のおかげで勤めにもでず暮していたが、身体さえ人並なら働きにでて余分の金が欲しいと思うほどであり、きりつめた趣味生活の入費を差引くと、余分の贅沢《ぜいたく》はできなかった。谷村が人の頼みに応じ得る金額は微々たるもので、岡本がそれを知らない筈はなかった。桁の違いが突飛だから、拒絶の口実に苦しむ怖れもなく、谷村の気持には余裕があった。岡本の話は正気だろうかと疑った。

万事につけて常とは違うものがあった。先《ま》ず第一に、岡本は素子に多く話しかけているのである。素子を通して谷村に言いかける素振ではなく、主として素子に懇願《こんがん》し、その衷情を愬《うった》えた。谷村にやりこめられたせいばかりではないようだった。岡本の話の中に濁りがあった。岡本の話も態度も何か秘密の作意の上に組立てられた贋物《にせもの》のような感じがした。

それにしても岡本が主として素子に話しかけているというのは谷村に皮肉な興を与えた。谷村は素子の言葉を忘れたことがなかった。素子はなぜ蛙の代弁をしなければならなかったか。そして、素子自身は蛙の突飛な哀願にどういう態度を示すだろうかと谷村は興にかられた。

素子は感情を殺しているから理の勝った人に見えたが、事実はキメのこまかな感受性を持っていて、思いやりと、広い心をもっていた。なるべく人を憎んだり侮《あなど》ったりしないようにと心懸ける人であった。

素子は岡本にたのまれて、岡本の女の面倒を見たことがあった。その娘も岡本の弟子の一人で、岡本の子供を生み、家を追われて、自殺をはかり、子供は死んだが自分だけは助かった。その後、素子が手もとへ引取って自活の道を与えてやり、娘は美容術を習い、美容院の助手となったが、自活できるようになり素子の手もとを離れると、岡本とよりを戻した。

岡本には外《ほか》にも多くの女があった。その多くは弟子の娘達だったが、慰藉料《いしゃりょう》とか、子供の養育費とか、その支払いに応じぬために暴力団に強迫されて、女への支払いの外に余分の金をゆすられたこともあった。

その娘は家を追われて衣食に窮し自殺をはかったが、岡本に金銭的な要求をしたことがなかった。岡本はそこにつけこんだのであるが、つけこまれた女にも消極的にそれを欲した意味があると谷村は断じた。そのとき谷村はこう思った。金銭は愛憎の境界線で、金銭を要求しないということは未練があるという意味だ、と。この谷村の考えに、素子は自分の意見を述べなかった。素子は自分に親しい人をそこまで汚く考えるのが厭な様子に見受けられたが、又一面には、人間の心の奥をそこまで考えてみたことがなかったようにも見えたのである。

然し、谷村はそれに就てもこう考えた。素子が自分の意見を述べないのは、実は人間の心に就て、又愛憎の実相に就て、谷村以上にその実相の汚らしさを知っており、あまりの汚らしさに語り得ないのではないか、ということだった。一度男を知った女は、再び男なしでは生きられない。たとえば、そういう弱点に就て、素子は己れの肉体そのものが語る強烈な言葉を知っている、その肉体の強烈な言葉は客間で語る言葉にはなり得ないのではないか、と疑ったのだ。

素子は社交婦人も嫌いであったし、慈善婦人も嫌いであったし、倹約夫人も嫌いであったし、インテリ婦人も嫌いであった。総じて女が嫌いであり、世間的な交遊を好まなかった。女の心は嫉妬深くて、親しい友に対するほど嫉妬し裏切るものだから、と素子は言った。なるほど素子は寛大で、なるべく人を憎まぬように、悪い解釈をつつしむようにと心掛ける人であった。心掛けはそうではあるが、その正体は？　谷村はそれに就て疑りだすと苦しくなる。素子はあらゆる女の中の女であり、その弱点の最大のものをわが肉体に意識しているのではないか、ということだった。

二人が結婚のとき、谷村は二十七で、素子は二十六であったが、その結婚を躊躇《ちゅうちょ》した素子は、その唯一の理由として、二人の年齢が一つしか違わないから、と言った。かように躊躇する素子は、谷村が素子を恋するよりも、決してより少く谷村を恋してはいなかった。技巧と解すべきか、真実の魂の声と解すべきか。或いは又、女にとっては真実と技巧が不可分なものであるのか。その解きがたい謎《なぞ》に就て、谷村が直面した第一歩であった。

二人の年齢が一つしか違わないから、という、それに補足して素子は言った。女は早く老《ふ》けるから。そしてあなたはいつか私に満足できなくなるでしょう、と。けれども事実はあべこべであった。そのときから十一年、谷村は三十八となり、素子は三十七になった。素子はいくつも老けないように思われた。素子には子供がなかった。子供が欲しいと思わない？　と素子が言った。すると谷村は即坐に答えた。ああ、欲しいさ。そのおかげで、君がお婆《ばあ》さんになるならね。

素子の皮膚はたるみを見せず、その光沢《こうたく》は失われず、ねっちりと充実した肉感が冷《つ》たくこもりすぎて感じられた。谷村はそれを意識するたびに、必ずわが身を対比する。瘦せて、ひからびて、骨に皮をかぶせたような白々とした肉体を。その体内には、日毎《ひごと》の衰亡を感じることができるような悲しい心が棲んでいた。

俺が死んだら、と谷村は考える。素子は岡本のような好色無恥《こうしょくむち》な老人の餌食《えじき》にすらなるのではあるまいか、と。恋愛などという感情の景物は有っても無くても構わない。ただ肉体の泥沼へはまりこんで行くだけではないのか。するとそのとき、素子のひろい心だのあたたかい思いやりなど、それは烏《からす》がさした孔雀《くじゃく》の羽のようにむしりとられて、烏だけが、肉体という烏だけが現れてくるのではないか。

俺は恋がしてみたい。肉体というものを忘れて、ただ魂だけの。そのくせ盲目的に没入できる激烈な恋がしてみたい。なろうことなら、その恋のために死にたい、と谷村は時に思った。もうその恋も、肉体のない恋ながら体力的にできなくなってしまいそうな哀れを覚えた。

そして谷村は、そんな時に、信子のことを考えた。

★

素子に話しかける岡本は、哀訴のたびに、媚《こ》びる卑しさを露骨にみせた。弟子に対する師の矜持《きょうじ》は多少の言葉に残っていたが、それはむしろ不自然で、岡本自身がそれに気付いてまごつくほどになっていた。年下の男が年上の女に媚びる態度であった。

それを見ている谷村は、別の意味に気がついた。それは一人の魂が媚びているのではなく、一つの男の肉体自体が媚びている、ということだった。そして媚びる肉体が五十を越えた男であり、媚びられている肉体が三十七の女であるということに異様なものを感じた。谷村は媚びる岡本に憐憫《れんびん》と醜悪だけを感じたが、媚びられている素子の肉体に嫉妬をいだいた。

岡本の媚態《びたい》は本能的なものに見えた。それは亦、素子の本能に話しかけ訴えかけているのであったが、語られている金銭の哀願よりも、無言の媚態がより強烈に話しかけているることを見出した。金談は媚態の通路をひらくための仕掛にすぎないようでもあった。

岡本は人の常時につとめて隠さるべきもの、羞恥《しゅうち》なしに露《あら》わし得べからざるもの、弱点をさらけだしているのであった。人の最後の弱点がともかく魅力であり得ることを、谷村は常に怖れていた。谷村が素子に就て怖れ苦しむ大きな理由はそこにつながるものであった。岡本の媚態には、その弱点をむきだしにした卑しさがほのめいていた。

その岡本に対処する素子は概ね無言であった。冷然たる位の高さを崩さなかった。純白な気品があるようだった。もとよりそれが当りまえだと谷村は思う。岡本の狂態が今の素子にさしたるものでないことは当然ではないか。そして素子は岡本の媚態に谷村以上の嫌悪を感じ、不快をこらえている筈だった。それを岡本が知っている。岡本は「今」の素子を問題にしてはいないのだ。彼の媚態が話しかけているのは、素子のどん底の正体だった。それ自身羞恥なき肉体自体の弱点だった。そして谷村が岡本の媚態から感じるものも、岡本の媚態でなしに、そこから投射されてくる素子の羞恥なき肉体だった。谷村はその肉体への嫉妬のために苦しんだ。正視しがたくなってきた。

素子の落着きは冴《さ》えていた。

「奥様に打開けてお話しになりましては？　そして御一緒に大木さんをお訪ねになりましては、月賦《げっぷ》ででも支払うことになさいましては？」

「それがねえ、大木は人情の分る男ではありませんよ。耳をそろえて金を持ってこいと言うにきまっているのですから」

　素子は頷いた。

「私どもに買い戻せる金額ではございません。先生は私どものくらしむきを御存知の筈ではございませんか」

「いいえ、奥さん。買い戻していただく上は、女房に事情を明して、品物は必ず奥さんに保管していただくですよ。実際の値打は三万を越える品物ですよ。あの大木の奴が一万五千だすのだから、どれだけの値打のものだか推《お》して分るじゃありませんか」

「先生はお金持ね。私どもは三千円のお金なんて、もう何年も見たことがないわ」

　素子は三千円の金の包みを岡本に返して、立上った。そしてキッパリ言った。

「金額だけの問題ではございません。私どもは先生の正しいお役に立つことにだけ手伝わせていただきたいと思っています」

　そのまま素子が立去る気配を示したので、岡本はよびとめた。

「奥さん」

　岡本の顔がくしゃくしゃゆがんだ。岡本は素子をよびとめるために左手を抑えるように突きだしていた。その手がゆるやかに戻って、なぜだか自分の顎《あご》を抑えた。同時に右手で腹を抑えた。そして顔をグイと後へ突きのけるような奇妙な身振りをした。すると突然ヒイという声をたてて泣きふしていた。

あさましい姿であった。素子はそれを見すくめていたが、すぐ振向いて立去ってしまった。谷村には一瞥《いちべつ》もくれなかった。

★

岡本の女のひとりに藤子という人があった。彼女も昔は岡本の弟子で、一時は喫茶店の女給などもしていたが、岡本と手を切ってのち、今では株屋の二号になっている。谷村の散歩の道に住居があるので、時々立寄ることがあった。五尺四寸五分とかの良く延《の》びた豊艶《ほうえん》な肉体美で、絵を書くよりもモデルの方が適役だと絵描き仲間に噂《うわさ》のあった人である。

この人の立居振舞にはどことなく下卑《げび》た肉感がともなうので、素子は谷村が足繁く訪《おとな》うことに好感を持たなかった。あなたもエロだわと、谷村をひやかしたり、嫌ったりしたのである。ところが、谷村はあべこべに、肉感を露骨にあらわしている女であるから、藤子に気がおけず、のびのびと話ができるのであった。谷村は男同志でも言えないような露骨な話を気楽に藤子に言うことができた。藤子の立場も同様で、男女の垣にこだわる必要がなかったのである。

藤子からきいた話に岡本の失恋談があった。岡本のお弟子の一人に美貌《びぼう》の令嬢があった。冷めたい感じの、しっかりした人であったから、岡本も手をだしかねていた。ところがこの令嬢が婚約したという話をきいたとき、おまけに相手の男が三国一の聟《むこ》がねで幸福な思いで一ぱいらしいという註釈《ちゅうしゃく》がついているのに、岡本は急に思いたって口説《くど》きにでかけた。わざと無性髭《ぶしょうひげ》をぼうぼうさせ、おまけに頭から顔の半分を繃帯《ほうたい》でつつんで、杖《つえ》に縋《すが》って呻《うめ》きながら出かけて行ったそうである。そして令嬢に愛の告白をしたところが、令嬢はさすがにしっかりしていて、私は戯談《じょうだん》がきらいでございます、お引とり下さいませ、とハッキリ言ったそうである。

岡本はその話を藤子に語ってきかせて、成功の見込みのないことが分っていたから、かえってフラフラ口説く気になったんだ、こういう惨めな口説き方をしてみることに興味を感じたまでのことさ、と言ったそうだ。

岡本は性格破産者で、根柢的《こんていてき》に破廉恥《はれんち》な人であった。けれども谷村は世間的には最も指弾さるべき岡本の性癖に於《お》いて、却《かえ》って心を惹かれ、ゆるす気持が強かった。たとえば傷もないのに顔中に繃帯をまき無性髭をはやして見込みのない令嬢を口説きにでかけるなどということが、善悪はともかく、生半可《なまはんか》な色事師にはやる気にならない馬鹿らしさがあり、通俗ならぬ試みに好奇心を賭《か》けてみる行動の独創性があるのであった。ともかく、ここらあたりは持って生れた芸術家の魂で、汚らしくても、面白さがある、と谷村は思っていた。

　この日の一万五千円の金談も、繃帯の訪問と同じことで、始めから仕組まれた芝居のように谷村には思われた。

　一万五千円という金額が抑々《そもそも》突飛きわまるものでこの金談のととのわぬことは岡本自身知りすぎているにきまっている。金の必要の理由に就ても、しどろもどろで、一向に実感がない。実感がこもっているのは媚態だけであった。

「ねえ、素子。先生の話はおかしいね。一万五千円の入用だなんて、作り話じゃないかね。出来ない相談だということは分りきっているじゃないか。然し、作り話だとしてみると、なぜこんな馬鹿らしいことをやる必要があるのだろう」

　素子はそれに答えてきっぱりと言った。

「あなたが先生をやりこめたからよ」

「なぜ？　僕が先生をやりこめたのが、なぜこの馬鹿げた金談の原因になるのかね」

　思いがけない答であった。

「先生はいやがらせにいらしたのよ。復讐《ふくしゅう》に、こまらしてやれという肚なのよ、あなたが先生にみじめな恥辱をあたえたから、うんとみじめなふりをして私たちを困らしてやるつもりなのでしょう」

「そんなことが有り得るだろうか。第一、僕たちは一向に困りはしないじゃないか」

「でも、人の心理はそうなのよ。みじめな恥辱を受けるでしょう。その復讐には、立派な身分になって見返してやるか、その見込みがなければ、うんとみじめになってみせて困らしてやれという気になるのよ。復讐のやけくそよ」

妙な理窟《りくつ》だが、一応筋は通っていた。そういう心理も実際に有りうるに相違ない。だが、岡本の場合、それが果して真実だろうか。先ず何よりも素子がそれを果して信じているのだろうか。

素子は岡本の媚態を「みじめ」と言う。そして素子はみじめな男が何者に向って話しかけているか、話しかけられている者が自分の中に棲むことを「今」は気付かぬのかも知れない。そしてたぶん今は気付かぬということが本当だろうと谷村は思った。そして、今は気付かぬということの中に多くの秘密があることを見出したように思った。

★

近所に住む大学生で、谷村夫妻に絵を見てもらいにやってくる男があった。仁科と云った。絵の才能はもとよりのこと、絵の趣味すらもない男だ。ただ物好きがあるだけで、マッチのペーパーを集めるような物好きで、絵をかき、それを見せにくるのである。今では大学を卒業して、官庁の役人になっていた。

絵は下手《へた》くそだが、画論だけは一人前で、執念深く熱論にふけり谷村を悩ますのだが、例の物好きで手当り次第に画論だの美学の本を読み耽るから雑然として体系はないが谷村を悩ますためには充分であった。

仁科は身だしなみがよかった。ポマードも入手難の時世であったが、彼の毛髪は手入れよく光っていたし、ネクタイから靴の爪先《つまさき》に至るまで、煙草ケース、ライター、時計、ペンシル、パイプ、こまかな一々の持物にも何国の何製だの何式だのと語らせれば一々数万語の説明が用意されている。それに反して心象世界の風物には色盲であり、心の風も、雲も、霧も、そういうものには気もつかず、気にもかからず、まったく手入れがとどいていなかった。

「君は何のために絵をかくのだろうね。仁科君。人が写真をうつすには、記念のために、というような目的があるものだがね。そして、記念とか、思い出のためにということは、下手クソな絵を書くよりは充分意味のあることさ。ところが、君の絵ときては、記念のためでも思い出のためでもないことが明かなようだが、違うだろうか。そして、自然が在《あ》るよりも大いにより汚く、無慙《むざん》きわまる虚妄の姿に描き上げているのさ。これは君の美学では、どういう風に説明するのかね」

谷村は仁科の顔を見るたびに、からかわないということはない。仁科は焦ってムキになって画論をふりかざしてくるのであるが、谷村はまともに受け止めることがない。体をひらいて、横からひやかす戦法を用いるのだった。

「日本の諺《ことわざ》に——諺だか何だか実は良く知らないのだがね、犬が西向きゃ尾は東、という名言があるぜ。君の美論にどれほどの真理がこもっているか知らないけれど、この寸言はともかく盤石《ばんじゃく》の真理じゃないか。ところが君は、犬のシッポの先をちょっと西へ向けて、御覧の通り犬のシッポの先は東の方に向いてはいないと言い張るのさ。君の画論の正体なるものは、ザッとこういう性質のものではないかね」

谷村はこの種の論法に生来練達していた。仁科に対しては心に余裕があったから、この論法は仁科の焦りにひきかえて辛辣《しんらつ》さを増すばかりであった。

谷村にやりこめられる仁科は、素子に媚びた。

仁科の媚態は、谷村の毒舌の結果の如くであったから、谷村は多くのことを思わずに過《す》ごしてきたのである。岡本の媚態を見るに及んで、谷村には思い当ることがあった。

仁科の媚態は岡本の如《ご》く卑しくはなかった。仁科は弱点をさらけだしてはいなかった。身を投げだしてはいなかった。元来素子と仁科には十歳以上年齢のひらきがあるから、媚びることに一応の自然さがあったのである。

精神的に遅鈍な仁科は本来肉感的な男であった。彼の態度のあらゆるところに遅鈍な肉感が溢《あふ》れていたから、特に一部をとりあげて注意を払ってみることを谷村は気付かずにいた。仁科の媚態にも、岡本と同じものがあった。それは素子の肉体に話しかけていることだ。岡本の媚態によって、谷村はそれを発見した。

そのとき谷村は更に意外な発見をつけたした。それは蛙の正体に就てであった。

谷村は思った。この数年来、仁科に対して見せている谷村の態度が、素子の反感をそだてていたのではなかったか、と。谷村は常に仁科をやりこめる。その作品を嘲笑《ちょうしょう》する。みじめな思いをさせている。そして怒らせて悦に入っている。素子はその谷村にひそかな憤懣《ふんまん》をよせていた。そして、やや似た事態が岡本の場合に起ったとき、岡本に仮託してかねての憤懣を吐きだしているのではないかと。

かかる憤懣をひそかに燃す素子は、いつか仁科を愛しているのであろうか、と谷村は思う。

素子は谷村を精いっぱい愛しており、昔も今も変りはなかった。変ったのは、年をとり、新鮮味が衰えて、愛情でなしにいたわりを、献身でなしに束縛を意識しがちであるということだけだった。谷村は素子の魂の純潔を疑る思いは微塵もなく、長い旅路の大きな感謝があるだけだった。

あらゆる人々に夢がある。この現実は如何《いか》なる幸福をもってしても満し得ず、そして夢は束縛の鎖《くさり》をきって常に無限の天地を駈《か》け狂うものであった。それを許さずに、どうして人が生き得ようか。又、夢すらも持ち得ぬ人を、どうして愛しなつかしむことが出来ようか。人に魅力がありとすれば、その胸に知り得ぬひめごとが有るからであり、その胸に夢も秘密も失《う》せ果てたとき、何人《なんぴと》が無慙なむくろを愛し得べき筈があろうか。

然し、素子の夢とは？　この現実の束縛を逃れて、素子は何を夢みているのであろうか。夢の中に、仁科を思うこともよい。然し、仁科の何を思い、何を夢みているのであろうか。

谷村は二人の男の媚態に就て考える。二人の男は、自分の知り得ぬ素子の心、ひめられた素子の夢の在《あ》り方に就て知り得ているのではないか、と。この現実では満《みた》し得ぬ素子の夢、そして、素子の満し得ぬ現実とは彼自らに外ならぬのだが、要するに素子の夢は彼に欠けた何かであり、素子の夢を知り得ない唯一の人は彼自らであるという突き放された現実を見出さざるを得なかった。

俺が死ぬ、すると素子はいったいどこへ歩き去ってしまうのだろう？　谷村は常に最悪を考えた。そして、最悪以外に考えることができなかった。谷村は死ぬ怖れに堪え得なかった。

考えすぎてはいけないのだ、と谷村は思う。このささやかな現実、ささやかな生命に、精一ぱいのいたわりと愛情だけをそそがなければ、と。

然し、谷村は熱烈な恋がしたいと思った。肉体というもののない、ただ精神があるだけの、そしてあらゆる火よりも強烈な、燃え狂い、燃え絶ゆるような激しい恋を。その恋とともに掻《か》き消えてしまいたい、と谷村は思った。

恋をしに行く（「女体」につづく）

谷村は駅前まで行って引返してきた。前もって藤子にだけ話しておこうと思ったのである。彼は藤子の意見がききたかった。彼は自信がなかったのだ。そして藤子の口から自信へのいと口をつかみだしたいというのである。

谷村は信子に愛の告白に行く途中であった。彼はかねて肉体のない恋がしたいと思っていた。ただ魂だけの、そしてそのために燃え狂い、燃え絶ゆるような恋がしたいと考えていた。そして彼はそういう時にいつも信子を念頭に思い浮べていたのであるが、見方をかえると、信子の存在が常に念頭にあるために、魂だけの、燃え狂い燃え絶ゆるような恋がしたいと思《おも》い馴《な》らされていたのかも知れない。

けれども、信子とは如何《いか》なる人かということになると、日頃は分っていたのであるが、いざとなると自信がなかった。

信子も岡本の弟子であった。岡本は信子を悪党だと言う。先天的な妖婦《ようふ》で、嘘《うそ》いつわりでかためた薄情冷酷もの、天性の犯罪者だと言うのであった。岡本と信子は恋仲だとも言われ、ひところはずいぶん親密そうにしていたものだ。そのころ信子は二十一、二、岡本は四十六、七で、信子は然《しか》しなるべく女友達を一緒に誘い、岡本と二人だけでは歩かぬようにしていた。もっとも本当のあいびきは人目をさけるものであるから、裏のことは分らない。

信子には何十人の情夫があるのか、見当もつかないという噂《うわさ》であった。然し、信子の情夫と名乗った男がいるわけではない。ともかく、何十人かの男の友達がいる。その男達の何人かが相当の金をつぎこんでいることだけは明瞭で、信子の服装は毎日変り、いずれも高価なものである。月々一万ちかい暮しむきだと言われているが、信子の給料は百円に足らないのである。

信子は構造社という出版屋の企画部につとめていた。社長の秘書だとか、つまり二号だとかと噂もあるが、社長は六十ちかいお金持で、出版は道楽だった。高価な画集や、趣味的な贅沢本《ぜいたくぼん》を金にあかして作っているが、なかに一つ、あまり世間に名の知れない国史家の本をすでに何冊かだしていた。この国史家は竹馬《ちくば》の友だ。町田草骨という人である。別に大学教授でもなく、いわばこの人の国史も中年から始めた道楽で、古代の氏族制度などから、ちかごろでは民族学のようなことに凝りだしているのであった。

信子は草骨の家に寄宿していた。

草骨夫妻には子供がない。変った夫婦で、信子をお人形のように可愛《かわい》がり、信子の寝台のカバーのために京都までキレを探しに行ったり、自分達はこわれかけた安家具で平気で生活しているくせに、信子の居間と客間のために北京《ペキン》から家具を取り寄せてやったり、西陣へテーブルクロースを注文したり、ずいぶん大金を投じたものだ。そのくせ、さほどのお金持ではないそうで、地方の旧家の出であるが、田畑も売りつくし、いくらかの小金があるばかり、死ねばいらない金だからと云《い》って、信子の部屋を飾るために大半投じたという話であった。信子はこの美しい居間で、暇々に、草骨の蔵書整理をやり、目録をつくっていた。だから信子の居間には、凡《およ》そこの居間に不似合いな百冊ほどの古風な本が、いつも積まれているのであった。

信子は二十六になっていた。谷村が信子を知ったのは、まだ二十のあどけない時だった。それから数年、さのみ近しい交《まじわ》りもないが、そのくせ会えば至極隔意なく話のできるのは、二人の気質的なものがあるらしい。信子は時に高価な洋酒などを御馳走《ごちそう》してくれることがあったが、谷村がわざとからかい半分に、信ちゃんはずいぶんお金持なんだね。金の蔓《つる》はどこにあるのだろうね、とあらわに下卑《げび》た質問をあびせても、怒らなかった。もとより返事もしないが、どんな風な様子でもなかったのである。

谷村はずいぶんズケズケと信子に話しかけたものだ。

「あんまり美しすぎて誰も口説《くど》いてくれないという麗人の場合があるそうだけど、信ちゃんなんかも、その口かい？　でも、ずいぶん、口説かれたことだろうね。どんな風な口説き方がお気に召すのか、参考までに教えてくれないかね」

「プレゼントするのよ。古今東西」

「ああ、なるほど。すると、うれしい？」

信子は答えなかった。

谷村は常に、あどけない少女のように信子を扱ってきた。事実なかば気質的に、そう思いこんでいる一面がある。そのくせ信子を妖女あつかいに、ズケズケと下卑た質問もするのだが、気質的に少女あつかいにしている面があるものだから、それで救われているものらしい。

信子は先天的に無貞操な女だと何か定説のようなものが流布していた。そのなかで、岡本の呪咀《じゅそ》の言葉は特別めざましく谷村の頭に焼きついていた。薄情冷酷、そして、先天的な「犯罪者」だと云うのである。

谷村には無貞操ということよりも、犯罪者という言葉の方がぬきさしならぬものがあった。いったい信子は無貞操なのだろうか。無貞操であるかも知れぬ。然し、凡そ肉慾《にくよく》的《てき》な感じがない。清楚《せいそ》だ。むしろ純潔な感じなのである。どこか、あどけなさが残っている。それは、たとえば、香気のように残っていた。処女と非処女の肢体《したい》は服装に包まれたまま、ほぼ見分けがつくものであるが、信子は処女のようでもあり、そうでないようでもあった。この疑問をいつか藤子にただしたとき、処女じゃないわよ、藤子は言下に断定した。処女らしくすることを知っているのよ。先天的にそういう妖婦なのよ、と言った。

けれども、信子のあどけなさ、清楚、純潔、それは目覚める感じであった。それは、たしかに、花である。なんとまあ、美しい犯罪だろうかと谷村は思う。まるで、美しいこと自体が犯罪であるかのように思われる。この人は無貞操というのではない。たしかに先天的な犯罪者というべきだろう。もしかすると殺人ぐらいも――その想念は氷のように美しかった。鬼とは違う。花自体が犯罪の意志なのだ。その外《ほか》の何物でもない。

それは谷村の幻想だった。彼は元来必ずしも幻想家ではない。ところが、信子の場合に限って、彼は甚《はなは》しく幻想家であり、その幻想を土台にして、きわめて気分的に、肉体のない、ただ魂だけの恋ということを考えていた。長々それを思い耽《ふけ》り、それが幻想的であり、気分的であることを疑《うたぐ》りもせず、そしてとうとう本当に打開けてみたいと思いたって、外へでて、歩きだして、ようやく、気がついた。信子はたしかに妖婦なのである。谷村は肉慾を意識しない。然し、信子は、谷村の知り得ぬ方法で、何人からか、

である。

彼は藤子に会おうと思った。先《ま》ず藤子に計画を打ちあけて、批判をきこうと思ったの

莫大《ばくだい》な生活費をせしめている女なのである。谷村の歩く足は次第に力を失った。

★

藤子の旦那《だんな》の上島という株屋が居合せた。彼は目をまるくした。

「そんな素敵な妖婦が日本にいますかね。え？　どうも、信じられない」

「いえ、本当よ。すくなくとも、二十人ちかい情夫があるわ。そして、信子さんは、どの一人も愛してはいないのよ。あの人は愛す心を持たないのだわ。先天的に冷酷無情なのよ。生れつきの高等淫売《こうとういんばい》よ、口説いたって、感じないわよ。谷村さん」

「でも、それだったら、口説きがいがあるじゃないか。え、谷村さん。面白いね。ぜひとも自爆するのだよ」

藤子は信子の情夫の名前を一々列挙した。画家もあれば、実業家もあり、商人もあれば、歌舞伎《かぶき》の名優もあった。いずれも中年以上の相当の地位と金力のある人ばかり、岡本などに目もくれなくなったのは当然だという話なのである。

「あなたはいつか信子さんは処女じゃないかと仰有《おっしゃ》ったでしょう？」

藤子の目は光った。

岡本の弟子に小川という青年がある。谷村も知っているが、一本気の気質で、然し、気まぐれな男であった。この男が信子を口説いた時に、私は処女よ、と信子は言ったそうである。彼はふらふらになるまで信子を追《お》い廻《まわ》して、結局崇拝者《すうはいしゃ》という立場以外にどうなることもできなかった。信子は青年は相手にしなかった。青年はただとりまいて崇拝することができるだけ、つまり青年は一本気で独占慾が強いから、信子は崇拝者以上に立入らせないのである。それが藤子の話であった。

「私は処女よ、なんて、処女はそんなこと言わないものよ。言う必要がないのですもの」

藤子は益々《ますます》谷村を見つめた。

「谷村さん。なぜ、私がこんなこと言うか、分る?」

谷村は答えなかった。その目には残酷な憎しみがこめられているようだ。藤子もさすがにてれたのか、目をそらして、くすりと笑ったが、

「谷村さん」

又、目が光った。

「あのね。信子さんはね、多分、あなたにも言うと思うわ。私、処女よ、って。予感

があるのよ。きっと、言うわ。そのときの信子さんの顔、よく見て、覚えてきてちょうだい。陳腐な言葉じゃないの。あなたが、そんな言葉、軽蔑できれば、尚《なお》いいのだけれど」

谷村は別のことを考えていた。

藤子の邪推からも結論されてくることは、信子の生きる目的は肉慾ではないということだ。信子の生きる目的は何物であろうか。男をだますことだろうか。金をまきあげることだろうか。それは目的というよりも、本能的なものだろう。なぜか谷村はそう思う。彼の頭に岡本の天性の犯罪者という呪咀の声が絡《から》みついているのであった。この年老いた破廉恥漢《はれんちかん》の呪咀の声ほど信子に就《つ》いて的確なものは有り得ない。肉慾専一の岡本は信子を犯罪者と見るのだが、谷村の場合に別の意味であるかも知れぬということが彼に勇気を与えていた。信子に人を迷わす魔力があるなら、迷わされ、殺されたい、と谷村は思った。

★

それは冬の日であった。冬の訪れとともに谷村の外出の足がとまるのはすでに数年の習慣だった。素子は彼の外出を訝《いぶか》ったが、それに答えて、本を探しに、と言ったのである。まったく何年ぶりで冬の外気にふれたのだろう。鋭い北風に吹きさらされてみると、むしろ爽快《そうかい》と、何年ぶりかの健康を感じたような思いがした。彼は襟巻《えりまき》で鼻と口を掩《おお》うていたが、それを外《はず》して吹きつける風にさらされてみたい誘惑すらも覚えたほどだ。

信子に恋がしてみたいとは、だまされたいということだろうかと谷村は思った。忘れていた冬の外気が意外に新鮮な健康すらも感じさせてくれる。それも彼にはだまされた喜びの一つであった。知らなかった意外なもの、それに打たれて、迷いたい。殺されてしまいたい、と彼は思った。長らく忘れ果てていた力が呼びもどされてくるようだった。それは外気の鋭さと爽快に調和しているようだった。

信子の居間には、このような女の居間にしては一つだけ足りないものがあった。ピアノである。谷村は音楽を好まなかった。音楽は肉慾的だからであり、音楽の強いる恍惚《こうこつ》や陶酔を上品に偽装せられた劣情としか見ることができなかったからである。素子はショパンが好きであった。その陶酔と恍惚から谷村も遁《のが》れることはできない。谷村は抱擁《ほうよう》に就いて考える。抱擁の素子は音楽の助力を必要としない。然し、抱擁なき時間にも、抱擁に代る音楽を——谷村は音楽にききほれる素子の肉体を嫉妬《しっと》した。そして、そのたび彼は音楽を蔑《さげす》んだ。音楽は芸術には似ていない。ただ、香水に似ている、と。

信子のからだから、先ず香水の刺戟《しげき》が彼を捉《とら》えた。ちょうど、ガダルカナルの退却のころだった。人々は不吉な予感を覚えても、二年の後に東京が廃墟《はいきょ》になろうとは夢に思う者もない。然し街から最も際立って失われたのは先ず香料のかおりであった。コーヒーの香すらも。バタや肉の焼かれる香すらも。

香水の刺戟は彼をまごつかせた。

「信ちゃんのような人でも香水などがつけてみたいの？　生地《きじ》の魅力に自信がもてないのかしら」

「あなたはいつもだしぬけに意地のわるい今日はを仰有るのね。ふと私をからかってやりたくなったのでしょう。今朝《けさ》、目のさめたとたんに」

谷村の落着きは冴《さ》えていた。炭の赤々と燃えている大きな支那火鉢の模様も、飾り棚の花瓶《かびん》の模様も、本箱の本の名も歴々と頭に沁《し》みて、恋の告白をするようなとりのぼせた思いがまったくなかった。

谷村はためらわなかった。これから何かが起るのだ。一つの門がひらかれる。ひらかなければならない。彼は先ず身を投げださなければならないことが分っている。門に向って。

「僕は前奏曲を省略するから。信ちゃん。僕は雰囲気はきらいなのだから」

彼の落着きはまだつづいていた。

「僕はね、恋を打ちあけに来たのだよ、信ちゃんに。恋というものではないかも知れない。なぜなら、僕の胸は一向にときめいてもいないのだからさ。僕はね、景色に恋がしたいのだ。信ちゃんという美しい風景にね。僕は夢自体を生きたい。信ちゃんの言葉だの、信ちゃんの目だの、信ちゃんの心だの、そんなものをいっぱいにつめた袋みたいなものに、僕自身がなりたいのだ。袋ごと燃えてしまいたい。信ちゃん自身の袋の中に僕が入れてもらえるかどうか知らないけれども、僕は信ちゃんを追いかけたいのだ。この恋は僕の信仰なのだ。僕が熱望していることは殉教したいということだ」

谷村は言葉が大袈裟《おおげさ》になりすぎたので苦笑した。

信子は放心しているような様子なのである。目をつぶった。何もきいていないような顔でもあるし、うっとりしているようでもあった。

谷村の言葉がとぎれても、信子の様子は変らない。谷村は投げだそう投げだそうと努力した。つまり、何かを言いきることによって、自分を投げだしてしまいたいのだ。心に踏切りのようなものがある筈《はず》だ。突然踏切り、踏みだしているような一線が。彼はもどかしくなっていた。まだ踏切っていない。彼はただ信子の様子が意外であり、放心だか、うっとりだか、全くつかまえどころのない複雑な翳の綾《あや》が、さすがだと思った。すくなくとも恋を告白しなければこの翳の綾は見ることができなかった筈だ。すこし尖《とが》った翳もある。やわらかい翳もある。幼さの翳もあったが、そうでない翳、つまり、恋の老練を谷村はたしかに認めた。

この女は恋に退屈しないのだ、と谷村は思った。その考えは彼に力を与えた。

「僕は信ちゃんに愛されたいということよりも、信ちゃんを愛したいのだ。信ちゃんが僕の絶対であるようになりたいのだ。そうする力が信ちゃんには有るような気がする。そして、信ちゃんがそうしてくれることを熱願するのだ。信ちゃんが死ねといえば死ぬことができるように、とことんまで迷いたい。恋《こ》いこがれたい。信ちゃんのために、他の一切をすてて顧みない力が宿って欲しいのだ。僕はすこしムキになりすぎているようだ。つまり僕の心がムキでないから、ムキな言葉を使うのさ。僕は肉体力が弱すぎるから、燃えるような魂だけを感じたい。肉体よりも、もっと強烈な主人が欲しい」

喋《しゃべ》りながら、断片的な色々の思いが掠《かす》めて行った。たとえば、退屈ということ、自己誇張ということ、無意味ということ、本心の狙《ねら》いから外《はず》れているということ、自己嫌悪ということ、もう止《よ》したい、眠ってしまいたいということ。

けれども、それらが信子の顔と姿態によって一つずつ吹き消されて行く快さを谷村は覚えた。それはその快さを自ら納得せしめるための彼自身の作意ではなかった。想念が信子の顔と姿態に吸われて掻《か》き消えて行く。いつも意識に残るものは、信子の顔と姿態がすべてであった。

それも媚態《びたい》の一つだと谷村は思った。最も人工的な、ある技術家の作品だった。谷村の忘れ得ぬ驚きが一つある。それはその瞬間には気付くことができなかった。気付き得ぬところにその意味があるのだから。

信子はいささかも驚かなかった。谷村の唐突な口説《くどき》が始められた瞬間に於《おい》てすらも。素朴なもの、無技巧なもの、凡そいかなるかすかなぎごちない気配をも窺《うかが》う余地がなかった。いつかうっとりと、又、漠然と、放心しきっているのみである。いつか起るかも知れぬ素子の破綻《はたん》に就いて谷村が不安をいだく必要もなかった。

なぜ今まで口説かなかったの。いつでも遊んであげたのに。そういう意味があるような気がする。然し、そういう形はどこにもなかった。ただ、すこしも怖《おそろ》しくないだけだ。すべてが赦《ゆる》されているようだった。

★

谷村は落着いた気持になった。今までも落着いていたつもりであったが、まるで違った落着きが入れかわっているような気持であった。あせりたい心、あせらねばならぬ思いがなくなっていた。彼はただこの部屋の波にただよう小舟のような思いがした。やがてどこかの岸へつくだろう。南の島だか、北の涯《はて》だか。

彼はもう、あくびをしてもよかった。煙草《たばこ》をつけて、思いきり、すいこんでみることもできた。

「信ちゃんは自分の絵を覚えているだろうか。僕は妙に忘れないね。あんまり平凡すぎるからだよ。色も形も、そして、作者の語っている言葉もね。歪《ゆが》みというものがないのだ。信ちゃんは好んで二十ぐらいの娘をかいたね。洋装だの、和服だの、そして、たぶん、裸体はなかった筈だ。あんまり平凡で、常識的すぎるのだもの。然し、だんだん分ってきた。信ちゃんの絵はお喋りではない。好奇心がないのだ。ところが外《ほか》の連中は、たとえばうちの素子のような常識的な女でも、ごてごてとお喋りで、好奇心ばかりの絵をかくのだね。別段その絵に作者の夢が託《たく》されているわけでもない。架空な色彩の遊びがあるだけなのさ。信ちゃんにはその架空な遊びが必要ではないのだね。むしろそれが出来ないのだ。信ちゃんは絵の中に好奇心を弄《ろう》する必要がない。信ちゃんは生活上に天性の芸術家だから」

谷村は和《なご》やかだった。顔には笑いすら浮んでいた。然し彼は信子の顔から注意の視線を放さなかった。この放心の表情と、肩と胸と腕のゆるやかにだらけた曲線の静かさは素晴らしい。けれども、もっと素晴らしいことが起る筈だ。ある変化が。いつ又、いかにして。その瞬間を見逃すまいと彼は思う。然し、彼は猟犬ではなかった。信子の破綻を全く予期していなかったから。すでに彼は信子の技術を疑わなかった。そして、その万能を信じたいと思った。

谷村は遊びたくなってきた。もっとふざけてみたくなってきた。言いたい放題に言ってやりたくなってきた。それは信子に誘われているようでもあったし、誘われようとしているようでもあった。

幼い頃、こんな遊びをしたことがあったようだと谷村は思う。柿《かき》の木に登って、柿の実をとってやる。下に女の子が指している。もっと上よ、ええ、それもよ、その又上に、ほら。そして、枝が折れ、地へ落ちて、足の骨を折ってしまう。それは谷村ではなかった。隣家の年上の少年だった。生きておれば、今も松葉杖《まつばづえ》にすがっている筈なのである。

この部屋には退屈と諦《あきら》めがない。それは谷村の覚悟であった。上へ、上へ、柿の実をもぎに登るのだ。落ちることを怖れずに。落ちるまで。

谷村はこのまま、こんな風にして、眠ることができたらと思った。そして、そのまま、その眠りの永久にさめることがなかったら、と思った。

「今、僕に分るのは、この部屋の静けさだけだ。世の中の物音は何一つきくことができない」

と、谷村は譫言《うわごと》をつづけた。

「火鉢の火が少しずつ灰になるものうさまで耳に沁みるような気がする。僕に自信が生れたのだ。それはね、信ちゃんは如何なる愛にも堪《た》え得る人だということが分ったように思われるから。信ちゃんは愛されることに堪え得る人であり、人を愛す人ではない。そして僕は信ちゃんを愛することに堪え得るだろう。僕は愛されないことを必ずしも意としない。むしろ僕は最も薄情な魂をだきしめている切なさに酔いたい。信ちゃんの心は冷《つ》めたい水のようだ。山のいただきの池のようだ。湖面を風が吹いている。山のいただきの風が、ね。そして空がうつるだけだ。ただ空だけが、ね。孤独そのものの魂だ。そしてその池の姿の美しさ静かさで人を魅惑するだけだ。僕はその山のいただきへ登って行く。弱いからだが、喘《あえ》ぎながら、ね。ところが僕は奇妙に弱いからだまで爽快なんだ。その池へ身を投げて僕は死にたい」

信子の顔はとうとう笑いだした。まだ目はとじている。突然、ぱっちりと目をあけた。そして谷村を見つめた。

然し、再び椅子《いす》にもたれて、放心してしまった。ただ違うのは、ほほえみのかすかな翳が顔に映っているだけ。

★

不思議な目、それは星のようだと谷村は思った。ぱっちりと見開《みひ》らかれ、見つめ、そして、とじた。微塵《みじん》も訴える目ではない。物を言う目ではない。あらゆる意味がない。ただぱっちりと、見つめる目であるだけ。ただ冴えていた。それだけ。

はじめて谷村も目をとじた。自分の目が厭《いや》になったからである。けれども、目をとじることに堪え得ない。信子の顔を失うことに堪え得なかった。

「信ちゃん。何かを答えてくれないか。目はとじたままでいい。あんな風に僕を見つめるのは残酷というものだよ。僕の告白に返事をくれる必要はない。ただ、何か、言葉がききたいだけだ」

信子は然し答えない。そして放心は変らない。笑いの翳はいくらか揺れているかも知れぬ。いつも何かが揺れていた。形には見えぬ翳のようなものが。

谷村は信子に甘えている自分を見つめた。然し、不快ではなかった。そして谷村は気がついた。信子を少女のように扱う気持が根こそぎ失われていることに。益々《ますます》勇気がわいていた。それはどのような愚行をも羞《は》じない、如何なる転落も、死をも怖れぬという自覚であった。

谷村は信子の不思議に薄い唇《くちびる》を見つめていた。それは永遠に真実を語ることがない一つの微妙な機械のような宿命を感じさせた。信子の鼻は尖っていたが、その尖端《せんたん》に小さなまるみがあった。そこには冷めたい秘密の水滴が凝り、結晶しているように思われる。人はそこに冷酷、残忍、不誠実を読みとることも不可能ではない。然し又、幼さが漂うのも、鼻から唇へかけての線である。信子の顔のすべての感じが薄かった。だが、やわらかさ、ふくらみに気付くとき、信子の気質のある反面が思わせられる。そこには理想と気品があった。ある種のものには妥協し得ない魂の高さがあった。

この女は死に至るまで誰のためにも真実を語らない。肉慾の陶酔に於てすら真実の叫びをもらすということがない。信子はその不信によって人を裏切ることはない。なぜなら、真実によって人をみたすことが永遠に失われているのだから。

谷村は公園の鋪道《ほどう》の隅の小さな噴水を思いだした。彼は山で見た滝の大きな自然が厭らしかった。河は高さから低さへ流れ、滝は上から下へ落ちる。自然のかかる当り前さが、彼は常に厭だった。水は上へとび、夜は明るくならねばならぬ。人工のいつわりがこの世の真実であらねばならぬ。人の理知は自然の真実のためではなく、偽りの真実のために、その完全な組み立てのために、捧げつくされなければならぬ。偽りにまさる真実はこの世には有り得ない。なぜなら、偽りのみが、たぶん、退屈ではないから。

谷村は信子によってだまされる喜びを空想した。彼自身も信子をだまし得る役者の一人でありたいと希《ねが》った。そして彼は、ともかく恋の告白自体がわが胸の真実ではないことを自覚して、ひそかに満足した。所詮《しょせん》、偉大な役者では有り得ない。ただ公園の鋪道の隅の小さな噴水であり得たら。信子は夜をあざむく人工の光のように思われた。

「僕は信ちゃんの自信ほど潔癖で孤独なものは見たことがない。芸術は信ちゃんには似ていない。死後にも残るなどというのは饒舌《じょうぜつ》なことだ。慎しみのないことだよ。死ねばなくなる。死ななくとも、在《あ》るものは、失《う》せねばならぬ。僕がこの世に信じうる原則はそれだけだから」

谷村は自分の言葉に虚偽も真実も区別はなかった。彼は自分を突き放していた。突き放すことを自覚する満足だけでよかった。

「信ちゃんは、たぶん、自分以外の何人《なんぴと》をも信じることはないだろう。信ちゃんは永遠を考えていない。信ちゃんは消えうせる自分を本能的な確信で知っている。哲人たちが万巻の書物を読みその老衰の果てに知りうることを、信ちゃんは生れながらに知っている。昔の支那の皇帝が不老不死を夢みたような愚を信ちゃんはやらない筈だ。信ちゃんは現実的な快楽主義者ではないからだ。信ちゃんは常に犠牲者だから。生れながらの犠牲者だから。哲学や、宗教や、芸術の至りうる最後の果実に、信ちゃんは生れながらに即しているのだ。信ちゃんは自らみたされないことによってしか、みたされることができない。信ちゃんは現に僕をみたしている。その不思議な美しさで。信ちゃんは人を魅惑する微妙な機械だ。そして、魅惑によって人をみたしてやるときだけ、自分もみたされている。機械自体が廻転《かいてん》していることによって」

信子の顔は再び笑いだした。目は相変らずとじられていた。然しまぶしげな笑いとも違う。ものうげな笑いでもない。複雑でもなく、深刻でもなかった。ただ笑いというだけのものだった。信子という顔の上の。

突然再び目がひらかれた。すると同時に一つの言葉が語られていた。

「窓をあけて。私は、あつい」

あつい、という。音《シラブル》と、発音と、意味の、きわだって孤立した三つのものの重なりの単純な効果のめざましさに、谷村は心を奪われた。

★

窓をあけて戻ってくると、信子は女中をよび、何かを命じていた。そして寝室へ姿を消してしまった。

緑茶が運ばれ、菓子が運ばれ、蜜柑《みかん》と林檎《りんご》が運ばれ、支那火鉢には炭がつがれて湯沸《ゆわか》しがかけられた。緑茶の茶碗は谷村のものが一つだけ、信子のものはなかった。女中が去り、湯がたぎる頃になって、信子はようやく現われた。信子は谷村に緑茶をすすめた。

「信ちゃんはなぜ飲まないの」

「私は欲しくないのですもの」

「理由は簡単明瞭か。いつでもかい？」

信子は笑った。

「いつでも喉《のど》のかわかない人がある？」

「もし有るとすれば、信ちゃんだろうと思ったのさ」

「このお部屋ではどなたにもお茶を差上げたことがなかったのよ。私もこのお部屋では、真夏にアイスウォーターを飲むことがあるだけ」

「なぜ僕にだけお茶を飲ましてくれるの」

「あなたはお喋りすぎるから」

信子は林檎をよりわけて、ナイフを握りかけたが、林檎をむきましょうか？　お蜜柑？　谷村はしばらく返事をしなかった。彼は食欲がなかったから。そして、信子を眺めているのが楽しかったからである。

「僕は食欲がないよ。かりに食欲があったにしても」

谷村は笑いだした。

「信ちゃんを口説くかたわらに、蜜柑の皮だの、林檎の皮だの、つみ重ねておくわけにはいかないだろうさ」

信子も笑いながら、谷村を見つめた。笑いながらであるけれども、その目は笑っていない。ぱっちりと見ひらかれて、ただ、冴えているだけだ。笑顔と笑わぬ目の重なりから溢《あふ》れて迫るものは、静かな気品と、無意味であった。そこにはあらゆる意味がない。静かな気品の外《ほか》には。

「あなたは謎々《なぞなぞ》の名人ね」

「なぜ」

「愛されるばかりで、愛さない者は誰？　信子。冷めたくて、人を迷わす機械は誰？　信子。永遠に真実を言わない人は誰？　信子」

信子の目は冴えていた。そこには更に意味がない。幼さも、老練もなかった。

目がとじられた。椅子にもたれた。

「もっときかしてちょうだい。謎々を。まだある？　もう、ない？」

再び放心がはじまった。違っているのは、一つの林檎を手にしていることだけであった。

憤っているのだか、満足しているのだか、虚心なのだか、意地悪をしているのだか、さらに摑《つか》みどころがなかった。然し、谷村はひるまなかった。いかなる破滅も、いかなる恥辱も、意としない自覚があった。

「信ちゃんは岡本先生の信ちゃん論を知っていますか」

谷村はもう、ためらわなかった。何ごとをも悔いることを忘れたと思った。

「信ちゃんは薄情冷酷もの、天性の犯罪者だと言うのさ。僕はこれを、信ちゃんに捧げられた最大のオマージュと信じているのさ。岡本先生は最も貪慾《どんよく》な女体の猟犬だが、信ちゃんからは女体の秘密を嗅《か》ぎだせずに、ただ魂の影だけを摑んだ。先生にとっては、如何ほど貞淑高潔な女体も、秘密のある女体でしかない。尤《もっと》もそれは僕にとっても、先生と同じ意見だけれどもね。その先生も、信ちゃんからは、女体の秘密をつかみ得ず、天性の犯罪者だと言うのだ。天性の犯罪者とは、どういうことだろう？　僕は先生に訊《き》いてもみず、訊く気持も持たないから、先生の言う本当の意味は分らない。ただ、この言葉の属性で疑うべからざることの一つは、永遠の孤独者ということだ。人は誰しも孤独だけれども、肉体の場に於て、女は必ずしも孤独ではない。女体の秘密は、孤立を拒否しているものだ。孤立せざるものに天来の犯罪などは有り得ない。だから、僕は思う。魂信ちゃんには、女体がない、と。女が真実を語るのは、言葉でなしに、からだでだ。魂でなしに、女体でだ。女体がなければ、女は、永遠に、真実を語らない。信ちゃんは、永遠に、真実を語りうる時があり得ない」

谷村はもっと残酷に言い得ることを知っていた。それは岡本の天性の犯罪者という意味に就いてであった。けれども彼は甘い屁理窟《へりくつ》と讃辞だけで満足した。そして、それだけで満足し得たことにも、満足した。言いきることほど、下らぬことは有り得ない。それはこの部屋の真理であった。

「僕の謎々はもう終った」

谷村はその体内から言葉を押しあげてくる力を覚えた。

「僕は信ちゃんの天来の犯罪性にぞっこん迷ってしまったのさ。目にも、鼻にも、迷いはしないよ」

そうでもなかった。彼は信子の目も鼻も好きであった。

★

信子はいつも、ぱっちりと目をあける。ゆるやかには、あけなかった。

信子は手にしていた林檎を皮ごと一口かじった。平然として、かみついた。歯が白かった。

「あなたも、こうして、めしあがれ」

いくらか谷村をひやかすような調子があった。事実、谷村は林檎を皮ごとかじる習慣をもたないのである。然し、ひやかしは必ずしも林檎に就いてではない。谷村は常に意表にでられている。ひやかしはその意味だった。皮ごとかじりつく歪《ゆが》みと変化の美しさを信子は意識しているのである。

信子は二口かじって、やめた。

なぜ一口でやめなかったか、谷村は問いたかったが、やめた。それはたしかに愚問であった。二口でも、美しい。三口でも、美しい。むしろ、芯《しん》まで食べてもらいたかった。林檎をかかえて口に寄せる手つきからして爽《さわや》かだった。肩と肘《ひじ》のすくんだ構えも、目に沁みた。

「あなたの謎々は私が必ず悪い女でなければいけないのね」

「あべこべだ。僕は讃美しているのだよ」

「だから、悪い女を、でしょう」

「悪いという言葉を使った筈はないぜ。僕には善悪の観念はないのだから。ただ、冷めたいということ、孤独ということ、犠牲者ということ、犯罪者ということ」

信子はふきだした。それは林檎にかみつくよりも、もっと潑剌奔放《はつらつほんぽう》な天真爛漫《てんしんらんまん》な姿であった。

「そんな讃美があって?」

「信ちゃんにだけは、さ。信ちゃんだけが、この讃美に価《あたい》する特別の人だからさ。ほかの人に言ったら怒られるが、それはその人が讃美に価するものを持たないから」

「あなたは私が怒らないと思ってる?」

谷村はためらわなかった。

「思っている。信じているよ」

「あなたは、私の絵が平々凡々で常識的だと仰有ったでしょう。もしもそれが私の本当の心だったら?」

「芸術は作者の心を裏切ることがないかも知れぬが、信ちゃんの絵は芸術ではないのだからさ。お嬢さんの手習いだから」

信子の顔は、又、変った。微塵も邪気のない顔だった。そのほかには、あらゆる感情が表れていない。あどけなさがあるだけだった。

「あなたは驚くべき夢想家よ。でも、面白い夢想家だわ。無邪気な夢想家かも知れないわ。私を辱《はずか》しめる罪を見逃してあげればのことよ。でも善良に買いかぶられて取りすまさなければならないよりも、不良に見立てられてその気になってあげるのも面白いわ。

私は遊ぶことは好きですもの」

「それなんだよ、信ちゃん。僕がさっきから頻《しき》りに言っていることは」

「まア、お待ちなさい。あなたのお喋りは」

と信子は手で制したが、心底からハシャイでいる様子であった。それは一途《いちず》に無邪気なものにしか見えなかった。見様によれば、平凡な、遊び好きの、やや熱中した娘の姿にすぎなかった。

「あなたは全てを適当にあなたの夢想にむすびつけてしまうのですもの。私はそんな風に強制されるのは、いやよ。私は、私ですもの。肉体のない女だなんて、おかしいわ。私は幽霊じゃないのですもの。それに犯罪者だなんて、被害者に注文されて犯罪する人ないことよ。でも、遊びは、好き。贋《にせ》の恋なら、尚、好き。なぜなら、別れが悲しくないから。私は犬が好きだけど飼わないのよ。なぜなら、犬は死ぬから。すると、悲しい思いをしなければならないからよ。私は悲しい思いが、何より嫌いなのですもの。私が悲しむことも、いや。人が悲しむことも、いやよ。私は半日遊んで暮したい。半日はお仕事するのよ。私はお仕事も好き。何か忘れていられるから。遊ぶことすらも、忘れていられるからなのよ」

信子の顔はほてった。言葉はリズミカルに速度をました。それは、やや、狂躁《きょうそう》というべきものだ。顔のほてりが谷村に分るのだから。

「ああ、あつい」

信子は振り向いて、窓際へ歩き去った。

★

贋の恋の遊びなら尚好き、と信子は言った。それは告白に対する許しだろうと谷村は思った。

ところで、谷村は許しに対する喜びよりも、更に劇《はげ》しい驚きに打たれた。それは信子の顔のほてりであった。それはまさに予期せざる変化であった。暴風の如《ごと》き情熱だった。顔に現われたのは、ただ、ほてりにすぎなかったが。

谷村は信子に就いて極めて精妙な技術のみを空想していた。かりそめにも荒々しい情熱などは思いもうけていなかった。顔のほてりは、ただそのことを裏切ったのみではない。信子に就いての幻想の根柢《こんてい》を裏切るものだった。蓋《けだ》し、顔のほてりに示されたものは、その精神の情熱ではない。むしろ最も肉体的な情熱であった。それは直ちに肉体の行為に結びつき、むしろ、それのみを直感させる情熱だった。それは健全なものではなかった。白痴的《はくちてき》なものだった。精力的なものではなかった。それよりも更に甚しく激しかった。病的であった。そしてその実体は分らない。恐らく無限というものを想像させる情熱だった。

私は私ですもの、と信子は言った。肉体のない女だなんて、おかしいわ、私は幽霊ではないのですもの、と言った。それは正直な言葉であるのか、技巧的な言葉であるのか、分らない。五分間前の谷村ならば、これを技巧と見るほかに余念の起る筈はなかった。顔のほてりを見て後《のち》は違う。むしろ一つの抗議とすらも見ることができた。

然し、又、あらゆる言葉と同様に、顔のほてりすらも、生れながらの技巧であるかも知れないと谷村は怖れた。唐突でありすぎた。激烈でもありすぎた。めざましい奔騰《ほんとう》だった。ともかく一つ真実なのは、告白が許されたということだけだ。だが、告白が許されたということだけでは、すくなからず頼りなかった。彼の見た信子の顔のほてりは、あまり目ざましすぎたから。彼の古い幻想は唐突に打ち砕かれていた。そして、新たな幻想が瞬時に位置をしめている。それは信子の肉体だった。彼がそれまで想像し得たこともない異常な情熱をこめた肉体だった。

なぜ今まで、この肉体を思わなかったかと谷村は疑った。思いみる手がかりがなかったのか。それもある。然し、肉体のない、魂だけの、ということ自体が不自然だ。幻想的でありすぎる。その幻想は自衛の楯《たて》だと谷村は思った。信子にふられることを予期しすぎ、翻弄《ほんろう》されることを予期しすぎての楯の幻想にすぎないような思いがした。信子の肉体は思わなくとも、その美しさは知っていた。そして、ただ翻弄せられる激情のみを考えていた。その幻想の甘さを、彼は今まで不自然だとは思わなかっただけである。疑り得ない一つのことは、かなり遠い昔から、信子が好きであった、ということだった。

★

信子は窓際から戻らなかった。谷村はそこへ歩いて行った。彼は自分の病弱の悲しい肉体のことを考えた。このような悲しい肉体が、その悲しさのあげくに思い決した情熱も、やっぱり魂のものではなしに、女体に就いてであったかと思う。それを信ずべきかを疑った。

信子の顔のほてりが、ただ一瞬の幻覚であってくれればよい。否《いな》、すべてが信子の天来の技巧であってくれればよい。谷村はわが肉体の悲しさ、あさましさが切なかった。その悲しむべき肉体を、信子の異常な情炎をこめた肉体に対比する勇気がなかった。彼は羞《はずか》しかった。そして恐怖を覚えた。無力を羞じる恐怖であった。

そして、かかる恐怖があるのも、待ちもうける希いがあってのことだった。谷村の心は何、と訊かれたら、彼はただ答えるだろう。分らない。成行きが、その全てだ、と。

「信ちゃんは、贋物の恋は好き、と言ったね。僕の恋は贋物ではない。偽りの恋というのだよ。偽りは真実であるかも知れぬ。然し、贋物は、たぶん、贋物にすぎないだろう。信ちゃんは骨董趣味《こっとうしゅみ》に洒落《しゃれ》たのかも知れないが、その洒落は僕には良く通じない。然し、僕は思った。信ちゃんは僕の告白を許してくれたのだ、と。それを信じていいだろうね」

信子は窓を下した。

「冬の風は、あなたに悪いのでしょう」

「すぐにも命にかかわることはないだろうと思うけれどもね」

「なぜ、窓をとじてと仰有らないの」

「信ちゃんがそれを好まないからさ」

「あなたの命にかかわっても」

谷村はうなずいた。

信子の顔は燃えた。油のような目であった。

「私だって、誰よりもあなたが好きだったのよ」

谷村は、すくんだ。

「私は、今日は、変よ。だって、あなたが、あんまりですもの。あなたが、意地わるだから」

信子の唇が訴えた。にわかに顔色が蒼《あお》ざめた。まるで肢体が苦悶《くもん》によって、よじれるように感じられた。

「あなたは、ひどい方。私を苦しめて」

信子は両手を握りしめて、こめかみのあたりを抑えた。

「私を、こんなに、こんなに、苦しめて」

唇がふるえた。目がとじた。身体は直立して、ゆれた。それは倒れる寸前であった。

谷村が抱きとめたとき、信子はこめかみを拳《こぶし》で抑えたまま、胸の真上へくずれた。

谷村は支える力がなかった。反射的な全身の努力によって、自分が尻《しり》もちをつき、信子が胸からずり落ちるのに、嘘のように緩慢《かんまん》な時間があり得たことを意識した。それにも拘《かかわ》らず、ずり落ちた信子はかなりの激しさで床の上に俯伏《うつぶ》していた。両手の拳にこめかみを抑えたままの姿であった。

谷村は意志のない身体の重さに困惑した。信子をだきかかえて、仰向《あおむ》けに寝せるために、その全力をだしつくさねばならなかった。彼は信子を抱きかかえたまま、自分を下に一廻転《かいてん》して倒れなければ、仰向けに直すことができなかった。信子のからだをずり落して、その重さから脱けでることができたとき、彼は疲れの苦しさよりも愛慾の苦しさに惑乱した。信子の顔には怪我《けが》はなかった。

信子はかすかに目をあけた。谷村は自ら意志するよりも、よほど臆病な遅鈍さで、信子に接吻《せっぷん》した。彼はむしろ、その意慾の激しさのために、空虚であった。信子はその接吻に答え、目は苦悶にみちて、ひらかれた。両の拳がこめかみを放れて、大きく、高く、ゆるやかに、虚空をうごいた。大きく虚空をだくように、そして、ゆるやかに、両腕が谷村の痩せた背にまわった。その腕に力はこもっていなかった。背をまいて、然し、背にふれていなかった。ただ何本かの指先が、盲目の指先の意志でなされる如くに、谷村の背の両隅を、緩慢に、然し、かなりの力をこめて、押し、動いた。

信子は突然泣きむせんでいた。信子の全てのものが、一時に迸《ほとばし》っていた。力のすべては腕にこもって、谷村の胸をだきしめた。信子の首をだきしめるために自ら意志する生きものであった。

谷村は惑乱した。彼の腕は信子の首をだきしめた。ただ狂おしく唇をもとめた。

それから起った事柄は、彼にはすべて夢中であった。曾《かつ》て彼の経験せざることのみだった。二人は部屋いっぱいにころげまわった。あらゆることが、不自然でなかった。そして彼は信子を下に見る時よりも、信子を上に見るときに、逆上的に惑乱した。なぜなら、そのときの信子の顔はあらゆる顔に似ていなかった。信子は陶酔しなかった。ただ、興奮した。その顔色は茶色であった。それにやや赤みがさしていた。頰《ほお》はふくらみ、目は燃えていた。その目は、とじることがなかった。

二人は一つであった。壁にぶつかり、又、もどった。火鉢にすらも、ぶつかった。谷村の上に、信子の倒れている時があった。二人は十の字に重りあって、倒れていた。二人は疲れきっていた。谷村はようやく呼吸を意識するのが全部であった。然し又信子は緩慢に起き直り、谷村の首に腕をまいてくるのであった。すると又、新たな力がわいていた。谷村はわが肉体のつきざる力に感動した。信子の疲れて倒れるときは、いつも谷村の身体の上に十の字に重りあって、のめっていた。谷村は物を思うことがなかった。信子を見つめることだけが、すべてであった。

おのずから二人の離れる時がきた。信子は壁際にころがって、倒れていた。腰から足は露出していた。隠そうとする意志もなかった。額《ひたい》に腕を組んでいた。

谷村は衣服をつけた。そして信子の腰から下の裸体をみつめた。肉慾の醜さは、どこにも見ることができなかった。如何なる事務的な動作もなかった。一枚の紙きれすらもなかった。全てはその奔放な姿のままに、今も尚、投げだされているのみだった。

信子の腰の細さは、疲れ果てた谷村の心を更に波立たせた。縦の厚さがいくらか薄いだけ、胸と尻への曲線はなだらかで、あらゆる不自然な凸部がなかった。

谷村は隠されている胸を見ずにはいられなかった。かがみこんで、ジャケツに手をかけて、

「信ちゃん。胸のお乳を見せておくれ、こんな細い、丸い、腰の美しさがあるなんて、今日まで考えてもいなかったから。僕は信ちゃんのからだを、みんな見たい」

「ええ、見て」

事もない返事であった。そして、谷村の操作をうながすように、額の片腕をものうく外《はず》して、まくれあがったジャケツの端をつかんだ。谷村はその美しい乳を見た。純白な胸を見た。腰からのびるそのなだらかな曲線を見た。見あきなかった。そして、ジャケツの下にかくした。

醜悪な、暗い何物を思いだすこともできなかった。

「信ちゃん。僕は今度は君の衣服をつけた姿が怖い。今日も、これから、君の衣服をつけた姿を見るのだと思うと」

「だって、いつまでも、こうしていられないわ」

「僕はもう君の裸体を見ている時しか、安心できなくなるだろう。切ないことだ」

谷村は思わず呟《つぶや》いた。切ないことだ、と。然し彼は爽かであった。その疲労の激しさ、

全力の消耗された虚脱のむなしさにも拘らず。

肉体とは、このようなものでも有りうるのか、と谷村は思った。なんという健康なものだろう。谷村のすべての予想が裏切られていた。然し、いささかも、悔いはなかった。この女は、何者であろうか。果して明日も今日の如くであろうか。

そして、谷村は自分の悲しい肉体に就いて考えた。今日の幸を、明日の日は必ずしも予想し得ない肉体に就いて。思いめぐらせば、この日のすべては不思議であった。ただ一つ悲しい不思議は、彼の情慾のこの一日の泉のような不思議さだった。すると彼はわが肉体に就いてのみ、暗さを感じた。むしろ羞恥と醜怪を感じた。

彼は素子の肉体を考えた。その醜怪を考えた。二人が。彼はそう考えて、その厭らしさに、ほろにがかった。

魂とは何物だろうか。そのようなものが、あるのだろうか。だが、何かが欲しい。肉慾ではない何かが。男女をつなぐ何かが。一つの紐《ひも》が。

すべては爽かで、みたされていた。然し、ひとつ、みたされていない。あるいは、たぶん魂とよばねばならぬ何かが。

戦争と一人の女〔無削除版〕

野村は戦争中一人の女と住んでいた。夫婦と同じ関係にあったけれども女房ではない。なぜなら、始めからその約束で、どうせ戦争が負けに終って全てが滅茶滅茶《めちゃめちゃ》になるだろう。敗戦の滅茶滅茶が二人自体のつながりの姿で、家庭的な愛情などというものは二人ながら持っていなかった。

女は小さな酒場の主人で妾《めかけ》であったが、生来の淫奔《いんぽん》で、ちょっとでも気に入ると、どの客とでも関係していた女であった。この女の取柄といえば、あくせくお金を儲《もう》けようという魂胆のないことで、酒が入手難になり営業がむずかしくなると、アッサリ酒場をやめて、野村と同棲《どうせい》したのである。

女は誰かしらと一緒になる必要があり、野村が一人ものだから、あなたと一緒になろうか、と言うので、そうだな、どうせ戦争で滅茶滅茶になるだろうから、じゃ今から滅茶滅茶になって戦争の滅茶滅茶に連絡することにしようか、と笑って答えた。なぜなら、どうせ女は野村と同棲して後《のち》も、時々誰かと関係することを野村は信じて疑わなかった。

厭《いや》になったら出て行くがいいさ、始めから野村はそう言って女を迎えたのである。

女は遊女屋にいたことがあるので、肉体には正規な愛情のよろこび、がなかった。だから男にとってはこの女との同棲は第一そこに不満足、があるのだが、貞操観念がないというのも見方によれば新鮮なもので、家庭的な暗さがないのが野村には好もしく思われたのだ。遊び相手であり、その遊びに最後の満足は欠けていても、ともかく常に遊ぶ関係にあるだけでも、ないよりましかも知れないと野村は思った。戦争中でなければ一緒になる気持はなかったのだ。どうせ全てが破壊される。生き残っても、奴隷にでもなるのだろうと考えていたので、家庭を建設するというような気持はなかった。

女は快感がないくせに男から男と関係したがる。娼妓《しょうぎ》という生活からの習性もあろうが、性質が本来頭《ず》ぬけて淫奔なので、肉慾《にくよく》も食慾も同じような状態で、喉《のど》の乾きを医《い》やすように違った男の肌をもとめる。身請《みう》けされて妾になるだけの容貌《ようぼう》はあり、四肢《しし》が美しく、全身の肉づきが好もしい。だから裸体になると魅力があるのである。妙に食慾をそそる肉体だ。だから、女がもし正規の愛情のよろこびを感じるなら、多くの男が迷った筈《はず》だが、一人も深入りした男がない。男を迷わす最後のものが欠けていた。

お客の中には相当迷って近づく男もいたけれども、女と交渉ができてみると、却《かえ》って熱がさめてくるのはそのせいで、女は又執念深い交渉が嫌いのたちだから、その方を好んでいた。熱愛されることがなく、一応可愛《かわい》がられるだけの自分の宿命を喜んでおり、気質的にも淫奔だが、アッサリしていた。

小柄な、痩《や》せているようで妙に肉づきのよい、鈍感のようで妙に敏活な動きを見せる女の裸体の魅力はほんとに見あきない。情感をそそりたてる水々しさが溢《あふ》れていた。それでいて本当のよろこびを表わさないというのだから、魂のぬけがらというようなものだが、一緒に住んでみると、又、別なよろこびも多少はあった。女が快感を現さないから野村も冷静で、彼は肉感の直接の満足よりも、女の肢体を様々に動かしてその妙な水々しさをむさぼるという喜びを見出した。女は快感がないのだから、しまいには、うるさがったり、怒ったりする。野村も笑いだしてしまうのである。

こういう女であるから、世間並の奥様然とおさまることも嫌いであるが、配給物の行列などは大嫌いで、さほどの大金も持たないのだが景気よく闇《やみ》の品物を買入れて、大いに御馳走《ごちそう》してくれる。料理をつくることだけは厭がらず、あれこれと品数を並べて野村が喜んで食べるのを気持良さそうにしている。そういう気質は可憐《かれん》で、浮気の虫がなければ、俺《おれ》には良い女房なのだがな、と野村は考えたりした。

女は戦争が好きであった。食物の不足や遊び場の欠乏で女は戦争を大いに呪《のろ》っていたけれども、爆撃という人々の更に呪う一点に於《お》いて、女は大いに戦争を愛していたのである。そうだろう。そういう気質なのだ。平凡なことには満足できないのである。爆撃が始まると慌てふためいて防空壕へ駈《か》けこむけれども、ふるえながら、恐怖に満足しており、その充足感に気質的な枯渇をみたしている。恐らく女は生れて以来かほど枯渇をみたす喜びを知らなかったに相違ない。肉体に欠けている快感をこっちで充足させているようなもので、そのせいか女は浮気をしなくなった。浮気の魅力よりも爆撃される魅力の方が大きいことは野村の目にも歴々わかり、数日空襲警報がでないと女は妙にいらいらする。ひどく退屈する。むやみに遊びたがり、浮気の虫がでそうになるが、空襲警報が鳴るので、どうやらおさまる状態が野村に分るのである。

女は空襲によって浮気の虫まで満足されている事の正体をさとらなかった。そして野村と共に奥様らしく貞節に暮している昨今が心たのしい様子であった。

「戦争がすむと、あたしを追いだすの？」

「俺が追いだすのじゃなかろうさ。戦争が厭応《いやおう》なしに追いだしてしまうだろうな。命だって、この頃の空襲の様子じゃ、あまり長持ちもしないような形勢だぜ」

「あたし近頃人間が変ったような気がするのよ。奥様ぐらしが板についてきたわ。たのしいのよ」

女は正直であった。野村は笑いだすのだが、女の気付かぬ事の正体を説明してやらなかった。そして女の可憐さをたのしんだ。

「奥様ぐらしが板についたなら、肉体のよろこびを感じてくれるといいのだがね」

野村はおかしさにまぎれて、笑いながらうっかり言ってしまったのだが、女の表情が変ってしまった。

表情の変ったあげくに、女はとうとうシクシクと泣きだしたのである。

「悪いことを言いすぎたね。許してくれたまえ」

けれども女は怒ったのではなかった。女は泣きながら、泪《なみだ》のたまった目でウットリと野村をみつめて、祈るように、ささやいた。

「ゆるしてちょうだいね。私の過去がわるいのよ。すみません。ほんとに、すみません」

女は野村の膝《ひざ》の上へ泣きくずれてしまった。野村はその可憐さに堪《た》えかねて、泣きじゃくる女に口づけした。泪のように口もぬれ、その感触が新鮮であった。野村は情感にたえかねて、女を抱きしめた。女は泣き、身もだえて、逆上する感激をあらわし、背が痛むほど野村を抱きしめて離さなかったが、然《しか》し、肉体そのものの真実の感動とよろこびはやはり欠けていたのである。野村は心に絶望の溜息《ためいき》をもらしたが、それを女に見せないように努めた。けれども女はそれに気付いているのである。なぜなら、亢奮《こうふん》のさめた女の眼に憎しみが閃《ひらめ》いて流れたのを野村は見逃さなかったから。

★

野村の住む街のあたりが一里《いちり》四方も焼け野になる夜がきた。何がさて工場地帯であるから、ガラガラいう焼夷弾《しょういだん》はふりしきり、おまけに爆弾がまざっている。四方が火の海になった。前の道路を避難の人々が押しあいへしあい流れている。

「僕らも逃げるとするかね」

「ええ、でも」

女の顔には考え迷う翳《かげ》があった。

「消せるだけ、消してちょうだい。あなた、死ぬの、こわい？」

「死にたくないよ。例のガラガラ落ちてくるとき、心臓がとまりそうだね」

「私もそうなのよ。でも、あなた」

女の顔に必死のものが流れた。

「私、この家《うち》を焼きたくないのよ。このあなたのお家、私の家なのよ。この家を焼かないでちょうだい。私、焼けるまで、逃げないわ」

そのときガラガラ音がすると、女は野村の腕をひっぱって防空壕《ぼうくうごう》の中へもぐった。抱きしめた女の心臓は恐怖のために大きな動悸《どうき》を打っていた。からだも怯《おび》えのためにかたくすくんでいるのである。なんという可愛い、そして正直な女だろうと野村は思った。この女のためには、どういう頼みでもきいてやらねばなるまい、と野村は思った。そして彼は火に立ち向い、死に立ち向う意外な勇気がわきでたことに気がついた。

「よろしい。君のために、がんばるぜ、まったく、君のために、さ」

「ええ。でも、無理をしないで。気をつけて」

「ちょっと、矛盾しているぜ」

と、野村はひやかした。溢れでる広い大きな愛情と落付《おちつき》をなつかしく自覚した。諸方の水槽《すいそう》に水をみたし、家の四方に水をかけた。女もそれに手伝った。二人はすでに水だらけだった。火はすでに近づいている。前後左右全部である。大きすぎる火であったが、いよいよ隣家へ燃えうつると、案外小さな、隣家だけのものであり、火の海の全部を怖《おそ》れる必要がないという確信がわいた。

野村はそれほど活躍したという自覚をもたないうちに、隣家の火勢は衰え、そして二人の家は焼け残った。一町四方ほどを残して火の海であるが、その火の海はもはや近づいてこなかった。

「どうやら、家も命も、助かったらしいぜ」

女はカラのバケツを持ったまま、庭の土の上に仰向《あおむ》けに倒れていた。精根つきはてたのである。野村も精根つきはてていた。

「疲れたね」

女はかすかに首を動かすだけだった。疲労困憊《ひろうこんぱい》の中では、せっかくの感動も一向に力がこもらない。けれども、ふと、涙が流れそうな気持になった。それで、ふと、女の顔を見たい気持になったのだが、のぞきこむように女の顔を見ると、

「あなた」

女は口を動かした。死んだように疲れていた。野村もいっしょに土肌にねて、女に口づけをすると、

「もっと、抱いて。あなた。もっと、強く。もっと、もっとよ」

「そうは力がなくなったんだよ」

「でも、もっとよ、あなた、私、あなたを愛しているわ、私、わかったわ。でも、私のからだ、どうして、だめなのでしょう」

女は迸《ほとばし》るように泣きむせんだ。野村が女を愛撫《あいぶ》しようとすると、

「いや。いや、いや。私、あなたにすまないのよ。私、死ねばよかった。ねえ、あなた、私達、死ねばよかったのよ」

然し、野村は、さして感動していなかった。感動はあったが、そのあべこべの冷やかなものもあったのである。

いつも一時的に亢奮し、感動する女なのである。今日の女は可愛い。然し、浮気の本性は、どうすることも出来る女ではない。空襲国家の女であった。女が野村を愛すのは、野村の中のものではなく、空襲の中にその愛情の正体があるのを、女だけが知らないだけだ。いつもこんな女だったら、俺は幸福なんだがな。そして戦争がいつまでも続けばいいと野村は思った。

★

女は遊ぶということに執念深い本能的な追求をもっていた。バクチが好きである。ダンスが好きである。旅行が好きである。けれども空襲に封じられて思うように行かないので、自転車の稽古をはじめた。野村も一緒に自転車に乗り、二人そろって二時間ほど散歩する。それがたしかに面白いのである。

交通機関が極度に損われて、歩行が主要な交通機関なのだから、自転車の速力ですら新鮮であり、死相を呈した焼け野の街で変に生気がこもるのだ。今となっては馬鹿げたことだが、一杯の茶を売る店もなく、商品を売る商店もなく、遊びのないのがすでに自然の状態の中では、自転車に乗るだけで、たのしさが感じられるのであった。

女は亢奮と疲労とが好きなので、自転車乗りが一きわ楽しそうであり、二人は遠い町の貸本屋で本を探して戻るのである。その貸本がすでに数百冊となり、戦争がすんだら私も貸本屋をやろうかなどと女は言いだすほどになっている。

野村には明日の空想はなかった。敵に上陸され、男という男がかりだされて竹槍《たけやり》をもたされて、幸運に生き残っても比《ひ》島《とう》とかどこかへ連れて行かれて一生奴隷の暮しでもすることになるのだろうと思っていたのだ。だから、戦後の設計などは何もない。その日、その日があるだけだ。

「女は殺されないし、大事にしてくれるだろうから、羨《うらやま》しいね」

と野村は女をからかうのだが、近頃では、あんまり気楽にこのからかいも口にでなくなってきた。どうも実感がありすぎる。冗談ではなく、目前にその状勢がせまっており、そのうえ、明《あきら》かに女自身がそのことを意識しているのである。意識するだけではない。積極的に夢と希望をもちだしたのではないかと野村は思った。敵兵と恋を語る、結婚し、大事にされて、一気に豪華な生活をやることなどをあれこれと思い描いているのではないかと思うのである。

近所のオカミサン連が五、六人集《あつま》って強姦《ごうかん》される話をしている。真実の恐怖よりもその妖《あや》しさに何かの期待があることを野村は感じていた。女の肉体は怖《おそろ》しい。その肉体は国家などは考えず、ただ男だけしか考えていない。オカミサン連がそんな話を語っていると、世帯《しょたい》じみたその人達が世帯じみているほど、却って生き生きと若返っているような不逞《ふてい》なものを特別感じさせられてしまう。

そこへ行くと野村の女は元々それだけの女なのだから、話はハッキリしている。

「貸本屋なんて馬鹿げた話さ。英語でも今から覚えて酒場でもやって大いに可愛がって貰《もら》うことだな」

と冷やかすと、

「ふまじめな商売はもう厭なのよ」

「ふまじめったって、元々負けた国の女に人格なんて認めてもらえるものか」

「だって、まじめな人もいるでしょう。私はまじめな人とまじめな恋をするのよ」

本気でそう信じているのだろうと野村は思った。然し、さすがに女もこの空想には自信がないから、必ずしも明るい希望はもっていない。

けれども全ての女が強姦されるということに興味をもっているようだった。それは女の経歴からきた復讐的《ふくしゅうてき》な意味があるように思われた。

「みんなアイノコを生むでしょうよ」

女の眼に悪意がちらついているのである。

「ねえ、あなた。私達は自転車で山奥へ逃げましょうよ。私は永遠にあなたのものよ」

そんな言葉を野村は相手にしなかった。女自身が喋《しゃべ》りながら全然信じていないのだ。第一、信じる信じないの問題ではない。全ては戦争が解決する。こっちの意志は無意味でしかない。

女とのつながりも敵が上陸してくるまでだと野村は信じている。女もそれを信じているのだ。だから野村を愛することもできるのだし、一応家庭的なおさまり方もしていられるのだ。野村とのつながりを永遠と見れば浮気をせずにいられる筈はないのである。

けれども野村はある日ふと悲しい自分に気がついた。敵が上陸し諸方が占領され戦争が行われているとき、いくらかの荷物をつみ、女と二人で自転車を並べて山奥へ逃げる自分の姿を本当に考えこんでいたのである。彼は自転車につむわずかな荷物の内容に就《つ》いてまであれこれと考えていた。途中で同胞の敗残兵に強奪されたり、女が強姦されることまで心配していた。

悲しい願いだと野村は思った。すると彼は日本人がみんな死に、二人だけが生き残りたいとヤケクソに空想した。そうすれば女も浮気ができないだろう。

けれども彼はそれほど女に執着しているのでもない。然し、事実は大いに執着しているのではないかと疑《うたぐ》るときがあった。なぜなら、戦争により全てが破壊されるというハッキリした限界があるので、愛着にもその限定が内々働き、そして落付いていられるのではないか、と思われたからである。なに、戦争の破壊を受けずに生き残ることができれば、もっと完全な女を探すまでだ。この不具な女体に逃げられるぐらい平気じゃないかと思う。

その不具な女体が不具ながら一つの魅力になりだしている。野村は女の肢体を様々に動かしてむさぼることに憑《つ》かれはじめていたのである。

「そんなにしてはいやよ」

「敵が上陸してくるまでだよ。君も辛棒《しんぼう》してくれないか。可哀《かわい》そうな日本の男のために」

女もその日の到来を信じているのだ。なぜなら、野村がそう言うと、もう逆《さから》わず、されるままになっているから、それを見ると、野村は憎くなるのであった。女を苦しめずにいられなくなる。

彼は女の両腕を羽がいじめにして背の方へねじあげた。情慾と憎しみが一つになり、そのやり方は狂暴であった。

「痛、痛、何をするのよ」

女はもがこうとしても駄目だった。そして突然ヒイーという悲鳴をだした。野村は更にその女の背を弓なりにくねらせ、女の首をガクガクゆさぶった。女は歯をくいしばって苦悶《くもん》した。そして、ウ、ウ、ウという呻《うめ》きだけが、ゆさぶれる首からもれた。

彼は女を突き放したり、ころがしたり、抱きすくめたりした。女は抵抗しなかった。呻き、疲れ、もだえ、然し、むしろ満足している様子でもあった。けれども女の快感はやっぱりなかった。そして情慾の果《はて》に、野村を見やる女の眼には憎しみがあった。そして情慾とは無関係な何かを思う白々しい無表情があった。

野村はその無表情の白々とした女の顔を変に心に絡《から》みつくように考えふけるようになった。一言にして言えば、その顔が忘れかねた。その顔に対する愛着は、女の不具な感覚自体を愛することを意味していた。

最後の日、それは奇妙な合言葉だが、それが愛情の最後の破壊の日であることはともかくとして、この合言葉が二人の情慾を構成している支柱でもあるのを、野村ははっきり知ったのだ。否応《いやおう》もない死との戯れ。戦争。二人の情慾にそれが籠《こも》っていた。女体だけが逞《たくま》しいのではない。この俺だって、いや、人間が、逞しいのだな、と野村は思う。そして戦争がいつまでも続いてくれと思った。

野村は女に憑かれていた。

★

戦争の終る五日前に野村は怪我《けが》をした。

原子爆弾の攻撃がはじまったので、愈々《いよいよ》死ぬ日もまぢかになったらしいな、と思った。けれども生きたい希望は強かった。そこで防空壕の修理を始めた。焼跡の土台石を貰ってきて防空壕の四周に壁をつくりたしていたのである。その石が五ツくずれて野村の足の上へじりじり圧してきた。上の一つだけ手で抑えたが、下から崩れてきたので防ぐ法がない。怺《こら》えると足が折れると直覚したので、出来るだけ静かにじりじりと後へ倒れた。足は素足であった。石は膝の骨まで食いこんでいた。経験したことのない激痛の中に絶望しようとする心と意志とがあった。塀の外を人の跫音《あしおと》がしたので救いをもとめようとしたが、その人が何事かと訊《き》きかえし、了解して駈けつけてくれるまでの時間には足が折れると思った。彼は一つずつ石をはねのけ始めた。石は一ツ十五貫あり、尻《しり》もちをついた姿勢ではねのけるには異常の力が必要だった。全部の石をとり去ることができたとき、彼はめまいと喪失を感じかけたが、意志の力が足の骨折を助けたことに満足の気持を覚えた。それと同時に、歩行に不自由では愈々戦争にやられる時も近づいたようだと思った。そして、始めて女を呼んだ。そして、リヤカーにのせられて病院へ行った。

終戦の日はまだ歩くことができなかった。

生きて戦争を終り得ようとは！ 傷の苦痛が生々《なまなま》しいので、その思いは強かった。けれども、愈々女とはお別れだな、この傷の治らぬうちに多分女はどこかへ行ってしまうだろう、と考えた。それはさして強烈な感情をともなわなかった。

「戦争が終ったんだぜ」

「そういう意味なの？」

女はラジオがよくききとれなかったらしい。

「あっけなく済んだね。俺も愈々やられる時が近づいたと本当に覚悟しかけていたのだったよ。生きて戦争を終った君の御感想はどうです」

「馬鹿馬鹿しかったわね」

「どうだかね。君は戦争が好きだったよ」

女はしばらく捉《とら》えがたい表情をしていた。たぶん女も二人の別離について直感するところがあったろうと野村は思った。

「ほんとに戦争が終ったの？」

「ほんとうさ」

「そうかしら」

女は立って隣家へききにでかけた。一時間ほども隣組のあちこちを喋《しゃべ》り廻《まわ》って戻ってきて、

「温泉へ行きましょうよ」

「歩けなくちゃ、仕様もない」

「日本はどうなるのでしょう」

「そんなこと、俺に分るものかね」

「どうなっても構わないわね。どうせ焼け野だもの。おいしい紅茶、いかが」

「欲しいね」

女は紅茶をつくって持ってきた。野村が起きようとすると、

「飲ましてあげるから、ねていてちょうだい。ハイ、めしあがれ」

「いやだよ、そんな。子供みたいに匙《さじ》に半分ずつシャぶっていられるものか」

「こうして飲んで下さらなければ、あげないから。ほんとに、捨てちゃうから」

「つまらぬことを思いつくものじゃないか」

「病気で、おまけに戦争に負けたから、うんと可愛がってあげるのよ。可愛がられて、おいや」

女は口にふくんで、野村の口にうつした。

「今度はあなたが私に飲ましてちょうだいよ。ねえ、起きて、ほら」

「いやだよ。寝たり起きたり」

「でもよ、おねがいだから、ほら、あなたの口からよ」

女はねて、うっとり口をあけている。女は小量の紅茶をいたわるように飲んで口のまわりを甜《な》めた。まぶしそうに笑っている。

「ねえ、あなた。この紅茶に青酸加里《せいさんかり》がはいっていたら、私達、もう死んだわね」

「いやなことを言わないでくれ」

「大丈夫よ。入れないから。私ね、死ぬときの真似《まね》がしてみたかったのよ」

「東条大将は死ぬだろうが、君までが死ぬ必要もなかろうよ」

「あなた、空襲の火を消した夜のこと、覚えている?」

「うん」

「私、ほんとは、いっしょに焼かれて死にたいと思っていたのよ。でも、無我夢中で火を消しちゃったのよ。ままならないものね。死にたくない人が何万人も死んでいるのに。私、生きていて、何の希望もないわ。眠る時には、目が覚めないでくれればいいのに、と思うのよ」

野村には女の心がはかりかねた。語られている言葉に真実がこもっているのか皆目《かいもく》見当がつかなかった。彼はただ、なぜだか、女との激しい遊びのあとの、女の白々と無表情な顔を思いだしていた。あのとき、何を考えているのだか、きかずにいられなくなってしまった。

「君はそのとき、白々とした無表情の顔をするのだよ。僕を憎む色が目を掠《かす》める時もある。君は僕を憎んでいるに相違ないと思いはするが、そのほかに、まるで僕には異体《えたい》の分らぬ何かを考えているのじゃないかと思っていたのだがね、あのとき何を考えているのか、教えて貰うわけに行かないかね」

女はわけが分らないという顔をした。そのあとでは、てれたように、かすかに笑った。

「そんなこと、きくものじゃないわ。女は深刻なことなど考えておりませんから」

そして、まじめな顔になって、

「あなたは私を可愛がって下さったわね」

「君は可愛がられたと思うのかい？」

「ええ、とてもよ」

女の返事は素直であった。

女は例の一時的な感動に亢奮しているだけなのだと野村は思った。そして感動の底をわれば、いずれは別れる運命、別れずにいられぬ女自身の本性を嗅《か》ぎ当てていることのあらわれではないかと疑った。

「僕は可愛がったことなぞないよ。いわば、ただ、色餓鬼《いろがき》だね。ただあさましい姿だよ。君を侮辱《ぶじょく》し、むさぼっただけじゃないか。君にそれが分らぬ筈はないじゃないか」

彼は吐きだすように言った。

「でも、人間は、それだけのものよ。それだけで、いいのよ」

女の目が白く鈍ったように感じた。驚くべき真実を女が語ったのだと野村は思った。この言葉だけは、女の偽らぬ心の一部だと悟ったのだ。遊びがすべて。それがこの人の全身的な思想なのだ。そのくせ、この人の肉体は遊びの感覚に不具だった。

この思想にはついて行けないと野村は思った。高められた何かが欲しい。けれども所詮《しょせん》夫婦関係はこれだけのものになるのじゃないかという気にもなる。案外良い女房なのかも知れないと野村は思った。

「いつまでも、このままでいたいね」

「本当にそう思うの」

「君はどう思っているの？」

「私は死んだ方がいいのよ」

と、女はあたりまえのことのように言った。まんざら嘘《うそ》でもないような響きもこもっているようだった。淫奔な自分の性根を憎むせいだろうとしか思われなかった。死ねるものか。ただ気休めのオモチャなのだ。そして野村は言葉とはあべこべに、女とは別れた方がよいのだと思いめぐらしていた。

「あなたは遊びを汚いと思っているのよ。だから私を汚がったり、憎んでいるのよ。勿論《もちろん》あなた自身も自分は汚いと思っているわ。けれども、あなたはそこから脱けだしたい、もっと、綺麗《きれい》に、高くなりたいと思っているのよ」

言葉と共に女の眼には憎しみがこもってきた。顔はけわしく険悪になった。

「あなたは卑怯《ひきょう》よ。御自分が汚くていて、高くなりたいの、脱けだしたいの、それは卑怯よ。なぜ、汚くないと考えるようにしないのよ。そして私を汚くない綺麗な女にしてくれようとしないのよ。私は親に女郎に売られて男のオモチャになってきたわ。私はそんな女ですから、遊びは好きです。汚いなどと思わないのよ。私はよくない女です。けれども、良くなりたいと願っているわ。なぜ、あなたが私を良くしようとしてくれないのよ。あなたは私を良い女にしようとせずに、どうして一人だけ脱けだしたいと思うのよ。あなたは私を汚いものときめています。私の過去を軽蔑しているのです」

「君の過去を軽蔑してはいないよ。僕はただ思うのだ。君と僕との結びつきの始まりが軽卒《けいそつ》で、良くなかったのだとね。僕たちは夫婦になろうとしていなかった。それが二人の心の型をきめているのではないか」

女は大きな開かれた目で野村を睨《にら》んでいた。それから、ふりむいて、ねころんで、蒲《ふ》団《とん》をかぶって泣きだした。

野村はなおも意地わるく考えていた。

女はなぜ怒りだしたのだろう。それも要するに、自分の淫奔な血を嗅ぎ当てて、むしろその毒血自体がのたうっている足掻《あが》きであり、見様によっては狡猾《こうかつ》なカラクリであり、女はそれを意識していないであろうが、まるで自分が淫奔なのは野村が高めてくれないせいだと言うような仕掛けにもなっている。

なんと云《い》っても野村には女の過去の淫奔無類な生活ぶりが頭の芯《しん》にからみついているのだ。それを女にあからさまには言えないが、それはたしかに毒の血の自然がさせる振舞で、理知などの抑える手段となり得ぬものだと見ているのだ。

戦争は終った。これからは空襲がないということは、なんという張合いのないことだろう。野村ですら、そう思う。まして女は、そういう空虚を肉体的に嗅ぎ当て、その肉体の複雑な思考が始まっているのだろうと思われるのだ。

戦争の間だけの愛情だということは、二人の頭にこびりついていた。敵の上陸する日まで、それは二人の毎日の合言葉であり、言葉などの及びもつかぬ愛情自体の意志ですらあった。その戦争が終ったのだ。

女はほんとに一緒に暮したい気持があるのかな、と、野村は考えてみても信じる気持がなかった。

淫蕩《いんとう》の血が空襲警報にまぎれていたが、その空襲もなくなるし、夜の明るい時間も復活し、色々の遊びも復活する。女の血が自然の淫奔に狂いだすのは僅《わず》かな時間の問題だ。止めようとして、止まるものか。高めようとして、高まるものか。

野村は終戦を怖れていたが、終戦になってみると、却って覚悟はきまったようだ。なに、女だって、そうなのだ。野村に食ってかかった女は、二人の愛情の永続を希《のぞ》むような言葉のくせに、見様によっては野村よりも積極的に、すでに二人の破綻のための工作の一歩をきりだしたようなものだ、と野村は思った。

女はいつでも良い子になりたがるのだ、自分の美名を用意したがるものなのだ、と、急に憎さまでわいてきた。

女は一泊の旅行にでも来たような身軽さでやって来たのに、出る時はそうも行かないものなのか。なに、しばらく淫蕩を忘れて、ほかに男のめあてがないから今だけはこんな風だが、今にこっちが辟易《へきえき》するようになるのは分りきっているのだ、と野村はだんだん悪い方へと考える。女のわがままを見ぬふりをして一緒に暮すだけの茶気は持ちきれないと思った。

「もう、飛行機がとばないのね」

女は泣きやんで、ねそべって、頬杖《ほおづえ》をついていた。

「もう空襲がないのだぜ。サイレンもならないのさ。有り得ないことのようだね」

女はしばらくして、

「もう、戦争の話はよしましょうよ」

苛々《いらいら》したものが浮んでいた。女はぐらりと振向いて、仰向けにねころんで、

「どうにでも、なるがいいや」

目をとじた。食慾をそそる、可愛《かわ》いい、水々しい小さな身体であった。

野村はそのとき女の可愛いい肢体から、ふいに戦争を考えた。戦争なんて、オモチャじゃないか、と考えた。俺ばかりじゃないんだ、どの人間だって、戦争をオモチャにしていたのさ、と考えた。その考えは変に真実がこもって感じられた。

もっと戦争をしゃぶってやればよかったな。もっとへとへとになるまで戦争にからみついてやればよかったな。血へどを吐いて、くたばってもよかったんだ。もっと、しゃぶって、からみついて——すると、もう、戦争は、可愛いい小さな肢体になっていた。

戦争は終ったのか、と、野村は女の肢体をむさぼり眺めながら、ますますつめたく冴《さ》

えわたるように考えつづけた。

続戦争と一人の女

カマキリ親爺《おやじ》は私のことを奥さんと呼んだり姐《ねえ》さんと呼んだりした。デブ親爺は奥さんと呼んだ。だからデブが好きであった。カマキリが姐さんと私をよぶとき私は気がつかないふうに平気な顔をしていたが、今にひどい目にあわしてやると覚悟をきめていたのである。

カマキリもデブも六十ぐらいであった。カマキリは町工場の親爺でデブは井戸屋であった。私達はサイレンの合間合間に集《あつま》ってバクチをしていた。野村とデブが大概勝って、私とカマキリが大概負けた。カマキリは負けて亢奮《こうふん》してくると、私を姐さんとよんで、厭《いや》らしい目付をした。時々よだれが垂れそうな露骨な顔付をした。カマキリは極度に吝嗇《りんしょく》であった。負けた金を払うとき札をとりだして一枚一枚皺《しわ》をのばして手放しかねているのであった。唾《つば》をつけて汚いじゃないの、はやくお出しなさい、と言うと泣きそうなクシャクシャな顔をする。

私は時々自転車に乗ってデブとカマキリを誘いに行った。私達は日本が負けると信じていたが、カマキリは特別ひどかった。日本の負けを喜んでいる様子であった。男の八割と女の二割、日本人の半分が死に、残った男の二割、赤ん坊とヨボヨボの親爺の中に自分を数えていた。そして何百人だか何千人だかの妾《めかけ》の中に私のことを考えて可愛《かわい》がってやろうぐらいの魂胆なのである。

こういう老人共の空襲下の恐怖ぶりはひどかった。生命の露骨な執着に溢《あふ》れている。そのくせ他人の破壊に対する好奇心は若者よりも旺盛《おうせい》で、千葉でも八王子でも平塚でもやられたときに見物に行き、被害が少いとガッカリして帰ってきた。彼等は女の半焼の死体などは人が見ていても手をふれかねないほど屈《かが》みこんで叮嚀《ていねい》に見ていた。カマキリは空襲のたびに被害地の見物に誘いに来たが、私は二度目からはもう行かなかった。彼等は甘い食物が食べられないこと、楽しい遊びがないこと、生活の窮屈のために戦争を憎んでいたが、可愛がるのは自分だけで、同胞も他人もなく、自分のほかはみんなやられてしまえと考えていた。空襲の激化につれて一皮一皮本性がむかれてきて、しまいには羞恥《しゅうち》もなくハッキリそれを言いきるようになり、彼等の目附《めつき》は変にギラギラして悪魔的になってきた。人の不幸を嗅《か》ぎまわり、探しまわり、乞《こ》い願っていた。

私はある日、暑かったので、短いスカートにノーストッキングで自転車にのってカマキリを誘いに行った。カマキリは家を焼かれて壕《ごう》に住んでいた。このあたりも町中が焼け野になってからは、モンペなどはかなくとも誰も怒らなくなったのである。カマキリは息のつまる顔をして私の素足を見ていた。彼は壕から何かふところへ入れて出て来て、私の家へ一緒に向う途中、あんたにだけ見せてあげるよ、と言って焼跡の草むらへ腰を下《おろ》して、とりだしたのは猥画《わいが》であった。帙《ちつ》にはいった画帖風《がちょうふう》の美しい装釘《そうてい》だった。

「私に下さるんでしょうね」

「とんでもねえ」

とカマキリは慌てて言った。そして顔をそむけて何かモジモジしている隙《すき》に、私は本を摑《つか》んで自転車にとびのった。よぼよぼしているカマキリは私がゆっくり自転車にまたがるのを口をあけてポカンと見ていて立ちあがるのが精一杯であった。

「おととい おいで」

「この野郎」

カマキリは白い歯をむいた。

カマキリは私を憎んでいた。私はだいたい男というものは四十ぐらいから女に接する態度がまるで違ってしまうことを知っている。その年頃になると、男はもう女に対して精神的な憧《あこが》れだの夢だの慰めなど持てなくなって、精神的なものはつまり家庭のヌカミソだけでたくさんだと考えるようになっている。そしてヌカミソだのオシメなどの臭《にお》いの外《ほか》に精神的などというものは存在しないと否応《いやおう》なしに思いつくようになるのである。そして女の肉体に迷いだす。男が本当に女に迷いだすのはこの年頃からで、精神などは考えずに始めから肉体に迷うから、さめることがないのである。この年頃の男達になると、女の気質も知りぬいており、手練手管《てれんてくだ》も見ぬいており、なべて「女的」なものにむしろ憎しみをもつのだが、彼等の執着はもはや肉慾《にくよく》のみであるから、憎しみによって執着は変らず、むしろかきたてられる場合の方が多いのだ。

彼等は恋などという甘い考えは持っていない。打算と、そして肉体の取引を考えているのだが、女の肉体の魅力は十年や十五年はつきない泉であるのに男の金は泉ではないから、いくらも時間のたたないうちに一人のおいぼれ乞食《こじき》をつくりだすのはわけはない。

私はカマキリを乞食にしてやりたいと時々思った。殆《ほとん》ど毎日思っていた。牡犬《おすいぬ》のように私のまわりを這《は》いまわらせたあげく毛もぬき目の玉もくりぬいて突き放してやろうかと思った。けれども実際やってみるほどの興味がなかった。カマキリはよぼよぼであんまり汚い親爺なのだ。そして死にかけているのだから、いっそ、ひと思いに、そう思うこともあるけれども、いざやって見る気持にもならなかった。

それはたぶん私は野村を愛しており、そして野村がそういうことを好まないせいだろうと私は思った。然《しか》し野村は私が彼を愛しているということを信用しておらず、戦争のせいで人間がいくらか神妙になっているのだろうぐらいに考えている様子であった。

私はむかし女郎であった。格子《こうし》にぶらさがって、ちょっと、ちょっと、ねえ、お兄さん、と、よんでいた女である。私はある男に落籍《ひか》されて妾になり酒場のマダムになったが、私は淫蕩《いんとう》で、殆どあらゆる常連と関係した。野村もその中の一人であった。この戦争で酒場がつづけられなくなり、徴用だの何だのとうるさくなって名目的に結婚する必要があったので、独り者で、のんきで、物にこだわらない野村と同棲《どうせい》することにした。どうせ戦争に負けて日本中が滅茶滅茶《めちゃめちゃ》になるのだから、万事がそれまでの話さ、と野村は苦笑しながら私を迎えた。結婚などという人並の考えは彼にも私にもなかった。

私は然し野村が昔から好きであったし、そしてだんだん好きになった。野村さえその気なら生涯野村の女房でいたいと思うようになっていた。私は淫奔だから、浮気をせずにいられない女であった。私みたいな女は肉体の貞操などは考えていない。私の身体は私のオモチャで、私は私のオモチャで生涯遊ばずにいられない女であった。

野村は私が一人の男に満足できない女で、男から男へ転々する女だと思っているのだけれども、遊ぶことと愛することとは違うのだ。私は遊ばずにいられなくなる。身体が乾き、自然によじれたり、私はほんとにいけない女だと思っているが、遊びたいのは私だけなのだろうか。私は然し野村を愛しており、遊ぶこととは違っていた。けれども野村はいずれ私と別れてあたりまえの女房を貰《もら》うつもりでおり、第一、私と別れぬさきに、戦争に叩《たた》きつぶされるか、運よく生き残っても奴隷にされてどこかへ連れて行かれるのだろうと考えていた。私もたぶんそうだろうと考えていたので、せめて戦争のあいだ、野村の良い女房でいてやりたいと思っていた。

私達の住む地区が爆撃をうけたのは四月十五日の夜だった。

私はB29の夜間の編隊空襲が好きだった。昼の空襲は高度が高くて良く見えないし、光も色もないので厭だった。羽田飛行場がやられたとき、黒い五、六機の小型機が一機ずつゆらりと翼をひるがえして真逆様《まっさかさま》に直線をひいて降りてきた。戦争はほんとに美しい。私達はその美しさを予期することができず、戦慄《せんりつ》の中で垣間《かいま》見ることしかできないので、気付いたときには過ぎている。思わせぶりもなく、みれんげもなく、そして、戦争は豪奢《ごうしゃ》であった。私は家や街や生活が失われて行くことも憎みはしなかった。失われることを憎まねばならないほどの愛着が何物に対してもなかったのだから。けれども私が息をつめて急降下爆撃を見つめていたら、突然耳もとでグアッと風圧が渦巻き起り、そのときはもう飛行機が頭上を掠《かす》めて通りすぎた時であり、同時に突き刺すような機銃の音が四方を走ったあとであった。私は伏せる才覚もなかった。気がついたら、十米《メートル》と離れぬ路上に人が倒れており、その家の壁に五粍《センチ》ほどの孔《あな》が三十ぐらいあいていた。

そのとき以来、私は昼の空襲がきらいになった。十人並の美貌《びぼう》も持たないくせに、思いあがったことをする、中学生のがさつな不良にいたずらされたように、空虚な不快を感じた。終戦の数日前にも昼の小型機の空襲で砂をかぶったことがあった。野村と二人で防空壕の修理をしていたら、五百米ぐらいの低さで黒い小型機が飛んできた。ドラム缶のようなものがフワリと離れたので私があらッと叫ぶと野村が駄目だ伏せろと言った。防空壕の前にいながら駈《か》けこむ余裕がなかったが、私は野村の顔を見てゆっくり伏せる落付《おちつき》があった。お臍《へそ》の下と顎《あご》の下で大地がゆらゆらゆれてグアッという風の音にひっくりかえされるような気がした、砂をかぶったのはそれからだ。野村はこういう時に私を大事にしてくれる男であった。野村が生きていれば抱き起しにきてくれると思ったので死んだふりをしていたら、案の定、抱き起して、接吻《せっぷん》して、くすぐりはじめたので、私達は抱き合って笑いながら転げまわった。この時の爆弾はあんまり深く土の中へめりこんだので、私達の隣家の隣家をたった一軒吹きとばしただけ、近所の家は屋根も硝子《ガラス》も傷《いた》まなかった。

夜の空襲はすばらしい。私は戦争が私から色々の楽しいことを奪ったので戦争を憎んでいたが、夜の空襲が始まってから戦争を憎まなくなっていた。戦争の夜の暗さを憎んでいたのに、夜の空襲が始まって後《のち》は、その暗さが身にしみてなつかしく自分の身体と一つのような深い調和を感じていた。

　私は然し夜間爆撃の何が一番すばらしかったかと訊《き》かれると、正直のところは、被害の大きかったのが何より私の気に入っていたというのが本当の気持なのである。照空燈の矢の中にポッカリ浮いた鈍い銀色のB29も美しい。カチカチ光る高射砲、そして高射砲の音の中を泳いでくるB29の爆音。花火のように空にひらいて落ちてくる焼夷弾《しょういだん》、けれども私には地上の広茫《こうぼう》たる劫火《ごうか》だけが全心的な満足を与えてくれるのであった。

　そこには郷愁があった。父や母に捨てられて女衒《ぜげん》につれられて出た東北の町、小さな山にとりかこまれ、その山々にまだ雪のあった汚らしいハゲチョロのふるさとの景色が劫火の奥にいつも燃えつづけているような気がした。みんな燃えてくれ、私はいつも心に叫んだ。町も野も木も空も、そして鳥も燃えて空に焼け、水も燃え、海も燃え、私は胸がつまり、泣《な》き迸《ほとば》しろうとして思わず手に顔を掩《おお》うほどになるのであった。

　私は憎しみも燃えてくれればよいと思った。私は火をみつめ、人を憎んでいることに気付くと、せつなかった。そして私は野村に愛されていることを無理にたしかめたくなるのであった。野村は私のからだだけを愛していた。私はそれでよかった。私は愛されているのだ。そして私は野村の激しい愛撫《あいぶ》の中で、色々の悲しいことを考えていた。野村の愛撫が衰えると、私は叫んだ。もっとよ、もっと、もっとよ。そして私はわけの分らぬ私ひとりを抱きしめて泣きたいような気持であった。

私達の住む街が劫火の海につつまれる日を私は内心待ち構えていた。私はカマキリから工業用の青酸加里を貰って空襲の時は肌身放さず持っていた。私は煙にまかれたとき悶《もだ》え死ぬさきに死ぬつもりであり、私はことさら死にたいと考えてもいなかったが、煙にまかれて苦しむ不安を漠然といだいていた。

いつもはよその街の火の海の上を通っていた鈍い銀色の飛行機が、その夜は光芒《こうぼう》の矢のまんなかに浮き上って私達の頭上を傾いたり、ゆれたり、駈けぬけて行き、私達の四方がだんだん火の海になり、やがて空が赤い煙にかくされて見えなくなり、音音音、爆弾の落下音、爆発音、高射砲、そして四方に火のはぜる音が近づき、ごうごういう唸りが起ってきた。

「僕たちも逃げよう」

と野村が言った。路上を避難の人達がごったがえして、かたまり、走っていた。私はその人達が私と別な人間たちだということを感じつづけていた。私はその知らない別な人たちの無礼な無遠慮な盲目的な流れの中に、今日という今日だけは死んでもはいってやらないのだと不意に思った。私はひとりであった。ただ、野村だけ、私と一しょにいて欲しかった。私は青酸加里を肌身放さずもっていた漠然とした意味が分りかけてきた。

私はさっきから何かに耳を傾けていた。けれども私は何を捉《とら》えることもできなかった。

「もうすこし、待ちましょうよ。あなた、死ぬの、こわい?」

「死ぬのは厭だね。さっきから、爆弾がガラガラ落ちてくるたびに、心臓がとまりそうだね」

「私もそう。私は、もっと、ひどいのよ。でもよ、私、人と一しょに逃げたくないのよ」

そして、思いがけない決意がわいてきた。それは一途《いちず》な、なつかしさであった。自分がいとしかった。可愛かった。泣きたかった。人が死に、人々の家が亡《ほろ》びても、私たちだけ生き、そして家も焼いてはいけないのだと思った。最後の最後の時までこの家をまもって、私はそしてそのほかの何ごとも考えられなくなっていた。

「火を消してちょうだい」と私は野村に縋《すが》るように叫んだ。「このおうちを焼かないでちょうだい。このあなたのおうち、私のうちよ。このうちを焼きたくないのよ」

信じ難い驚きの色が野村の顔にあらわれ、感動といとしさで一ぱいになった。私はもう野村にからだをまかせておけばよかった。私の心も、私のからだも、私の全部をうっとりと野村にやればよかった。私は泣きむせんだ。野村は私の唇《くちびる》をさがすために大きな手で私の顎をおさえた。ふり仰ぐ空はまッかな悪魔の色だった。私は昔から天国へ行きたいなどと考えたためしがなかった。けれども、地獄で、こんなにうっとりしようなどと、私は夢にすら考えていなかった。私たち二人のまわりをとっぷりつつんだ火の海は、今までに見たどの火よりも切なさと激しさにいっぱいだった。私はとめどなく涙が流れた。涙のために息がつまり、私はむせび、それがきれぎれの私の嬉《うれ》しさの叫びであった。

私の肌が火の色にほの白く見える明るさになっていた。野村はその肌を手放しかねて愛撫を重ねるのであったが、思いきって、蓋《ふた》をするように着物をかぶせて肌を隠した。彼は立上ってバケツを握って走って行った。私もバケツを握った。そしてそれからは夢中であった。私達の家は庭の樹木にかこまれていた。風上《かざかみ》に道路があり、隣家が平家《ひらや》であったことも幸せだった。四方が火の海でも、燃えてくる火は一方だけで、一つずつ消せばよかった。そのうえ、火が本当に燃えさかり、熱風のかたまりに湧《わ》き狂うのは十五分ぐらいの間であった。そのときは近寄ることもできなかったが、それがすぎるとあとは焚火《たきび》と同じこと、ただ火の面積が広いというだけにすぎない。隣家が燃え狂うさきに私達は家に水をざあざあかけておいた。隣家が燃え落ちて駈けつけるとお勝手の庇《ひさし》に火がついて燃えかけていたので三、四杯のバケツで消したが、それだけで危険はすぎていた。火が隣家へ移るまでが苦難の時で、殆ど夢中で水を運び水をかけていたのだ。

私は庭の土の上にひっくりかえって息もきれぎれであった。野村が物を言いかけても、返事をする気にならなかった。野村が私をだきよせたとき、私の左手がまだ無意識にバケツを握っていたことに気がついた。私は満足であった。私はこんなに虚《むな》しく満ち足りて泣いたことはないような気がする。その虚しさは、私がちょうど生れたばかりの赤ん坊であることを感じているような虚しさだった。私の心は火の広さよりも荒涼として虚しかったが、私のいのちが、いっぱいつまっているような気がした。もっと強くよ、もっと、もっと、もっと強く抱きしめて、私は叫んだ。野村は私のからだを愛した。鼻も、口も、目も、耳も、頰《ほお》も、喉《のど》も。変なふうに可愛がりすぎて、私を笑わせたり、怒らせたり、悩ましたりしたが、私は満足であった。彼が私のからだに夢中になり喜ぶことをたしかめるのは私のよろこびでもあった。私は何も考えていなかった。私にはとりわけ考えねばならぬことは何一つなかった。私はただ子供のときのことを考えた。とりとめもなく思いだした。今と対比しているのではなかった。ただ、思いだすだけだ。そして、そういう考えごとの切なさで、ふと野村に邪険にすることもあった。私は野村に可愛がられながら、野村でない男の顔や男のからだを考えていることもあった。あのカマキリのことすら、考えてみたこともあった。何事でも、考えることは、一般に、退屈であった。そして私は、ともかく野村が私のからだに酔い、愛し溺《おぼ》れることに満足した。

私は昔から天国だの神様だの上品にとりすましたものが嫌いであったが、自分が地獄から来た女だということは、このときまで考えたことはなかった。私たちの住む街は私たちの一町四方ほどの三ツの隣組を残して一里《いちり》四方の焼野原になったが、もうこの街が燃えることがないと分ると、私は何か落胆を感じた。私は私の周囲の焼け野原が嫌いであった。再び燃えることがないからだった。そしてB29の訪れにも、以前ほどの張合いを持つことができなくなっていた。

けれども、敵の上陸、日本中の風の中を弾《たま》の矢が乱れ走り、爆弾がはねくるい、人間どもが蜘蛛《くも》の子のように右往左往バタバタ倒れる最後の時が近づいていた。その日は私の生《い》き甲斐《がい》であった。私は私の街の空襲の翌日、広い焼跡を眺《なが》め廻《まわ》して呟《つぶや》いていた。なんて呆気《あっけ》ないのだろう。人間のやること、なすこと、どうして何もかも、こう呆気なく終ってしまうのだろう。私は影を見ただけで、何物も抱きしめて見たことがない。私は恋《こ》いこがれ、背後にヒビがわれ、骨の中が旱魃《かんばつ》の畑のように乾《ひ》からびているようだった。私はラジオの警報がB29の大編隊三百機だの五百機だのと言うたびに、なによ、五百機ぽっち。まだ三千機五千機にならないの、口ほどもない、私はじりじりし、空いっぱいが飛行機の雲でかくれてしまう大編隊の来襲を夢想して、たのしんでいた。

★

カマキリも焼けた。デブも焼けた。

カマキリは同居させてくれと頼みにきたが、私は邪険に突き放した。彼はかねてこの辺では例の少い金のかかった防空壕をつくっていた。家財の大半は入れることができ、直撃されぬ限り焼けないだけの仕掛があった。彼は貧弱な壕しかない私達をひやかして、家具は疎開させたかね、この壕には蓋がないね、焼けても困らない人達は羨《うらやま》しいね、などと言ったが、実際は私達の不用意を冷笑しており、焼けて困ってボンヤリするのを楽しみにしていたのだった。カマキリは悪魔的な敗戦希願者であったから、B29の編隊の数が一万二万にならないことに苛々《いらいら》する一人であった。東京中が焼け野になることを信じており、その焼け野も御叮嚀に重砲の弾であばたになると信じていた。その時でも、自分の壕ならともかく直撃されない限り持つと思っており、手をあげて這いだして、ヨボヨボの年寄だから助けてやれ、そこまで考えて私達に得意然と吹聴して、金を握って、壕に金をかけない人間は馬鹿だね、金は紙キレになるよ、紙キレをあっためて、馬鹿げた話さ、そう言っていた。だから私はカマキリに言ってやった。この時の用意のために壕をつくっておいたのでしょう。御自慢の壕へ住みなさい。

「荷物がいっぱいつまっているのでね」

と、カマキリは言った。

「そんなことまで知りませんよ。私達が焼けだされたら、あなたは泊めてくれますか」

「それは泊めてやらないがね」

と、カマキリは苦笑しながら厭味《いやみ》を言って帰って行った。カマキリは全く虫のように露骨であった。焼跡の余燼《よじん》の中へ訪ねてきて、焼け残ったね、と挨拶《あいさつ》したとき、あらわに不満を隠しきれず、残念千万な顔をした。そして、焼け残ったね、とは言ったが、よかったね、とも、おめでとう、とも言う分別すらないのであった。いくらか彼の胸がおさまるのは、どうせ最後にどの家も焼けて崩れて吹きとばされるにきまっているということと、焼け残ったために目標になって機銃にやられ、小型機のたった一発で命もろとも吹きとばされるかも知れない、という見込みがあるためであった。俺の壕は手ぜまだからネ、いざというとき、一人ぐらい、そうだね、せいぜい、あんた一人ぐらい泊めてやれるがネ、とカマキリは公然と露骨に言った。

私は正直に打開けて言えば、もし爆弾が私たちを見舞い、野村と家を吹きとばして私一人が生き残っても、困ることはなかった。私はそのときこそカマキリの壕へのりこんで、カマキリの家庭を破滅させ、年老いた女房を悶死《もんし》させ、やがてカマキリも同じように逆上させ悶死させてやろうと思っていた。それから先の行路にも、私は生きるということの不安を全然感じていなかった。

私は然し野村と二人で戦陣を逃げ、あっちへヨタヨタ、こっちへヨタヨタ、麦畑へもぐりこんだり、河の中を野村にだいて泳いでもらったり、山の奥のどん底の奥へ逃げこんで、人の知らない小屋がけして、これから先の何年かの間、敵のさがす目をさけて秘密に暮すたのしさを考えていた。

戦《いく》さのすんだ今こそ昔通りの生活をあたりまえだと思っているけど、戦争中はこんな昔の生活は全然私の頭に浮んでこなかった。日本人はあらかた殺され、隠れた者はひきずりだして殺されると思っていた。私はその敵兵の目をさけて逃げ隠れながら野村と遊ぶたのしさを空想していた。それが何年つづくだろう。何年つづくにしても、最後には里へ降りるときがあり、そして平和の日がきて、昔のような平和な退屈な日々が私達にもひらかれると、やっぱり私達は別れることになるだろうと私は考えていた。結局私の空想は、野村と別れるところで終りをつげた。二人で共しらが、そんなことは考えてみたこともない。私はそれから銘酒屋で働いて親爺をだまして若い燕《つばめ》をつくってもいいし、どんなことでも考えることができた。

私は野村が好きであり、愛していたが、どこが好きだの、なぜ好きだの、私のような女にそれはヤボなことだと思う。私は一しょに暮して、ともかく不快でないということで、これより大きな愛の理由はないのであった。男はほかにたくさんおり、野村より立派な男もたくさんいるのを忘れたためしがない。野村に抱かれ愛撫されながら、私は現に多くはそのことを考えていた。しかし、そんなことにこだわることはヤボというものである。私は今でも、甘い夢が好きだった。

人間は何でも考えることができるというけれども、然し、ずいぶん窮屈な考えしかできないものだと私は思っている。なぜって、戦争中、私は夢にもこんな昔の生活が終戦匆々《そうそう》訪れようとは考えることができなかった。そして私は野村と二人、戦争という宿命に対して二人が一つのかたまりのような、そして必死に何かに立向っているような、なつかしさ激しさいとしさを感じていた。私は遊びの枯渇に苛々し、身のまわりの退屈なあらゆる物、もとより野村もカマキリもみんな憎み、呪《のろ》い、野村の愛撫も拒絶し、話しかけられても返事してやりたくなくなり、私はそんなとき自転車に乗って焼跡を走るのであった。若い職工や警防団がモンペをはかない私の素足をひやかしたり咎《とが》めたりするとムシャクシャして、ひっかけてやろうかと思うのだった。

けれども私の心には野村が可哀《かわい》そうだと思う気持があった。それは野村がどうせ戦争で殺されるということだった。私は八割か九割か、あるいは十割まで、それを信じていたのだ。そして女の私は生き残り、それからは、どんなことでもできる、と信じていた。私は一人の男の可愛い女房であった、ということを思い出の一ときれに残したいと願っていた。その男は私を可愛がりながら戦争に殺され、私は敗戦後の日本中あばただらけ、コンクリートの破片だの石屑《いしくず》だらけの面白そうな世の中に生き残って、面白いことの仕放題のあげくに、私の可愛い男は戦争で死んだのさ、と呟いてみることを考えていた。それはしんみりと具合がとても良さそうだった。

私は然し野村が気の毒だと思った。本当に可哀そうだと思っていた。その第一の理由、無二の理由、絶対の理由、それは野村自身がはっきりと戦争の最も悲惨な最後の最後の日をみつめ、みじんも甘い考えをもっていなかったからだった。野村は日本の男はたとい戦争で死ななくとも、奴隷以上の抜け道はないと思っていた。日本という国がなくなるのだと思っていた。女だけが生き残り、アイノコを生み、別の国が生れるのだと思っていた。愛撫にも期限があると信じていた。野村の考えはでまかせがなく、慰めてやりようがなかった。野村は私を愛撫した。私は日本の運命がその中にあるのだと思った。野村は愛撫しながら、憎んだり逆上したりした。日本が。私は日本を憎まなかった。亡びて行く日本の姿を野村の逆上する愛撫の中で見つめ、ああ、日本が今日はこんな風になっている、とりのぼせている、額《ひたい》に汗を流している、愛する女を憎んでいる。私はそう思った。私は野村のなすままに身体をまかせた。

「女どもは生き残って、盛大にやるがいいさ」

野村はクスリと笑いながら、時々私をからかった。私も負けていなかった。

「私はあなたみたいに私のからだを犬ころのように可愛がる人はもう厭よ。まじめな恋をするのよ」

「まじめとは、どういうことだえ?」

「上品ということよ」

「上品か。つまり、精神的ということだね」

野村は目をショボショボさせて、くすぐったそうな顔をした。

「俺はどこか南洋の島へでも働きに連れて行かれて、土人の女を口説《くど》いただけでも鞭《むち》でもって息の根のとまるほど殴りつけられるだろうな」

「だから、あなたも、土人の娘と精神的な恋をするのよ」

「なるほど。まさか人魚を口説くわけにも行くまいからな」

私たちの会話は、みだらな、馬鹿げたことばかりであった。

ある夜、私たちの寝室は月光にてらされ、野村は私のからだを抱きかかえて窓際の月光のいっぱい当る下へ投げだして、戯《たわむ》れた。私達の顔もはっきりと見え、皮膚の下の血管も青くクッキリ浮んで見えた。

　野村は平安朝の昔のなんとか物語の話を語ってきかせた。林の奥に琴《こと》の音がするので松籟《しょうらい》の中をすすんで行くと、楼門《ろうもん》の上で女が琴をひいていた。男はあやしい思いになり女とちぎりを結んだが、女はかつぎをかぶっていて月光の下でも顔はしかとは分らなかった。男は一夜の女に恋《こ》いこがれる身となるのだが、琴をたよりに、やがてその女が時の皇后《こうごう》であることが分り……そんな風な物語であった。

「戦争に負けると、却《かえ》ってこんな風雅な国になるかも知れないな。国破れて山河ありというが、それに、女があるのさ。松籟と月光と女とね、日本の女は焼けだされてアッパッパだが、結構夢の恋物語は始まることだろうさ」

　野村は月光の下の私の顔をいとしがって放さなかった。深いみれんが分った。戦争という否応のない期限づきのおかげで、私達の遊びが、こんなに無邪気で、こんなにアッサリして、みれんが深くて、いとしがっていられるのだということが沁々《しみじみ》わかるのであった。

「私はあなたの思い通りの可愛《かわ》いい女房になってあげるわ。私がどんな風なら、もっと可愛いいと思うのよ」

「そうだな。でも、マア、今までのままで、いいよ」

「でもよ。教えてちょうだいよ。あなたの理想の女はどんな風なのよ」

「ねえ、君」

野村はしばらくの後、笑いながら、言った。

「君が俺の最後の女なんだぜ。え、そうなんだ。これぱっかりは、理窟《りくつ》ぬきで、目の前にさしせまっているのだからね」

私は野村の首ったまに嚙《かじ》りついてやらずにいられなかった。彼はハッキリ覚悟をきめていた。男の覚悟というものが、こんなに可愛いいものだとは。男がいつもこんな覚悟をきめているなら、私はいつもその男の可愛いい女でいてやりたい。私は目をつぶって考えた。特攻隊の若者もこんなに可愛いいに相違ない。もっと可愛いいに相違ない。どんな女がどんな風に可愛がったり可愛がられたりしているのだろう、と。

★

私は戦争がすんだとき、こんな風な終り方を考えていなかったので、約束が違ったように戸惑いした。格好がつかなくて困った。尤も日本の政府も軍人も坊主も学者もスパイも床屋も闇屋《やみや》も芸者もみんな格好がつかなかったのだろう。カマキリは怒った。かんかんに怒った。ここでやめるとは何事だ、と言った。東京が焼けないうちになぜやめない、と言った。日本中がやられるまでなぜやらないか、と言った。カマキリは日本中の人間を自分よりも不幸な目にあわせたかったのである。私はカマキリの露骨で不潔な意地の悪い願望を憎んでいたが、気がつくと、私も同じ願望をかくしているので不快になるのであった。私のは少し違うと考えてみても、そうではないので、私はカマキリがなお厭だった。

アメリカの飛行機が日本の低空をとびはじめた。B29の編隊が頭のすぐ上を飛んで行き、飛んで帰り、私は忽《たちま》ち見あきてしまった。それはただ見なれない四発の美しい流線型の飛行機だというだけのことで、あの戦争の闇の空に光芒の矢にはさまれてポッカリ浮いた鈍い銀色の飛行機ではなかった。あの銀色の飛行機には地獄の火の色が映っていた。それは私の恋人だったが、その恋人の姿はもはや失われてしまったことを私は痛烈に思い知らずにいられなかった。戦争は終った！　そして、それはもう取り返しのつかない遠い過去へ押しやられ、私がもはやどうもがいても再び手にとることができないのだと思った。

「戦争も、夢のようだったわね」

私は呟《つぶ》やかずにいられなかった。みんな夢かも知れないが、戦争は特別あやしい見足りない取り返しのつかない夢だった。

「君の恋人が死んだのさ」

野村は私の心を見ぬいていた。これからは又、平凡な、夜と昼とわかれ、ねる時間と、食べる時間と、それぞれきまった退屈な平和な日々がくるのだと思うと、私はむしろ戦争のさなかになぜ死ななかったのだろうと呪わずにいられなかった。

私は退屈に堪《た》えられない女であった。私はバクチをやり、ダンスをし、浮気をしたが、私は然し、いつも退屈であった。私は私のからだをオモチャにし、そしてそうすることによって金に困らない生活をする術《すべ》も自信も持っていた。私は人並の後悔も感傷も知らず、人にほめられたいなどと考えたこともなく、男に愛されたいとも思わなかった。私は男をだますために愛されたいと思ったが、愛するために愛されたいと思わなかった。私は永遠の愛情などはてんで信じていなかった。私はどうして人間が戦争をにくみ、平和を愛さねばならないのだか、疑った。

私は密林の虎《とら》や熊や狐《きつね》や狸《たぬき》のように、愛し、たわむれ、怖《おそ》れ、逃げ、隠れ、息をひそめ、息を殺し、いのちを賭《か》けて生きていたいと思った。

私は野村を誘って散歩につれだした。野村は足に怪我《けが》をして、ようやく歩けるようになり、まだ長い歩行ができなかった。怪我をした片足を休めるために、時々私の肩にすがって、片足を宙ブラリンにする必要があった。私は重たく苦しかったが、彼が私によりかかっていることを感じることが爽快《そうかい》だった。焼跡は一面の野草であった。

「戦争中は可愛がってあげたから、今度はうんと困らしてあげるわね」

「いよいよ浮気を始めるのかね」

「もう戦争がなくなったから、私がバクダンになるよりほかに手がないのよ」

「原子バクダンか」

「五百封度《ポンド》ぐらいの小型よ」

「ふむ。さすがに己れを知っている」

野村は苦笑した。私は彼と密着して焼野の草の熱気の中に立っていることを歴史の中の出来事のように感じていた。これも思い出になるだろう。全ては過ぎる。夢のように。何物をも捉えることはできないのだ。私自身も思えばただ私の影にすぎないのだと思った。私達は早晩別れるであろう。私はそれを悲しいこととも思わなかった。私達が動くと、私達の影が動く。どうして、みんな陳腐なのだろう、この影のように！　私はなぜだかひどく影が憎くなって、胸がはりさけるようだった。


（新生特輯号の姉妹作）

桜の森の満開の下

桜の花が咲くと人々は酒をぶらさげたり団子をたべて花の下を歩いて絶景だの春ランマンだのと浮かれて陽気になりますが、これは嘘《うそ》です。なぜ嘘かと申しますと、桜の花の下へ人がより集《あつま》って酔っ払ってゲロを吐いて喧嘩《けんか》して、これは江戸時代からの話で、大昔は桜の花の下は怖《おそろ》しいと思っても、絶景だなどとは誰も思いませんでした。近頃は桜の花の下といえば人間がより集って酒をのんで喧嘩していますから陽気でにぎやかだと思いこんでいますが、桜の花の下から人間を取り去ると怖ろしい景色になりますので、能にも、さる母親が愛児を人さらいにさらわれて子供を探して発狂して桜の花の満開の林の下へ来かかり見渡す花びらの陰に子供の幻を描いて狂《くる》い死《じに》して花びらに埋まってしまう(このところ小生の蛇足)という話もあり、桜の林の花の下に人の姿がなければ怖しいばかりです。

昔、鈴鹿峠《すずかとうげ》にも旅人が桜の森の花の下を通らなければならないような道になっていました。花の咲かない頃はよろしいのですが、花の季節になると、旅人はみんな森の花の下で気が変になりました。できるだけ早く花の下から逃げようと思って、青い木や枯れ木のある方へ一目散に走りだしたものです。一人だとまだよいので、なぜかというと、花の下を一目散に逃げて、あたりまえの木の下へくるとホッとしてヤレヤレと思って、すむからですが、二人連《づれ》は都合が悪い。なぜなら人間の足の早さは各人各様で、一人が遅れますから、オイ待ってくれ、後から必死に叫んでも、みんな気違いで、友達をすてて走ります。それで鈴鹿峠の桜の森の花の下を通過したとたんに今迄《いままで》仲のよかった旅人が仲が悪くなり、相手の友情を信用しなくなります。そんなことから旅人も自然に桜の森の下を通らないで、わざわざ遠まわりの別の山道を歩くようになり、やがて桜の森は街道を外《はず》れて人の子一人通らない山の静寂へとり残されてしまいました。

そうなって何年かあとに、この山に一人の山賊が住みはじめましたが、この山賊はずいぶんむごたらしい男で、街道へでて情容赦《なさけようしゃ》なく着物をはぎ人の命も断ちましたが、こんな男でも桜の森の花の下へくるとやっぱり怖しくなって気が変になりました。そこで山賊はそれ以来花がきらいで、花というものは怖しいものだな、なんだか厭《いや》なものだ、そういう風に腹の中では呟《つぶや》いていました。花の下では風がないのにゴウゴウ風が鳴っているような気がしました。そのくせ風がちっともなく、一つも物音がありません。自分の姿と跫音《あしおと》ばかりで、それがひっそり冷《つ》めたいそして動かない風の中につつまれていました。花びらがぽそぽそ散るように魂が散っていのちがだんだん衰えて行くように思われます。それで目をつぶって何か叫んで逃げたくなりますが、目をつぶると桜の木にぶつかるので目をつぶるわけにも行きませんから、一そう気違いになるのでした。

けれども山賊は落付《おちつ》いた男で、後悔ということを知らない男ですから、これはおかしいと考えたのです。ひとつ、来年、考えてやろう。そう思いました。今年は考える気がしなかったのです。そして、来年、花がさいたら、そのときじっくり考えようと思いました。毎年そう考えて、もう十何年もたち、今年も亦《また》、来年になったら考えてやろうと思って、又、年が暮れてしまいました。

そう考えているうちに、始めは一人だった女房がもう七人にもなり、八人目の女房を又街道から女の亭主の着物と一緒にさらってきました。女の亭主は殺してきました。

山賊は女の亭主を殺す時から、どうも変だと思っていました。いつもと勝手が違うのです。どこということは分らぬけれども、変てこで、けれども彼の心は物にこだわることに慣れませんので、そのときも格別深く心にとめませんでした。

山賊は始めは男を殺す気はなかったので、身ぐるみ脱がせて、いつもするようにとっとと失《う》せろと蹴《け》とばしてやるつもりでしたが、女が美しすぎたので、ふと、男を斬《き》りすてていました。彼自身に思いがけない出来事であったばかりでなく、女にとっても思いがけない出来事だったしるしに、山賊がふりむくと女は腰をぬかして彼の顔をぼんやり見つめました。今日からお前は俺《おれ》の女房だと言うと、女はうなずきました。手をとって女を引き起すと、女は歩けないからオブっておくれと言います。山賊は承知承知と女を軽々と背負って歩きましたが、険《けわ》しい登り坂へきて、ここは危いから降りて歩いて貰《もら》おうと言っても、女はしがみついて厭々《いやいや》、厭ヨ、と言って降りません。

「お前のような山男が苦しがるほどの坂道をどうして私が歩けるものか、考えてごらんよ」

「そうか、そうか、よしよし」と男は疲れて苦しくても好機嫌でした。「でも、一度だけ降りておくれ。私は強いのだから、苦しくて、一休みしたいというわけじゃないぜ。眼の玉が頭の後側にあるというわけのものじゃないから、さっきからお前さんをオブっていてもなんとなくもどかしくて仕方がないのだよ。一度だけ下へ降りてかわいい顔を拝ましてもらいたいものだ」

「厭よ、厭よ」と、又、女はやけに首っ玉にしがみつきました。「私はこんな淋《さび》しいところに一っときもジッとしていられないヨ。お前のうちのあるところまで一っときも休まず急いでおくれ。さもないと、私はお前の女房になってやらないよ。私にこんな淋しい思いをさせるなら、私は舌を嚙《か》んで死んでしまうから」

「よしよし。分った。お前のたのみはなんでもきいてやろう」

山賊はこの美しい女房を相手に未来のたのしみを考えて、とけるような幸福を感じました。彼は威張りかえって肩を張って、前の山、後の山、右の山、左の山、ぐるりと一廻転《かいてん》して女に見せて

「これだけの山という山がみんな俺のものなんだぜ」

と言いましたが、女はそんなことにはてんで取りあいません。彼は意外に又残念で

「いいかい。お前の目に見える山という山、木という木、谷という谷、その谷からわく雲まで、みんな俺のものなんだぜ」

「早く歩いておくれ、私はこんな岩コブだらけの崖《がけ》の下にいたくないのだから」

「よし、よし。今にうちにつくと飛びきりの御馳走《ごちそう》をこしらえてやるよ」

「お前はもっと急げないのかえ。走っておくれ」

「なかなかこの坂道は俺が一人でもそうは駈《か》けられない難所だよ」

「お前も見かけによらない意気地なしだねえ。私としたことが、とんだ甲斐性《かいしょう》なしの女房になってしまった。ああ、ああ。これから何をたよりに暮したらいいのだろう」

「なにを馬鹿な。これぐらいの坂道が」

「アア、もどかしいねえ。お前はもう疲れたのかえ」

「馬鹿なことを。この坂道をつきぬけると、鹿もかなわぬように走ってみせるから」

「でもお前の息は苦しそうだよ。顔色が青いじゃないか」

「なんでも物事の始めのうちはそういうものさ。今に勢いのはずみがつけば、お前が背中で目を廻《まわ》すぐらい速く走るよ」


けれども山賊は身体が節々からバラバラに分かれてしまったように疲れていました。そしてわが家の前へ辿《たど》りついたときには目もくらみ耳もなり嗄《しわが》れ声《ごえ》のひときれをふりしぼる力もありません。家の中から七人の女房が迎えに出てきましたが、山賊は石のようにこわばった身体をほぐして背中の女を下《おろ》すだけで勢一杯でした。


七人の女房は今迄に見かけたこともない女の美しさに打たれましたが、女は七人の女房の汚さに驚きました。七人の女房の中には昔はかなり綺麗《きれい》な女もいたのですが今は見る影もありません。女は薄気味悪がって男の背へしりぞいて
「この山女は何なのよ」

「これは俺の昔の女房なんだよ」

と男は困って「昔の」という文句を考えついて加えたのはとっさの返事にしては良く出来ていましたが、女は容赦がありません。

「まア、これがお前の女房かえ」

「それは、お前、俺はお前のような可愛《かわ》いい女がいようとは知らなかったのだからね」

「あの女を斬り殺しておくれ」

女はいちばん顔形のととのった一人を指して叫びました。

「だって、お前、殺さなくっとも、女中だと思えばいいじゃないか」

「お前は私の亭主を殺したくせに、自分の女房が殺せないのかえ。お前はそれでも私を女房にするつもりなのかえ」

男の結ばれた口から呻《うめ》きがもれました。男はとびあがるように一躍りして指された女を斬り倒していました。然《しか》し、息つくひまもありません。

「この女よ。今度は、それ、この女よ」

男はためらいましたが、すぐズカズカ歩いて行って、女の頸《くび》へザクリとダンビラを斬りこみました。首がまだコロコロととまらぬうちに、女のふっくらツヤのある透きとおる声は次の女を指して美しく響いていました。

「この女よ、今度は」

指された女は両手に顔をかくしてキャーという叫び声をはりあげました。その叫びにふりかぶって、ダンビラは宙を閃《ひらめ》いて走りました。残る女たちは俄《にわか》に一時に立上って四方に散りました。

「一人でも逃したら承知しないよ。藪《やぶ》の陰にも一人いるよ。上手《かみて》へ一人逃げて行くよ」

男は血刀をふりあげて山の林を駈け狂いました。たった一人逃げおくれて腰をぬかした女がいました。それはいちばん醜くて、ビッコの女でしたが、男が逃げた女を一人あまさず斬りすてて戻ってきて、無造作にダンビラをふりあげますと

「いいのよ。この女だけは。これは私が女中に使うから」

「ついでだから、やってしまうよ」

「バカだね。私が殺さないでおくれと言うのだよ」

「アア、そうか。ほんとだ」

男は血刀を投げすてて尻《しり》もちをつきました。疲れがどッとこみあげて目がくらみ、土から生《は》えた尻のように重みが分ってきました。ふと静寂に気がつきました。とびたつような怖ろしさがこみあげ、ぎょッとして振向くと、女はそこにいくらかやる瀬ない風情《ふぜい》でたたずんでいます。男は悪夢からさめたような気がしました。そして、目も魂も自然に女の美しさに吸いよせられて動かなくなってしまいました。けれども男は不安でした。どういう不安だか、なぜ、不安だか、何が、不安だか、彼には分らぬのです。女が美しすぎて、彼の魂がそれに吸いよせられていたので、胸の不安の波立ちをさして気にせずにいられただけです。

なんだか、似ているようだな、と彼は思いました、似たことが、いつか、あった、それは、と彼は考えました。アア、そうだ、あれだ。気がつくと彼はびっくりしました。

桜の森の満開の下です。あの下を通る時に似ていました。どこが、何が、どんな風に似ているのだか分りません。けれども、何か、似ていることは、たしかでした。彼にはいつもそれぐらいのことしか分らず、それから先は分らなくても気にならぬたちの男でした。

山の長い冬が終り、山のてっぺんの方や谷のくぼみに樹の陰に雪はポツポツ残っていましたが、やがて花の季節が訪れようとして春のきざしが空いちめんにかがやいていました。

今年、桜の花が咲いたら、と、彼は考えました。花の下にさしかかる時はまだそれほどではありません。それで思いきって花の下へ歩いてみます。だんだん歩くうちに気が変になり、前も後も右も左も、どっちを見ても上にかぶさる花ばかり、森のまんなかに近づくと怖しさに盲滅法《めくらめっぽう》たまらなくなるのでした。今年はひとつ、あの花ざかりの林のまんなかで、ジッと動かずに、いや、思いきって地べたへ坐ってやろう、と彼は考えました。そのとき、この女もつれて行こうか、彼はふと考えて、女の顔をチラと見ると、胸さわぎがして慌てて目をそらしました。自分の肚《はら》が女に知れては大変だという気持が、なぜだか胸に焼け残りました。

★

女は大変なわがまま者でした。どんなに心をこめた御馳走をこしらえてやっても、必ず不服を言いました。彼は小鳥や鹿《しか》をとりに山を走りました。猪《いのしし》も熊もとりました。ビッコの女は木の芽や草の根をさがしてひねもす林間をさまよいました。然し女は満足を示したことはありません。

「毎日こんなものを私に食えというのかえ」

「だって、飛び切りの御馳走なんだぜ。お前がここへくるまでは、十日に一度ぐらいしかこれだけのものは食わなかったものだ」

「お前は山男だからそれでいいのだろうさ。私の喉は通らないよ。こんな淋しい山奥で、夜の夜長にきくものと云《い》えば梟《ふくろう》の声ばかり、せめて食べる物でも都に劣らぬおいしい物が食べられないものかねえ。都の風がどんなものか。その都の風をせきとめられた私の思いのせつなさがどんなものか、お前には察することも出来ないのだね。お前は私から都の風をもぎとって、その代りにお前の呉《く》れた物といえば鴉《からす》や梟の鳴く声ばかり。お前はそれを羞《は》ずかしいとも、むごたらしいとも思わないのだよ」

女の怨《えん》じる言葉の道理が男には呑みこめなかったのです。なぜなら男は都の風がどんなものだか知りません。見当もつかないのです。この生活この幸福に足りないものがあるという事実に就《つい》て思い当るものがない。彼はただ女の怨じる風情の切なさに当惑し、それをどのように処置してよいか目当に就て何の事実も知らないので、もどかしさに苦しみました。

今迄には都からの旅人を何人殺したか知れません。都からの旅人は金持で所持品も豪華ですから、都は彼のよい鴨《かも》で、せっかく所持品を奪ってみても中身がつまらなかったりするとチェッこの田舎者《いなかもの》め、とか土百姓めとか罵《ののし》ったもので、つまり彼は都に就てはそれだけが知識の全部で、豪華な所持品をもつ人達のいるところであり、彼はそれをまきあげるという考え以外に余念はありませんでした。都の空がどっちの方角だということすらも考えてみる必要がなかったのです。

女は櫛《くし》だの笄《こうがい》だの簪《かんざし》だの紅《べに》だのを大事にしました。彼が泥の手や山の獣の血にぬれた手でかすかに着物にふれただけでも女は彼を叱《しか》りました。まるで着物が女のいのちであるように、そしてそれをまもることが自分のつとめであるように、身の廻りを清潔にさせ、家の手入れを命じます。その着物は一枚の小袖《こそで》と細紐《ほそひも》だけでは事足りず、何枚かの着物といくつもの紐と、そしてその紐は妙な形にむすばれ不必要に垂れ流されて、色々の飾り物をつけたすことによって一つの姿が完成されて行くのでした。男は目を見はりました。そして嘆声をもらしました。彼は納得させられたのです。かくして一つの美が成りたち、その美に彼が満たされている、それは疑《うたぐ》る余地がない、個としては意味をもたない不完全かつ不可解な断片が集まることによって一つの物を完成する、その物を分解すれば無意味なる断片に帰する、それを彼は彼らしく一つの妙なる魔術として納得させられたのでした。

男は山の木を切りだして女の命じるものを作ります。何物が、そして何用につくられるのか、彼自身それを作りつつあるうちは知ることが出来ないのでした。それは胡床《こしょう》と肱掛《ひじかけ》でした。胡床はつまり椅子《いす》です。お天気の日、女はこれを外へ出させて、日向《ひなた》に、又、木陰に、腰かけて目をつぶります。部屋の中では肱掛にもたれて物思いにふけるような、そしてそれは、それを見る男の目にはすべてが異様な、なまめかしく、なやましい姿に外《ほか》ならぬのでした。魔術は現実に行われており、彼自らがその魔術の助手でありながら、その行われる魔術の結果に常に訝《いぶか》りそして嘆賞するのでした。

ビッコの女は朝毎《ごと》に女の長い黒髪をくしけずります。そのために用いる水を、男は谷川の特に遠い清水からくみとり、そして特別そのように注意を払う自分の労苦をなつかしみました。自分自身が魔術の一つの力になりたいということが男の願いになっていました。そして彼自身くしけずられる黒髪にわが手を加えてみたいものだと思います。いやよ、そんな手は、と女は男を払いのけて叱ります。男は子供のように手をひっこめて、てれながら、黒髪にツヤが立ち、結ばれ、そして顔があらわれ、一つの美が描かれ生まれてくることを見果てぬ夢に思うのでした。

「こんなものがなあ」

彼は模様のある櫛や飾のある笄をいじり廻しました。それは彼が今迄は意味も値打もみとめることのできなかったものでしたが、今も尚《なお》、物と物との調和や関係、飾りという意味の批判はありません。けれども魔力が分ります。魔力は物のいのちでした。物の中にもいのちがあります。

「お前がいじってはいけないよ。なぜ毎日きまったように手をだすのだろうね」

「不思議なものだなア」

「何が不思議なのさ」

「何がってこともないけどさ」

と男はてれました。彼には驚きがありましたが、その対象は分らぬのです。

そして男に都を怖れる心が生れていました。その怖れは恐怖ではなく、知らないということに対する羞恥《しゅうち》と不安で、物知りが木知の事柄に抱く不安と羞恥に似ていました。

女が「都」というたびに彼の心は怯《おび》え戦《おのの》きました。けれども彼は目に見える何物も怖れたことがなかったので、怖れの心になじみがなく、羞じる心にも馴《な》れていません。そして彼は都に対して敵意だけをもちました。

何百何千の都からの旅人を襲ったが手に立つ者がなかったのだから、と彼は満足して考えました。どんな過去を思いだしても、裏切られ傷《きず》つけられる不安がありません。それに気附《きづ》くと、彼は常に愉快で又誇りやかでした。彼は女の美に対して自分の強さを対比しました。そして強さの自覚の上で多少の苦手と見られるものは猪だけでした。その猪も実際はさして怖るべき敵でもないので、彼はゆとりがありました。

「都には牙《きば》のある人間がいるかい」

「弓をもったサムライがいるよ」

「ハッハッハ。弓なら俺は谷の向うの雀《すずめ》の子でも落すのだからな。都には刀が折れてしまうような皮の堅い人間はいないだろう」

「鎧《よろい》をきたサムライがいるよ」

「鎧は刀が折れるのか」

「折れるよ」

「俺は熊も猪も組み伏せてしまうのだからな」

「お前が本当に強い男なら、私を都へ連れて行っておくれ。お前の力で、私の欲しい物、都の粋を私の身の廻りへ飾っておくれ、そして私にシンから楽しい思いを授けてくれることができるなら、お前は本当に強い男なのさ」

「わけのないことだ」

男は都へ行くことに心をきめました。彼は都にありとある櫛や笄や簪や着物や鏡や紅を三日三晩とたたないうちに女の廻りへ積みあげてみせるつもりでした。何の気がかりもありません。一つだけ気にかかることは、まったく都に関係のない別なことでした。

それは桜の森でした。

二日か三日の後に森の満開が訪れようとしていました。今年こそ、彼は決意していました。桜の森の花ざかりのまんなかで、身動きもせずジッと坐っていてみせる。彼は毎日ひそかに桜の森へでかけて蕾《つぼみ》のふくらみをはかっていました。あと三日、彼は出発を急ぐ女に言いました。

「お前に仕度の面倒があるものかね」と女は眉《まゆ》をよせました。「じらさないでおくれ。都が私をよんでいるのだよ」

「それでも約束があるからね」

「お前がかえ。この山奥に約束した誰がいるのさ」

「それは誰もいないけれども、ね。けれども、約束があるのだよ」

「それはマア珍しいことがあるものだねえ。誰もいなくって誰と約束するのだえ」

男は嘘がつけなくなりました。

「桜の花が咲くのだよ」

「桜の花と約束したのかえ」

「桜の花が咲くから、それを見てから出掛けなければならないのだよ」

「どういうわけで」

「桜の森の下へ行ってみなければならないからだよ」

「だから、なぜ行って見なければならないのよ」

「花が咲くからだよ」

「花が咲くから、なぜさ」

「花の下は冷《つ》めたい風がはりつめているからだよ」

「花の下にかえ」

「花の下は涯《はて》がないからだよ」

「花の下がかえ」

男は分らなくなってクシャクシャしました。

「私も花の下へ連れて行っておくれ」

「それは、だめだ」

男はキッパリ言いました。

「一人でなくちゃ、だめなんだ」

女は苦笑しました。

男は苦笑というものを始めて見ました。そんな意地の悪い笑いを彼は今まで知らなかったのでした。そしてそれを彼は「意地の悪い」という風には判断せずに、刀で斬っても斬れないように、と判断しました。その証拠には、苦笑は彼の頭にハンを捺《お》したように刻みつけられてしまったからです。それは刀の刃のように思いだすたびにチクチク頭をきりました。そして彼がそれを斬ることはできないのでした。

三日目がきました。

彼はひそかに出かけました。桜の森は満開でした。一足ふみこむとき、彼は女の苦笑を思いだしました。それは今までに覚えのない鋭さで頭を斬りました。それだけでもう彼は混乱していました。花の下の冷めたさは涯のない四方からどっと押し寄せてきました。彼の身体は忽《たちま》ちその風に吹きさらされて透明になり、四方の風はゴウゴウと吹き通り、すでに風だけがはりつめているのでした。彼の声のみが叫びました。彼は走りました。何という虚空でしょう。彼は泣き、祈り、もがき、ただ逃げ去ろうとしていました。そして、花の下をぬけだしたことが分ったとき、夢の中から我にかえった同じ気持を見出しました。夢と違っていることは、本当に息も絶え絶えになっている身の苦しさでありました。

★

男と女とビッコの女は都に住みはじめました。

男は夜毎に女の命じる邸宅へ忍び入りました。着物や宝石や装身具も持ちだしましたが、それのみが女の心を充《み》たす物ではありませんでした。女の何より欲しがるものは、その家に住む人の首でした。

彼等の家にはすでに何十の邸宅の首が集められていました。部屋の四方の衝立《ついたて》に仕切られて首は並べられ、ある首はつるされ、男には首の数が多すぎてどれがどれやら分らなくとも、女は一々覚えており、すでに毛がぬけ、肉がくさり、白骨になっても、どこのたれということを覚えていました。男やビッコの女が首の場所を変えると怒り、ここはどこの家族、ここは誰の家族とやかましく言いました。

女は毎日首遊びをしました。首は家来をつれて散歩にでます。首の家族へ別の首の家族が遊びに来ます。首が恋をします。女の首が男の首をふり、又、男の首が女の首をすてて女の首を泣かせることもありました。

姫君の首は大納言《だいなごん》の首にだまされました。大納言の首は月のない夜、姫君の首の恋する人の首のふりをして忍んで行って契《ちぎ》りを結びます。契りの後に姫君の首が気がつきます。姫君の首は大納言の首を憎むことができず我が身のさだめの悲しさに泣いて、尼《あま》になるのでした。すると大納言の首は尼寺へ行って、尼になった姫君の首を犯します。姫君の首は死のうとしますが大納言のささやきに負けて尼寺を逃げて山科《やましな》の里へかくれて大納言の首のかこい者となって髪の毛を生やします。姫君の首も大納言の首ももはや毛がぬけ肉がくさりウジ虫がわき骨がのぞけていました。二人の首は酒もりをして恋にたわぶれ、歯の骨と噛《か》み合ってカチカチ鳴り、くさった肉がペチャペチャくっつき合い鼻もつぶれ目の玉もくりぬけていました。

ペチャペチャとくッつき二人の顔の形がくずれるたびに女は大喜びで、けたたましく笑いさざめきました。

「ほれ、ホッペタを食べてやりなさい。ああおいしい。姫君の喉もたべてやりましょう。ハイ、目の玉もかじりましょう。すすってやりましょうね。ハイ、ペロペロ。アラ、おいしいね。もう、たまらないのよ、ねえ、ほら、ウンとかじりついてやれ」

女はカラカラ笑います。綺麗な澄んだ笑い声です。薄い陶器が鳴るような爽《さわ》やかな声でした。

坊主の首もありました。坊主の首は女に憎がられていました。いつも悪い役をふられ、憎まれて、嬲《なぶ》り殺しにされたり、役人に処刑されたりしました。坊主の首は首になって後《のち》に却《かえ》って毛が生え、やがてその毛もぬけてくさりはて、白骨になりました。白骨になると、女は別の坊主の首を持ってくるように命じました。新しい坊主の首はまだうら若い水々しい稚子《ちご》の美しさが残っていました。女はよろこんで机にのせ酒をふくませ頰《ほお》ずりして甜《な》めたりくすぐったりしましたが、じきあきました。

「もっと太った憎たらしい首よ」

女は命じました。男は面倒になって五ツほどブラさげて来ました。ヨボヨボの老僧の首も、眉の太い頰っぺたの厚い、蛙《かえる》がしがみついているような鼻の形の顔もありました。耳のとがった馬のような坊主の首も、ひどく神妙な首の坊主もあります。けれども女の気に入ったのは一つでした。それは五十ぐらいの大坊主の首で、ブ男で目尻がたれ、頰がたるみ、唇が厚くて、その重さで口があいているようなだらしのない首でした。女はたれた目尻の両端を両手の指の先で押えて、クリクリと吊りあげて廻したり、獅子鼻《ししばな》の孔《あな》へ二本の棒をさしこんだり、逆さに立ててころがしたり、だきしめて自分のお乳を厚い唇の間へ押しこんでシャブらせたりして大笑いしました。けれどもじきにあきました。

美しい娘の首がありました。清らかな静かな高貴な首でした。子供っぽくて、そのくせ死んだ顔ですから妙に大人びた憂《うれ》いがあり、閉じられたマブタの奥に楽しい思いも悲しい思いもマセた思いも一度にゴッちゃに隠されているようでした。女はその首を自分の娘か妹のように可愛《かわい》がりました。黒い髪の毛をすいてやり、顔にお化粧してやりました。ああでもない、こうでもないと念を入れて、花の香りのむらだつようなやさしい顔が浮きあがりました。

娘の首のために、一人の若い貴公子の首が必要でした。貴公子の首も念入りにお化粧され、二人の若者の首は燃え狂うような恋の遊びにふけります。すねたり、怒ったり、憎んだり、嘘をついたり、だましたり、悲しい顔をしてみせたり、けれども二人の情熱が一度に燃えあがるときは一人の火がめいめい他の一人を焼きこがしてどっちも焼かれて舞いあがる火焔《かえん》となって燃えまじりました。けれども間もなく悪侍だの色好みの大人だの悪僧だの汚い首が邪魔にでて、貴公子の首は蹴られて打たれたあげくに殺されて、右から左から前から後から汚い首がゴチャゴチャ娘に挑みかかって、娘の首には汚い首の腐った肉がへばりつき、牙のような歯に食いつかれ、鼻の先が欠けたり、毛がむしられたりします。すると女は娘の首を針でつついて穴をあけ小刀で切ったり、えぐったり、誰の首よりも汚らしい目も当てられない首にして投げだすのでした。

男は都を嫌いました。都の珍《めず》らしさも馴れてしまうと、なじめない気持ばかりが残りました。彼も都では人並に水干《すいかん》を着ても脛《すね》をだして歩いていました。白昼は刀をさすことも出来ません。市《いち》へ買物に行かなければなりませんし、白首のいる居酒屋で酒をのんでも金を払わねばなりません。市の商人は彼をなぶりました。野菜をつんで売りにくる田舎女も子供までなぶりました。白首も彼を笑いました。都では貴族は牛車で道のまんなかを通ります。水干をきた跣足《はだし》の家来はたいがいふるまい酒に顔を赤くして威張りちらして歩いて行きました。彼はマヌケだのバカだのノロマだのと市でも路上でもお寺の庭でも怒鳴られました。それでもうそれぐらいのことには腹が立たなくなっていました。

男は何よりも退屈に苦しみました。人間共というものは退屈なものだ、と彼はつくづく思いました。彼はつまり人間がうるさいのでした。大きな犬が歩いていると、小さな犬が吠《ほ》えます。男は吠えられる犬のようなものでした。彼はひがんだり嫉《ねた》んだりすねたり考えたりすることが嫌いでした。山の獣や樹や川や鳥はうるさくはなかったがな、と彼は思いました。

「都は退屈なところだなア」と彼はビッコの女に言いました。「お前は山へ帰りたいと思わないか」

「私は都は退屈ではないからね」

とビッコの女は答えました。ビッコの女は一日中料理をこしらえ洗濯し近所の人達とお喋りしていました。

「都ではお喋りができるから退屈しないよ。私は山は退屈で嫌いさ」

「お前はお喋りが退屈でないのか」

「あたりまえさ。誰だって喋っていれば退屈しないものだよ」

「俺は喋れば喋るほど退屈するのになあ」

「お前は喋らないから退屈なのさ」

「そんなことがあるものか。喋ると退屈するから喋らないのだ」

「でも喋ってごらんよ。きっと退屈を忘れるから」

「何を」

「何でも喋りたいことをさ」

「喋りたいことなんかあるものか」

男はいまいましがってアクビをしました。

都にも山がありました。然し、山の上には寺があったり庵《いおり》があったり、そして、そこには却って多くの人の往来がありました。山から都が一目に見えます。なんというたくさんの家だろう、そして、なんという汚い眺めだろう、と思いました。

彼は毎晩人を殺していることを昼は殆《ほとん》ど忘れていました。なぜなら彼は人を殺すことにも退屈しているからでした。何も興味はありません。刀で叩《たた》くと首がポロリと落ちているだけでした。首はやわらかいものでした。骨の手応《てごた》えはまったく感じることがないもので、大根を斬るのと同じようなものでした。その首の重さの方が彼には余程意外でした。

彼には女の気持が分るような気がしました。鐘《かね》つき堂では一人の坊主がヤケになって鐘をついています。何というバカげたことをやるのだろうと彼は思いました。何をやりだすか分りません。こういう奴等と顔を見合って暮すとしたら、俺でも奴等を首にして一緒に暮すことを選ぶだろうさ、と思うのでした。

けれども彼は女の慾望《よくぼう》にキリがないので、そのことにも退屈していたのでした。女の慾望は、いわば常にキリもなく空を直線に飛びつづけている鳥のようなものでした。休むひまなく常に直線に飛びつづけているのです。その鳥は疲れません。常に爽快《そうかい》に風をきり、スイスイと小気味よく無限に飛びつづけているのでした。

けれども彼はただの鳥でした。枝から枝を飛び廻り、たまに谷を渉《わた》るぐらいがせいぜいで、枝にとまってうたたねしている梟にも似ていました。彼は敏捷《びんしょう》でした。全身がよく動き、よく歩き、動作は生き生きしていました。彼の心は然し尻の重たい鳥なのでした。彼は無限に直線に飛ぶことなどは思いもよらないのです。

男は山の上から都の空を眺めています。その空を一羽の鳥が直線に飛んで行きます。空は昼から夜になり、夜から昼になり、無限の明暗がくりかえしつづきます。その涯に何もなくいつまでたってもただ無限の明暗があるだけ、男は無限を事実に於《おい》て納得することができません。その先の日、その先の日、その又先の日、明暗の無限のくりかえしを考えます。彼の頭は割れそうになりました。それは考えの疲れでなしに、考えの苦しさのためでした。

家へ帰ると、女はいつものように首遊びに耽《ふけ》っていました。彼の姿を見ると、女は待ち構えていたのでした。

「今夜は白拍子《しらびょうし》の首を持ってきておくれ。とびきり美しい白拍子の首だよ。舞いを舞わせるのだから。私が今様《いまよう》を唄《うた》ってきかせてあげるよ」

男はさっき山の上から見つめていた無限の明暗を思いだそうとしました。この部屋があのいつまでも涯のない無限の明暗のくりかえしの空の筈ですが、それはもう思いだすことができません。そして女は鳥ではなしに、やっぱり美しいいつもの女でありました。けれども彼は答えました。

「俺は厭だよ」

女はびっくりしました。そのあげくに笑いだしました。

「おやおや。お前も憶病風に吹かれたの。お前もただの弱虫ね」

「そんな弱虫じゃないのだ」

「じゃ、何さ」

「キリがないから厭になったのさ」

「あら、おかしいね。なんでもキリがないものよ。毎日毎日ごはんを食べて、キリがないじゃないか。毎日毎日ねむって、キリがないじゃないか」

「それと違うのだ」

「どんな風に違うのよ」

男は返事につまりました。けれども違うと思いました。それで言いくるめられる苦しさを逃《のが》れて外へ出ました。

「白拍子の首をもっておいで」

女の声が後から呼びかけましたが、彼は答えませんでした。

彼は、なぜどんな風に違うのだろうと考えましたが分りません。だんだん夜になりました。彼は又山の上へ登りました。もう空も見えなくなっていました。

彼は気がつくと、空が落ちてくることを考えていました。空が落ちてきます。彼は首をしめつけられるように苦しんでいました。それは女を殺すことでした。

空の無限の明暗を走りつづけることは、女を殺すことによって、とめることができます。そして、空は落ちてきます。彼はホッとすることができます。然し、彼の心臓には孔があいているのでした。彼の胸から鳥の姿が飛び去り、掻《か》き消えているのでした。

あの女が俺なんだろうか？　そして空を無限に直線に飛ぶ鳥が俺自身だったのだろうか？　と彼は疑りました。女を殺すと、俺を殺してしまうのだろうか。俺は何を考えているのだろう？

なぜ空を落さねばならないのだか、それも分らなくなっていました。あらゆる想念が捉《とら》えがたいものでありました。そして想念のひいたあとに残るものは苦痛のみでした。夜が明けました。彼は女のいる家へ戻る勇気が失われていました。そして、数日、山中をさまよいました。

ある朝、目がさめると、彼は桜の花の下にねていました。その桜の木は一本でした。桜の木は満開でした。彼は驚いて飛び起きましたが、それは逃げだすためではありません。なぜなら、たった一本の桜の木でしたから。彼は鈴鹿の山の桜の森のことを突然思いだしていたのでした。あの山の桜の森も花盛りにちがいありません。彼はなつかしさに吾《われ》を忘れ、深い物思いに沈みました。

山へ帰ろう。山へ帰るのだ。なぜこの単純なことを忘れていたのだろう？　そして、なぜ空を落すことなどを考え耽っていたのだろう？　彼は悪夢のさめた思いがしました。救われた思いがしました。今までその知覚まで失っていた山の早春の匂いが身にせまって強く冷めたく分るのでした。

男は家へ帰りました。

女は嬉《うれ》しげに彼を迎えました。

「どこへ行っていたのさ。無理なことを言ってお前を苦しめてすまなかったわね。でも、お前がいなくなってからの私の淋しさを察しておくれな」

女がこんなにやさしいことは今までにないことでした。男の胸は痛みました。もうすこしで彼の決意はとけて消えてしまいそうです。けれども彼は思い決しました。

「俺は山へ帰ることにしたよ」

「私を残してかえ。そんなむごたらしいことがどうしてお前の心に棲《す》むようになったのだろう」

女の眼は怒りに燃えました。その顔は裏切られた口惜しさで一ぱいでした。

「お前はいつからそんな薄情者になったのよ」

「だからさ。俺は都がきらいなんだ」

「私という者がいてもかえ」

「俺は都に住んでいたくないだけなんだ」

「でも、私がいるじゃないか。お前は私が嫌いになったのかえ。私はお前のいない留守はお前のことばかり考えていたのだよ」

女の目に涙の滴《しずく》が宿りました。女の目に涙の宿ったのは始めてのことでした。女の顔にはもはや怒りは消えていました。つれなさを恨む切なさのみが溢《あふ》れていました。

「だってお前は都でなきゃ住むことができないのだろう。俺は山でなきゃ住んでいられないのだ」

「私はお前と一緒でなきゃ生きていられないのだよ。私の思いがお前には分らないのかねえ」

「でも俺は山でなきゃ住んでいられないのだぜ」

「だから、お前が山へ帰るなら、私も一緒に山へ帰るよ。私はたとえ一日でもお前と離れて生きていられないのだもの」

女の目は涙にぬれていました。男の胸に顔を押しあてて熱い涙をながしました。涙の熱さは男の胸にしみました。

たしかに、女は男なしでは生きられなくなっていました。新しい首は女のいのちでした。そしてその首を女のためにもたらす者は彼の外《ほか》にはなかったからです。彼は女の一部でした。女はそれを放すわけにいきません。男のノスタルジイがみたされたとき、再び都へつれもどす確信が女にはあるのでした。

「でもお前は山で暮せるかえ」

「お前と一緒ならどこでも暮すことができるよ」

「山にはお前の欲しがるような首がないのだぜ」

「お前と首と、どっちか一つを選ばなければならないなら、私は首をあきらめるよ」

夢ではないかと男は疑りました。あまり嬉しすぎて信じられないからでした。夢にすらこんな願ってもないことは考えることが出来なかったのでした。

彼の胸は新《あらた》な希望でいっぱいでした。その訪れは唐突で乱暴で、今のさっき迄の苦しい思いが、もはや捉えがたい彼方《かなた》へ距てられていました。彼はこんなにやさしくはなかった昨日までの女のことも忘れました。今と明日があるだけでした。

二人は直ちに出発しました。ビッコの女は残すことにしました。そして出発のとき、女はビッコの女に向って、じき帰ってくるから待っておいで、とひそかに言い残しました。

★

目の前に昔の山々の姿が現れました。呼べば答えるようでした。旧道をとることにしました。その道はもう踏む人がなく、道の姿は消え失せて、ただの林、ただの山坂になっていました。その道を行くと、桜の森の下を通ることになるのでした。

「背負っておくれ。こんな道のない山坂は私は歩くことができないよ」

「ああ、いいとも」

男は軽々と女を背負いました。

男は始めて女を得た日のことを思いだしました。その日も彼は女を背負って峠のあちら側の山径《やまみち》を登ったのでした。その日も幸せで一ぱいでしたが、今日の幸せはさらに豊かなものでした。

「はじめてお前に会った日もオンブして貰ったわね」

と、女も思いだして、言いました。

「俺もそれを思いだしていたのだぜ」

男は嬉しそうに笑いました。

「ほら、見えるだろう。あれがみんな俺の山だ。谷も木も鳥も雲まで俺の山さ。山はいいなあ。走ってみたくなるじゃないか。都ではそんなことはなかったからな」
「始めての日はオンブしてお前を走らせたものだったわね」
「ほんとだ。ずいぶん疲れて、目がまわったものさ」

男は桜の森の花ざかりを忘れてはいませんでした。然し、この幸福な日に、あの森の花ざかりの下が何ほどのものでしょうか。彼は怖れていませんでした。

そして桜の森が彼の眼前に現れてきました。まさしく一面の満開でした。風に吹かれた花びらがパラパラと落ちています。土肌の上は一面に花びらがしかれていました。この花びらはどこから落ちてきたのだろう？　なぜなら、花びらの一ひらが落ちたとも思われぬ満開の花のふさが見はるかす頭上にひろがっているからでした。

男は満開の花の下へ歩きこみました。あたりはひっそりと、だんだん冷めたくなるようでした。彼はふと女の手が冷めたくなっているのに気がつきました。俄に不安になりました。とっさに彼は分りました。女が鬼であることを。突然どッという冷めたい風が花の下の四方の涯から吹きよせていました。

男の背中にしがみついているのは、全身が紫色の顔の大きな老婆でした。その口は耳までさけ、ちぢくれた髪の毛は緑でした。男は走りました。振り落そうとしました。鬼の手に力がこもり彼の喉にくいこみました。彼の目は見えなくなろうとしました。彼は夢中でした。全身の力をこめて鬼の手をゆるめました。その手の隙間から首をぬくと、背中をすべって、どさりと鬼は落ちました。今度は彼が鬼に組みつく番でした。鬼の首をしめました。そして彼がふと気付いたとき、彼は全身の力をこめて女の首をしめつけ、そして女はすでに息絶えていました。

彼の目は霞《かす》んでいました。彼はより大きく目を見開くことを試みましたが、それによって視覚が戻ってきたように感じることができませんでした。なぜなら、彼のしめ殺したのはさっきと変らず矢張り女で、同じ女の屍体《したい》がそこに在《あ》るばかりだからでありました。

彼の呼吸はとまりました。彼の力も、彼の思念も、すべてが同時にとまりました。女の死体の上には、すでに幾つかの桜の花びらが落ちてきました。彼は女をゆさぶりました。呼びました。抱きました。徒労でした。彼はワッと泣きふしました。たぶん彼がこの山に住みついてから、この日まで、泣いたことはなかったでしょう。そして彼が自然に我にかえったとき、彼の背には白い花びらがつもっていました。

そこは桜の森のちょうどまんなかのあたりでした。四方の涯は花にかくれて奥が見えませんでした。日頃のような怖れや不安は消えていました。花の涯から吹きよせる冷めたい風もありません。ただひっそりと、そしてひそひそと、花びらが散りつづけているばかりでした。彼は始めて桜の森の満開の下に坐っていました。いつまでもそこに坐っていることができます。彼はもう帰るところがないのですから。

桜の森の満開の下の秘密は誰にも今も分りません。あるいは「孤独」というものであったかも知れません。なぜなら、男はもはや孤独を怖れる必要がなかったのです。彼自らが孤独自体でありました。

彼は始めて四方を見廻しました。頭上に花がありました。その下にひっそりと無限の虚空がみちていました。ひそひそと花が降ります。それだけのことです。外《ほか》には何の秘密もないのでした。

ほど経て彼はただ一つのなまあたたかな何物かを感じました。そしてそれが彼自身の胸の悲しみであることに気がつきました。花と虚空の冴《さ》えた冷めたさにつつまれて、ほのあたたかいふくらみが、すこしずつ分りかけてくるのでした。

彼は女の顔の上の花びらをとってやろうとしました。彼の手が女の顔にとどこうとした時に、何か変ったことが起ったように思われました。すると、彼の手の下には降りつもった花びらばかりで、女の姿は掻き消えてただ幾つかの花びらになっていました。そして、その花びらを掻き分けようとした彼の手も彼の身体も延《のば》した時にはもはや消えていました。あとに花びらと、冷めたい虚空がはりつめているばかりでした。

青鬼の褌を洗う女

匂いって何だろう?

私は近頃人の話をきいていても、言葉を鼻で嗅《か》ぐようになった。ああ、そんな匂いかと思う。それだけなのだ。つまり頭でききとめて考えるということがなくなったのだから、匂いというのは、頭がカラッポだということなんだろう。

私は近頃死んだ母が生き返ってきたので恐縮している。私がだんだん母に似てきたのだ。あ、また——私は母を発見するたびにすくんでしまう。

私の母は戦争の時に焼けて死んだ。私たちは元々どうせバラバラの人間なんだから、逃げる時だっていつのまにやらバラバラになるのは自然で、私はもう母と一緒でないということに気がついたときも、はぐれたとも、母はどっちへ逃げたろうとも考えず、ああ、そうかとも思わなかった。つまり、母がいないなという当然さを意識しただけにすぎない。私は元々一人ぽっちだったのだ。

私は上野公園へ逃げて助かったが、二日目だかに人がたくさん死んでるという隅田《すみだ》公園へ行ってみたら、母の死骸《しがい》にぶつかってしまった。全然焼けていないのだ。腕を曲げて、拳《こぶし》を握って、お乳のところへ二本並べて、体操の形みたいにすくませてもうダメだというように眉根《まゆね》を寄せて目をとじている。生きてた時より顔色が白くなって、おかげで善人になりましたというような顔だった。

気の弱いくせに夥《おびただ》しくチャッカリしていて執念深い女なのだから、焼けて死ぬなら仕方がないけど、窒息なんて、嘘《うそ》のようで、なんだか気味が悪くて仕方がなかった。あの時から、なんとなく騙《だま》されているような気がしていたので、近頃母を発見するたびに、あの時の薄気味悪さを思いだす。

私が徴用された時の母の慌て方はなかった。男と女が一緒に働くなどというと、すぐもうお腹《なか》がふくらむものだというように母は考えているからである。母は私をオメカケにしたがっていた。それには処女というものが高価な売物になることを信じていたので、母は私を品物のように大事にした。実際、母は私を愛した。私がちょっと食慾《しょくよく》がなくても大騒ぎで、洋食屋だの鮨屋《すしや》からおいしそうな食物をとりよせてくる。病気になるとオロオロして戸惑うほど心痛する。私に美しい着物をきせるために艱難辛苦《かんなんしんく》を意とせぬ代り、私の外出がちょっと長過ぎても、誰とどこで何をしたか、根掘り葉掘り訊問《じんもん》する。知らない男からラヴレターを投げこまれたりして、私がそれを母に見せると、まるで私が現に恋でもしているように血相を変えてしまって、それからようやく落着きを取りもどして、男の恐しさ、甘言手管《かんげんてくだ》の種々相について説明する。その真剣さといったらない。

私はしかし母を愛していなかった。品物として愛されるのは迷惑千万なものである。人々は私が母に可愛《かわい》がられて幸福だというけれども、私は幸福だと思ったことはなかった。

私の母は見栄坊《みえぼう》だから、私の弟が航空兵を志願したとき、内心はとめたくて仕方がないくせに賛成した。知人や近隣に吹聴する方がもっと心にかなっていたからである。夜更けに私がもう眠ったものだと心得て起き上って神棚を伏し拝んで、雪夫や、かんにんしておくれなどとさめざめと泣いたりしているくせに、翌日の昼はゴムマリがはずむような勢いでどこかのオバさんたちに倅《せがれ》の凛々《りり》しさを吹聴して、あることないこと喋《しゃべ》りまくっているのである。

私は徴用を受けたとき、うんざり悲観したけれども、母が私以上に慌てふためくので、馬鹿馬鹿しくて、母の気持が厭《いや》らしくて仕方がなかった。

私は遊ぶことが好きで、貧乏がきらいであった。これだけは母と私は同じ思想であった。母自身がオメカケであるが、旦那《だんな》の外《ほか》にも男が二、三人おり、役者だの、何かのお師匠さんなどと遊ぶこともあるようだった。私にすすめてお金持の、気分の鷹揚《おうよう》な、そしてなるべく年寄のオメカケがよかろうという。お前のようなゼイタクな遊び好きは窮屈な女房などになれないよというのだが、たって女房になりたけりゃ、華族の長男か、千万円以上の財産家の長男の奥方になれという。特に長男でなければならぬというのである。名誉かお金か、どっちか自由にならなけりゃ、窮屈な女房づとめの意味がないというのだ。浮草稼業の政治家だの芸術家はいくら有名でもいつ没落するかも知れないし貧乏で浮気性で高慢で手に負えないシロモノだという。会社員などは軽蔑しきっており、要するに私がお金のない青年と恋をするのが母の最大の心痛事であり恐怖であった。

私は女学校の四年の時に同級生で大きな問屋の娘の登美子さんに誘われてゴルフをやりはじめた。ちょっと映画を見てきても渋い顔をする母が私の願いを許したのは、ゴルフとは華族とか大金満家とか、特権階級というものの遊びで貧乏人の寄りつけないものだと人の話にきいて知っていたからで、だから高価なゴルフ用具もまったく驚く顔色もなく買ってくれた。

独身の若者には華族であろうと大金満家の御曹子《おんぞうし》であろうと挨拶《あいさつ》されてもソッポを向くこと、話しかけられてもフンとも返事をしないこと、その一日の出来事を報告して母の指示を仰ぐこと、細々と訓示を受けたが、実は御年配の大金満家か大華族に見染められればいいという魂胆で、女学生だけ二人づれでゴルフに行くなんて破天荒の異常事だということなどは気がつかないのだ。ガッチリ屋のくせに無智《むち》そのものの世間知らずであった。

あいにくなことに御年配の華族や大金満家には御近づきの光栄を得ず、三木昇という映画俳優と友達になった。美貌《びぼう》を鼻にかけるだけが能で、美貌が身上だと思っており、芸術についての心構えが根底に失われている。ギターが自慢で、不遇なギター弾きの深刻な悲恋か何か演じれば巧技忽《たちま》ち一世を風靡《ふうび》して時代の寵児《ちょうじ》となるのだけれども、それが分りすぎるから同僚の嫉《ねた》みに妨げられて実現できないのだという。ギターをきかせるから遊びにこいとしつこくいうので二人そろって行ってみたが、話の外の素人芸《しろうとげい》で、当人だけが聴きほれて勝手なところで引っぱったり延《の》ばしたりふるわせたり、センスが全然ないばかりか、悪趣味のオマケがあるだけだった。

三木は私を口説《くど》いたが拒絶したので、登美子さんを口説いてこれも拒絶された。私は黙っていたので、登美子さんは自分だけだと思って自慢顔に打開けたが、私は三木の薄ッペラなのが阿呆《あほ》らしくなっていた折だから、その後は交際はやめてしまった。まもなくゴルフの出来ないような時世になって、やがて女学校を卒業したが、登美子さんは拒絶しながら、しかし内々得意になってその後も交際をつづけていた。そして私が登美子さんに誘われてももう三木と遊ばなくなったのを、嫉妬《しっと》のせいだとうぬぼれていたが、私も三木に口説かれたことがあったわ、たぶんあなたよりも先に、といってもそれも嫉妬のせいだと思い、三木に訊《き》いたけどそんなこと大嘘だといったわよといって、鼻をひくひくさせていた。それ以来は一そう得意で、三木の実演だ、研究会だ、というようなく切符《きっぷ》を昔は十枚三十枚ぐらい買ってやっていたのを、百枚二百枚三百枚、五百枚ぐらい買うようになった。パトロンヌ気取りで、時計や洋服を買ってやったり、指環《ゆびわ》を交換しあったり、お金もやったりしていたようだが、温泉だの待合へ泊るようになり、しかし処女はまもっているのだと得意であった。そういう時には私に連絡して私の家へ泊ったように手配しておく。それを私達はアリバイとよんでいたが、私もしかし登美子さんに私のアリバイをたのむことにしていた。

私は登美子さんにアリバイをたのんだけれども、誰とどこで何をしたということは一切語らなかった。登美子さんは根掘り葉掘り訊問する癖があったが、私は、なんでもないのよ、とか、別にいいことじゃないのよ、などと取りあわないから、性本来陰険そのものだとか、秘密癖で腹黒いとか、あなたは純情なんて何もなくてただ浮気っぽいから公明正大に人前にいったり振舞ったりできないのでしょう、ときめつける。

私はしかしそんなことは人には何もいいたくないのだ。つまらないのだ、恋愛なんて。ただそれだけ。

登美子さんは女学校を卒業すると、かねてあこがれの職業婦人で、事務員になったが、堅苦しくて窮屈なので、百貨店の売子になった。私は別に働きたくはなかったけれども、母と一緒に家にいるのが厭なので、勤めに出たくて仕方がなかった。しかし許すどころの段ではなく、そんなことをいいだすと、そろそろ虫がつきだしたとますます監視厳重に閉じこめられるばかり、そのうえ母は焦って、さる土木建築の親分のオメカケにしようとした。この親分は一方ではさる歓楽地帯を縄張りにした親分でもあり、斬《き》ったはったの世界では名の知れた大親分だということだが、もう隠居前で六十を一つか二つ越していた。

私は賑《にぎ》やかなことが好きなタチだから、喧嘩《けんか》の見物も嫌いではなかったけれども、根が至って気のきかない、スローモーション、全然モーローたる立居振舞トンマそのものの性質で、敏活また歯ぎれのよい仁義の世界では全然モーションが合わないのだもの、話にならない。私は別にオメカケが厭だとは思っていなかったが、自由を束縛されることが厭なので、豊かな生活をさせてくれて一定の義務以外には好き放題にさせてくれるなら、八十のオジイサンのオメカケだって厭だとはいわない。親分の名を汚《けが》したの何だのと短刀をつきつけられ小指をつめたり、ドスで忠誠を誓わされ自由を束縛されては堪《た》えられない。

私は母に厭だといったが、もう母親が承諾した以上、今更厭だといえば、命が危い。お前は母を殺していいのかいといって脅迫する。仕方がないから、母には内密に、私から断わることにして、近所の洗濯屋の娘で、薄馬鹿だけれども伝言の口上だけはひどく思いつめて間違いなくハッキリいってくるという、潔癖のすぎたあげくの気違いのような娘がいて、私に変に親しみをこめて挨拶するような仲だから、この娘に伝言をたのんだ。私より三ツ年上のそのとき二十二であった。この娘が私にいわれた通り、無理に親分に会わせてもらって、口上を間違いなく述べたから、親分は笑って、そうかい、よしよし、お駄賃をくれて帰して、その日のうちに相当の乾児《こぶん》を使者に破約を告げて、お嬢さんへ親分からの志といって、まるで結納のように飾りたてた高価な進物《しんもつ》をくれた。

そうこうするうちオメカケなぞは国賊のような時世となって、まっさきに徴用されそうな形勢だから、母は慌ててやむなくオメカケの口はあきらめ、徴用逃《のが》れに女房の口を、といいだしたけれども、たかがオメカケの娘だもの、華族様だの千万長者の三太夫《さんだゆう》の倅だって貰《もら》いに来てくれるものですか。そこへ徴用が来たのだから、母は血相を変えた。そしてその晩、夕食の時にはオロオロ泣きだしてしまったものだ。

世間の娘が概してそうなのか私は人のことは知らないけれども、私や私のお友達は戦争なんか大して関心をもっていなかった。男の人は、大学生ぐらいのチンピラ共まで、まるで自分が世界を動かす心棒でもあるような途方もないウヌボレに憑《つ》かれているから、戦争だ、敗戦だ、民主主義だ、悲憤慷慨《ひふんこうがい》、熱狂協力、ケンケンガクガク、力みかえって大変な騒ぎだけれども、私たちは世界のことは人が動かしてくれるものだときめているから勝手にまかせて、世相の移り変りには風馬耳《ふうばじ》、その時々の愉《たの》しみを見つけて滑りこむ。日頃オサンドンの訓練、良妻賢母、小笠原流、窮屈の極点に痛めつけられているから単純な遊びでも御満悦で、戦争の真最中でも困らない。国賊などと呼ばれても平チャラで日劇かなんかグルリと取りまいて三時間五時間立ちン坊をして、ひどく退屈だけれども、退屈でも面白いのである。私は退屈というものは案外ほんとに面白いんじゃないかと思っている。だってほかに、ほんとに面白いという何かがあるのだろうか。

ところが女房となると全然別種の人間で、これぐらい愚痴《ぐち》ッぽくて我利我利《がりがり》人種はないのである。職業軍人の奥方をのぞいたら、女房と名のつく女で戦争の好きな女は一人もいない。恨み骨髄《こつずい》に徹して軍部を憎み政府を呪《のろ》っているのも、自分の亭主が戦争にかりたてられたり、徴用されたり、それだけの理由で、だから私にはわけが分らない。私は亭主なんてムダで高慢なウルサガタが戦争にかりだされて行ってしまえば、さぞ清々するだろうに、と思われるのに。

生活的に男に従属するなんて、そして、たった一人の男が戦争にとられただけで、世界の全部がなくなるようになるなんて、なんということだろう。私には、そんな惨《みじ》めなことは堪えられない。

私の母は、これはオメカケで、女房ではないのだけれども、これまた途方もなく戦争を憎み呪っていた。しかしさすがにオメカケらしく一向に筋が通らずトンチンカンに恨み骨髄に徹していて、タバコが吸えなかったり、お魚がたべられなくなったり、そんなことでも腹を立てていたが、何といってもオメカケが国賊となり、私の売れ口がなくなったのが、口惜しさ憎さの本尊だった。

「ああ、ああ、なんという世の中だろうね」

と母は溜息《ためいき》をもらしたものだ。

「早く日本が負けてくれないかね。こんな貧乏たらしい国は、私はもうたくさんだよ。あちらの兵隊は二日で飛行場をつくるんだってね。チーズに牛肉にコーヒーにチョコレートにアップルパイにウイスキーかなんかがないと戦争ができないてんだから大したものじゃないか。日本なんか、おまえ、亡《ほろ》びて、一日も早くあちらの領分になってくれないかね。そのとき私が残念なのは日本の女が洋服を着たがることだけだよ。着物をきちゃいけないなんてオフレが出たら、私ゃいったい、どうすりゃいいんだい。おまえは洋装が似合うからいいけれど、ほんとに、おまえ、そのときはシッカリしておくれよ」

要するに私の母は戦争なかばに手ッ取りばやく日本の滅亡を祈ったあげく、すでに早くも私をあちらのオメカケにしようともくろんだ始末で、そのくせ時ならぬ深夜に起き上って端坐して、雪夫や許しておくれ、などと泣きだしてしまう。雪夫や、シッカリ、がんばれ負けるなというかと思うと、じれったいね、おまえ飛行機乗りは見張りがついてるわけじゃないんだから、敵陣へ着陸して、降参して、助けて貰えばいいじゃないか。どうせ日本は亡びるんだよ。ほんとにまァ、トンマな子だったらありゃしない。

母は私の妹を溺愛《できあい》のあまり殺していた。盲腸炎で入院して手術の後、二十四時間絶対に水を飲ましてはいけないというのに、私と看護婦のいないとき幾度か水を飲ませたあげく腹膜を起させ殺してしまった。そのせいではないけれども、私は母に愛されるたび、殺されるような寒気を覚えるばかり、嬉《うれ》しいと思ったこともないのである。無智なのだ。私は貧乏と無智は嫌いであった。

私はそのころまったく母の気付かぬうちに六人の男にからだを許していた。その男たちの姓名や年齢、どこでどうして知りあったか、そんなことは私はいいたくもないし、全然問題にしてもいないのだ。ただ好きであればいい、どこの誰でも、一目見た男でも、私がそれを思い出さねばならぬ必要があるなら、私は思いだす代りに、別な男に逢《あ》うだけだ。私は過去よりも未来、いや、現実があるだけなのだ。

それらの男の多くは以前から屢々《しばしば》私にいい寄っていたが、私は彼らに召集令がきて愈々《いよいよ》出征するという前夜とか二、三日前、そういう時だけ許した。後日、娘たちの間に、出征の前夜に契《ちぎ》って征途をはげます流行があるときいたが、私のはそんな凜々しいものではなかった。私はただクサレ縁とか俺《おれ》の女だなどとウヌボレられて後々までうるさく附《つ》きまとわれるのが厭だからで、六人のほかに、病弱の美青年が二人、この二人にも許していいと思っていたが、召集解除ですぐ帰されそうなおそれがあったので、許さなかった。果して一人は三日目に戻ってきたが、一人は病院へ入院したまま終戦を迎えた。

登美子さんは不感症だそうだ。そのせいか、美男子を見ると、顫《ふる》えが全身を走ったり、堅くなったり、胸がしめつけられたり、拳をにぎったり、圧迫されるそうだけれども、私はそんなことはない。

私は不感症の反対で、とても快感を感じる。けれども私はその快感がたって必要な快感だとも思わないので、そういう意味で男の必要を感じたことは一度もなかった。ちょっと感じても、すぐまぎれて、忘れてしまうことができる。だから私は六人の男に許したときも、自分が浮気だとは思わずに、電車の中だの路上だので、思わず赧《あか》くなったり胴ぶるいがするという登美子さんが、よっぽど浮気なのだと思っている。私はあんなことは平凡で適度なのが好きだ。中には色々変な術を弄《ろう》して夢中にさせる男もいるけれども、あとで思いだすと不愉快で、ほんとに弄《もてあそ》ばれたとか辱《はずか》しめられたという気持になるから、あんな時にあんな風に女を弄ぶ男は嫌いだ。あんなことは平凡で、常識的で、適度でなければならないものだ。

私は終戦後三木昇に路上であってお茶をのんだが、そのとき思いついたように私を口説いて、技巧がうまくてそのうえ精力絶倫で二日二晩窓もあけず枕もとのトーストやリンゴを嚙《かじ》りながら遊びつづけることもできるのだから、どんな浮気な女でも夢中になったり、感謝したりするなどといった。私は夢中になるのは好きじゃないと答えたが、彼は女のてれかくしだと思って、ネ、いいだろう、路上で私の肩をだいたが、抱かれた私は抱かれたまま百米《メートル》ほど歩いたけれども、私はそんな時は食べもののことかなんか考えていて、抱いている男のことなどは考えていない。

私は男に肩をだかれたり、手を握られたりしても、別にふりほどこうともしないのだ。面倒なのだ。それぐらいのこと、そんなことをしてみたいなら、勝手にしてみるがいいじゃないか。するとすぐ男の方はうぬぼれて私にその気があると思って接吻《せっぷん》しようとしたりするから、私は顔をそむける。しかし、接吻ぐらいさせてやることは何度もあった。顔をそむける方が面倒くさくなるから。すると忽ちからだを要求してくるけれども、うん、いつかね、と答えて、私はもうそんな男のことは忘れてしまう。

私の徴用された会社では、私が全然スローモーションで国民学校五年生ぐらいの作業能力しかないので驚いた様子であった。私はすぐ事務の方へ廻《まわ》されたが、ここでも問題にならなかった。

★

けれども別に怠けているわけでもなく、さりとて特別につとめるなどということは好きな男の人にもしてあげたことのない性分なのだから、私はヒケメにも思わなかったし、人々も概して寛大であった。

会社は本社の事務と工場の一部を残して分散疎開することになり、私の部長は工場長の一人となって疎開に当り、私にうるさく疎開をすすめた。

私が何より嫌いなのは病気になることと、そして、それ以上に、死ぬことであった。戦争が本土ではじまることになったら山奥へ逃げこんでも助かるつもりでいたが、まだ空襲の始まらぬ時だったので、遊び場のない田舎《いなか》へ落ちのびる気持にもならなかった。

私は平社員、課長、部長、重役、立身出世の順序通りに順を追うて口説かれたが、私は重役にだけ好感がもてた。若い男達が口説くというよりただもうむやみにからだを求めるのを嫌うわけではなく、私自身は肉慾的な要求などはあんまりないのだけれども、私は男女が愛し合うのは当然だと思っており、その世界を全面的に認めているから、たとえば三木昇が好色で肉情以外に何もなくとも、そのことで軽蔑はしなかった。できないのだ。文化というのだか、教養というのだか、なんだか私にもよく分らぬけれども、精神的に何かが低いから厭になっただけであった。

母の旦那は大きな商店の主人であったが、山の別荘へ疎開した。その隣村の農家だかに部屋があるからという知らせがきて、母は疎開したがったが、私が徴用で動けないので、大いに煩悶《はんもん》していたが、空襲がはじまり、神田《かんだ》がやられ、有楽町《ゆうらくちょう》がやられ、下谷《したや》がやられ、近いところにポツポツ被害があったりして、母も観念して単身荷物と共に逃げだした。母もまた私同様病気と死ぬことが何よりの嫌いで、雪夫は医者に育てるのだと小さい時からきめていたのは、少しでも長生きしたいという計算からであった。

母は一週間に一度ずつ私を見廻りに降りてきた。けれども実際は若い男と密会のためで、これだけは私に隠しておきたかったのだけれども、交通も通信も不自由で、打合せがグレハマになるから、仕上げは御見事というわけにも行かず、男を家へひきいれて酒をのみ泊めてやることもあった。

私は母だから特別の生き方を要求するような気持は微塵《みじん》もなく、私が自由でありたいように、母も私に気兼ねなどしない方がサッパリして気持がいいと思っていたが、私はしかし母が酔っ払うとダラシなくなるのと、男が安ッポすぎたのでなさけなかった。

三月十日の陸軍記念日には大空襲があるから三月九日には山へ帰るのだと母はいっていた。そのくせ男との連絡がグレハマにいったので、九日の夜にはいってようやく男に会えて家へつれてきて酒をのんでいた。この日のために山から持ってきた鶏だの肉だの、薄暗がりで料理する女中につきあって私も起きており、警戒警報のでた時は母の酒宴はまだ終らず、私のきいているラジオの前へやってきて、ダイヤルの光をたよりにまた酒もりをはじめた。三機ほど房総の方からはいってきて投弾せず引返し、またしばらくして三機ほど同じコースからはいってきて、これも投弾せず引返してしまった。もう引返してしまったから解除になるだろうなどといっていると、外の見張所で、敵機投弾、火事だ火事だ、という。すると私たちの頭上をガラガラひどい音がした。二階の窓へ物見に行った女中が大変、もう方々一面に火の手があがっているという。わけが分らずボンヤリしているうちに空襲警報がなったのだ。

モンペもつけず酔っ払っていた母の身仕度に呆《あき》れるぐらいの時間がかかったけれども、夜襲の被害を見くびることしか知らなかった私は窓をあけて火の手を見るだけの興味も起らず暗闇《くらやみ》の部屋にねころんでおり、荷物をまとめて防空壕へ投げこんで戻るたび、あっちへも落ちた、こっちにも火の手があがったというけたたましい女中の声をきき流していた。

　そのとき母のさきに身仕度をととのえて私の部屋へきていた男が酒くさい顔を押しつけてきて、私が顔をそむけると、胸の上へのしかかってモンペの紐《ひも》をときはじめたので、私はすりぬけて立ちあがった。母がけたたましく男の名をよんでいた。私の名も、女中の名もよんだ。私は黙って外へでた。

　グルリと空を見廻したあの時の私の気持というものは、壮観、爽快《そうかい》、感歎《かんたん》、みんな違う。あんなことをされた時には私の頭は綿のつまったマリのように考えごとを喪失するから、私は空襲のことも忘れて、ノソノソ外へでてしまったら、目の前に真ッ赤な幕がある。火の空を走る矢がある。押しかたまって揉《も》み狂い、矢の早さで横に走る火、私は吸いとられてポカンとした。何を考えることもできなかった。それから首を廻したらどっちを向いても真ッ赤な幕だもの、どっちへ逃げたら助かるのだか、私はしかしあのとき、もしこの火の海から無事息災に脱出できれば、新鮮な世界がひらかれ、あるいはそれに近づくことができるような野獣のような期待に亢奮《こうふん》した。

　翌日あまりにも予期を絶した戦争の破壊のあとを眺めたとき、私は住む家も身寄の人も失っていたが、私はしかしむしろ希望にもえていた。私は戦争や破壊を愛しはしない。私は私にせまる恐怖は嫌いだ。私はしかし古い何かが亡びて行く、新《あた》らしい何かが近づいてくる、私はそれが何物であるか明確に知ることはできなかったが、私にとっては過去よりも不幸ではない何かが近づいてくるのを感じつづけていたのだ。

全くサンタンたる景色であった。焼け残った国民学校は階上階下階段まで避難民がごろごろして、誰の布団もかまわず平気で持ってきてごろごろ寝ている男達、人の洋服や人のドテラを着ている者、それは私のだといわれて、じゃア借りとくよですんでしまう。顔にヤケドして顔一面に軟膏《なんこう》ぬって石膏の面みたいな首だけだして寝ている十七、八の娘の布団を、三枚は多すぎらといって一枚はいで持って行って自分の連《つれ》の女にかけてやる男もある。何かねえのか食べ物は、と人のトランクをガサガサ掻《か》きまわすのを持主がポカンと見ているていたらくで、あっちに百人死んでる、あの公園に五千人死んでるよ、あそこじゃ三万も死んでら、命がありゃ儲《もう》け物《もの》なんだ、元気だせ、幽霊みたいな蒼白《そうはく》な顔で一家の者を励ます者、屍体《したい》の底の泥の中に顔をうずめて助かって這《は》いだしてきたという男はその時は慾がなかったけれどもこうして避難所へ落着いてみると無一物が心細くて、かきわけた屍体に時計をつけた腕があったが、せめてあの時計を頂戴《ちょうだい》してくればよかったといっている。この男はまだ顔の泥をよく落しておらないけれども、大概似たような汚い顔の人たちばかり、顔を洗うことなんか誰も考えていない。

私と女中のオソヨさんは水に浸した布団をかぶって逃げだしたが、途中に火がつき、布団をすて、コートに火がついてコートをすて、羽織も同じく、結局二人ながら袷《あわせ》一枚、無一物であったが、オソヨさんの敏腕で布団と毛布をかりてくるまり、これもオソヨさんの活躍で乾パンを三人前、といったって三枚だ、一日にたったそれだけ、あしたはお米を何とかしてあげる、と係りの者がいうので空腹だけれども我慢して、そして私はオソヨさんが、もう東京はイヤだ、富山の出舎へ帰る、でも無一物で、どうして帰れることやら、などとさまざまにこぼすのをききながら、私はしかし、ほんとにそうね、などと返事をしても、実際は無一物など気にしていなかった。

何も持たない避難民同士のなかから布団と毛布がころがりこむし、三枚の乾パンでは腹がペコペコだけれども、あしたはお米がくるというから、私は空腹よりも、こうして坐っていると人が勝手にいろいろ何とかしてくれるのが面白くて仕方がない。私はちょっとした空腹などより、人間同士の生活の自然のカラクリの妙がたのしい。窮すれば通ず、困った時には自然に何とかなるものだ、というのが、私がこれまでに得た人生の原理で、私に母をたよる気持のないのも、私の心の底にこんな瘤《こぶ》みたいな考えがあるせいだろう。私は我まま一ぱいに育てられたけれども、たとえば母も女中も用たしにでて私一人で留守番をしてお料理はお前が好きなようにこしらえておあがりといわれていても、私は冷蔵庫のお肉やお魚には手をつけずカンヅメをさがす、カンヅメがなければ御飯にカツブシだけ、その出来あがった御飯がなければ、あり合せのリンゴやカステラの切はしだけでも我慢していられる。ペコペコの空腹でも私はねころんで本を読んでいるのだ。だから我まま一ぱいなどといっても空腹には馴《な》れており、それも我ままのせいかも知れないけれども、我ままもまた相当に困苦欠乏に堪える精神を養成するもので、満堂数千の難民のなかで私が一番不平をいわないようだった。

私自身がそんな気持だから、人々の不幸が私にはそれはいうまでもなく不幸は不幸に見えるけれども、また、別のものに見えた。私には、たしかに夜明けに見えたのだ。私はハッキリ母と別な世界に、私だけで坐っている自分を感じつづけていた。私がふと気にかかるのはもう母に会いたくないということだけで、私はここにこうしている、母もどこかにこんな風にしているだろう、そしてこのまま永遠にバラバラでありたいということだけであった。

私にとっては私の無一物も私の新生のふりだしの姿であるにすぎず、そして人々の無一物は私のふりだしにつきあってくれる味方のようなたのもしさにしか思われず、子供は泣き叫び空腹を訴え、大人たちは寒気と不安に蒼白となり苛々《いらいら》し、病人たちが呻《うめ》いていても、そしてあらゆる人々が泥にまみれていても、私は不潔さを厭《いと》いもしなければ、不安も恐怖もなく、むしろ、ただ、なつかしかった。私のような娘(私のような娘が何人いるのか私は知らないけれども）ともかく私のような娘にとっては、日本だの祖国だの民族だのという考えは大きすぎて、そんな言葉は空々しいばかりで始末がつかない。新聞やラジオは祖国の危機を叫び、巷《ちまた》の流言は日本の滅亡を囁《ささや》いていたが、私は私の生存を信じることができたので、そして私には困った時には自然にどうにかなるものだという心の瘤があるものだから、私は日本なんかどうなっても構わないのだと思っていた。

私には国はないのだ。いつも、ただ現実だけがあった。眼前の大破壊も、私にとっては国の運命ではなくて、私の現実であった。私は現実はただ受け入れるだけだ。呪ったり憎んだりせず、呪うべきもの憎むべきものには近寄らなければよいという立前《たてまえ》で、けれども、たった一つ、近寄らなければよい主義であしらうわけには行かないものが母であり、家というものであった。私が意志して生れたわけではないのだから、私は父母を選ぶことができなかったのだから、しかし、人生というものは概してそんなふうに行きあたりバッタリなものなのだろう。好きな人に会うことも会わないことも偶然なんだし、ただ私には、この一つのもの、絶対という考えがないのだから、だから男の愛情では不安はないが、母の場合がつらいのだ。私は「一番」よいとか、好きだとか、この一つ、ということが嫌いだ。なんでも五十歩百歩で、五十歩と百歩は大変な違いなんだと私は思う。大変でもないかも知れぬが、ともかく五十歩だけ違う。そして、その違いとか差というものが私にはつまり絶対というものに思われる。私は、だから選ぶだけだ。

オソヨさんが富山へ帰る途中に赤倉があるから、私は山の別荘へ母の死去を報告に行ってみようか、会社へ顔をだしてみようか、迷っているうち、布団と毛布の持主が立去ることになり、仕方がないから私も山へ行こうと思っていると、専務が私を探しにきてくれた。どうにかなるということが、こうして実際行われてくるのを知りうることが、私を特別勇気づけてくれた。

私は山の別荘へ行くことは好まなかった。母の旦那と私には血のつながりはないのだけれども、やっぱり親の代理みたいに威張られ束縛されるのが不安であったし、私はそれに避難民列車にのって落ちて行くのがなんとも惨めで堪えがたい思いになっていた。

避難民は避難民同士という垣根のない親身の情でわけへだてなく力強いところもあったが、垣根のなさにつけこんで変に甘えたクズレがあり、アヤメも分たぬ夜になると誰が誰やら分らぬ男があっちからこっちから這いこんできて、私はオソヨさんと抱きあって寝ているからオソヨさんが撃退役でシッシッと猫でも追うように追うのがおかしくて堪《たま》らないけど、同じ男がくるのだか別の男なのだか、入り代り立ち代り眠るまもなく押しよせてくるので、私たちは昼間でないと眠るまがない。

日本人はいつでも笑う。おくやみの時でも笑っているそうだけれども、してみると私なんかが日本人の典型ということになるのか、私は人に話しかけられると大概笑うのである。その代りには、大概返事をしたことがない。つまり、返事の代りに笑うのだ。なぜといって、日本人は返事の気持の起らない月並なことばかり話しかけるのだもの、今日は結構なお天気でございます、お寒うございます、いわなくっても分りきっているのだから、私がほんとにそうでございますなんて返事をしたら却《かえっ》て先さまを軽蔑、小馬鹿のように扱う気がするから、私は返事ができなくて、ただニッコリ笑う。私は人間が好きだから、人を軽蔑したり小馬鹿にしたり、そんな気のきいたことはとてもできない。今日は結構なお天気でございます、お寒うございます、私はあるがまま受け入れて決して人を小馬鹿にしない証拠に最も愛嬌《あいきょう》よくニッコリ笑う。すると人々は私が色っぽいとか助平たらしいとかいうのである。

私は元来無口のたちで、喋らなくてもすむことなら大概喋らず、タバコが欲しい時にはニュウと手を突きだす。タバコちょうだい、とってちょうだい、そんなことをいわなくともタバコの方へ手をのばせば分るのだから、黙って手をニュウとだす、するとその掌の上へ男の人がタバコをのせてくれるものだときめているわけでもなくて、のせてくれなければタバコのある方へ腰をのばしてますますニュウと手を突きのばして、あげくに、ひっくりかえってしまうこともあるけれども、私は孤独になれていて、人にたよらぬたちでもあり、怠け者だから一人ぼっちの時でも歩いて取りに行かず、腰をのばし手をのばして、あげくに摑《つか》んだとたん、ひっくりかえるというやり方であった。けれども男は女に親切にしてくれるものだと心得ているから、男の人が掌の上へタバコをのっけてくれても、当り前に心得て、めったに有難うなどとはいったことがない。

だから私はあべこべに、男の人が私の膝《ひざ》の前のタバコを欲しがっていることが分ると、本能的にとりあげて、黙ってニュウと突きだしてあげる。そういうところは私は本能的に親切で、つまり女というものの男に対する本能的な親切なのだろう。その代り、私は概《おお》ねウカツでボンヤリしているから、男の人が何を欲しがっているか、大概は気がつかないのである。しかし根は親切そのもので、知らない男の人にでもわけへだてなく親切だから、登美子さんは私のことを天下に稀《ま》れな助平だという。つまり、たまたま汽車の隣席に乗り合せた知らない男の人がマッチを探しているのを見ると、私は本能的に私のポケットのマッチをつかんで黙ってニュウとつきだしてあげる。私は全く他意はなく、女というものの男に対する本能だもの、これは親切とよぶべきもので、助平などとは意味が違うものなのだ。電車の中で正面に坐っている美青年に顔をほてらせたり、からだが堅くなったり、胸や腰がキュウとしまるという登美子さんが、それも本能だろうから、私は別に助平だとは思わないが、私にくらべて浮気だろうと思うのである。

けれども男の人たちも登美子さんと同じように私の親切を浮気のせいだと心得て、たちまち狎《な》れて口説いたり這いこんだりする。特別、避難所の国民学校では屈することなくしっきりなしの猛襲にうんざりして、こんな人たちとこんな風に都を落ちて見知らぬ土地へ流れるなんて、私はとても、甘えすぎたクズレが我慢のできない気持でもあった。だから私は専務を見るとホッと安堵《あんど》、私はたちまち心を変えて別荘への伝言をオソヨさんにたのみ、私は専務にひきとられた。

★

久須美(専務)は五十六であった。

さして瘦《や》せてるわけでもないが、六尺もあるから針金のようにみえる。獅子鼻《ししばな》で、ドングリ眼《まなこ》で、醜男《ぶおとこ》そのものだけれども、私はしかし、どういうせいか、それが初めから気にかからなかった。まじりけのない白髪が私にはむしろ可愛く見え、ドングリ眼も獅子鼻も愛嬌があって私はほんとに嘘や虚勢ではなく可愛く見える。私は少女のころから男の年齢が苦にならず、女学生の時も五十をすぎた教頭先生が好きでたまらなかった。この人も美しい人ではなかった。

終戦後、久須美は私に家をもたせてくれたが、彼はまったく私を可愛がってくれた。

そしてあるとき彼自身私に向って、君は今後何人の恋人にめぐりあうか知れないが、私ぐらい君を可愛がる男にめぐりあうことはないだろうな、といった。

私もまったくそうだと思った。久須美は老人で醜男だから、私は他日、彼よりも好きな人ができるかも知れないけれども、しかしどのような恋人も彼ほど私を可愛がるはずはない。

彼が私を可愛がるとは、たとえば私が浮気をすると出刃《でば》庖丁《ぼうちょう》かなにか振り廻して千里を遠しとせず復縁をせまって追いまわすという情熱についてのことではなくて、彼は私が浮気をしても許してくれる人であった。

彼は私の本性を見ぬいて、その本性のすべてを受けいれ、満足させてくれようとする。彼が私に敢《あえ》て束縛を加えることは、浮気だけはなるべくしてくれるな、浮気するなら私には分らぬようにしてくれ、というぐらいのことだけであった。

だいたい私みたいなスローモーションの人間は、とても世間並の時間の速力というものについて行けない。けれども私は人と時間の約束したり一つの義務を負わされると、とても脅迫観念に苦しめられるけれども、どうしてもスローモーションだからダメで、会社へでていたころは二時間三時間、五時間六時間おくれる。終業の三十分前ぐらいに出勤して、今ごろ出てくるなら休みなさいなどと皮肉られても、私だってそんな出勤が無意味と知りながら出てゆくからには、どんなに脅迫観念に苦しめられていたか、久須美だけはそれを察して、専務が甘やかすから、などと口うるさくても、彼は私に一言の非難もいわず、常にむしろいたわってくれた。

私は好きな人と、たとえば久須美と、旅行の約束をして、汽車の時間を二時間三時間おくれてしまう。たとえば私が出かけようとして身支度ととのえているところへ、知りあいの隠居ジイサンなどがやってきて、ほらごらんよ、うちの孟宗《もうそう》でこんなタバコ入れをこしらえたから、などと見せにきて一時間二時間話しこむ。私は嫌いな人にでも今日は用があるから帰ってなどとはいえないたちで、まして仲よしの隠居ジイサンだから、帰って、とはとてもいえない。私は私の意志によってどっちの好きな人を犠牲にすることもできないから、眼前に在《あ》る力、現実の力というものの方にひかれて一方がおろそかになるまでのことで、これは私にとっては不可抗力で、どうすることもできないのだもの。

久須美はそういう私をいたわってくれた。だから私たちの旅行はトンチンカンで、目的地へつかないうちに、この汽車はここまでだから降りてくれという、つまり汽車がなくなったのだ、仕方なしに思いがけないところで降されて、しかし、そのために叱《しか》られるということのない私はそのトンチンカンが新鮮で、パノラマを見ているような楽しい思いがけない旅行になる。

ほんとうに醜い人間などいるはずのないもので、美というものは常に停止して在るのじゃなくて、どんなものでも、ある瞬間に美しかったり、醜かったりするものだ。私にとって、寝室の久須美は常に可愛く、美しかった。

私は若い女だもの、美しい青年と腕を組んで並木路を歩いたり、美青年に荷物をもってもらったり自動車をよびに走ってもらったり、チヤホヤかしずかれて銀座など買物に歩いて、人波を追いつ追われつ、人波のあいまから目と目を見合せて笑いあう。

久須美にはもうそんな若い目はなくなっている。そして、そんな仇《あだ》な目のかわりには、ゴホンゴホンという咳《せき》などしかなくなっているのである。

しかし、そんな若い目は、男と女のつながりの上では、たかが風景にすぎないではないか。並木路の散歩、楽しい買物、映画見物、喫茶店、それらのことは、恋人同士の特権のように思われがちだけれども、私はあべこべに、浮気心、仇心の一興、また、一夢というようなものにすぎないと考える。

私はむかし六人の出征する青年に寝室でやさしくしてあげたが、また、終戦後も、久須美の知らないうちに、何人かの青年たちと寝室で遊んだこともある。けれどもそれもただ男と女の風景であるにすぎず、いわば肉体の風景であるにすぎない。

しかし久須美に関する限り私はもはや風景ではなかった。私が一人ぽっちねころんで、本を読んでいたり、物思いにふけっていたり、うとうとしているとき久須美が訪れてくる。どのような面白い読書でも、静かな物思いでも、安らかな眠りでも、私はそれを捨てたことを露すらも悔《くや》みはしない。私はただニッコリし、彼をむかえ、彼の愛撫《あいぶ》をもとめ、彼を愛撫するために、二本の腕をさしだして、彼をまつ。私はその天然自然の媚態《びたい》だけが全部であった。

このような媚態は、久須美が私に与えたものであった。私はその時まで、こんな媚態を知らなかったのに、久須美にだけ天然自然にこうするようになったので、つまり彼が一人の私を創造し、一つの媚態を創作したようなものだった。

それは一つの感謝のまごころであった。このまごころは心の形でなしに、媚態の姿で表われる。私はどんなに快い眠りのさなかでもふと目ざめて久須美を見ると、モーローたる嗜眠《しみん》状態のなかでニッコリ笑い両腕をのばして彼を待ち彼の首ににじりよる。

私は病気の時ですら、そうだった。私は激痛のさなかに彼を迎え、私は笑顔と愛撫、あらゆる媚態を失うことはなかった。長い愛撫の時間がすぎて久須美が眠りについたとき、私は再び激痛をとりもどした。それはもはや堪えがたいものであったが、私はしかし愛撫の時間は一言の苦痛も訴えず最もかすかな苦悶の翳《かげ》によって私の笑顔をくもらせるようなこともなかった。それは私の精神力というものではなく、盲目的な媚態がその激痛をすら薄めているという性質のものであった。七転八倒《しちてんばっとう》というけれども、私は至極の苦痛のためにある一つの不自然にゆがめられた姿勢から、いかなる身動きもできなくなり、生れて始めて呻く声をもらした。久須美は目をさまし、はじめは信じられない様子であったが、慌てて医師を迎えたときは手おくれで、なぜなら私はその苦痛にもかかわらず彼が自然に目をさますまで彼を起さなかったから、すでに盲腸はうみただれて、腹の中は膿《うみ》だらけであり、その手術には三時間、私は腹部のあらゆる臓器をいじり廻されねばならなかった。

この天然自然の育ち創《つく》られてきた媚態を鑑賞している人は久須美だけが一人であった。若い目と目が人波を距ててニッコリ秘密に笑いあうとき、そこには仇な夢もこもり、花の匂いも流れ、若さのおのずからの妖《あや》しさもあったが、だからまた、そこには、退屈、むなしさ、自ら己を裏切る理智もあった。要するに仇心、遊びと浮気の目であった。美青年に手を握られてみたいような、なんとなくそんな気持になる時もあり、美青年と一緒に泊りたわむれてウットリさせられたり、私はしかしそんな遊びのあとでは、いつも何かつまらなくて、退屈、私は心の重さにうんざりするのであった。

しかし私が久須美をめがけてウットリと笑い両手を差しのべてにじりより、やがて胸に白髪をだきしめて指でなでたりいじってやったり愛撫に我を忘れるとき、私の笑顔も私の腕も指も、私のまごころの優しさが仮に形をなした精、妖精《ようせい》、やさしい精、感謝の精で、もはや私の腕でも笑顔でもなく、私自身の意志によって動くものではないようだった。

つまり私は本性オメカケ性というのだろう。私の愛情は感謝であり、私は浮気のときは男に遊ばせてもらってウットリさせられたりするけれども、私自身が自然の媚態と化してただもう全的に男のために私自身をささげるときは、感謝によるのであった。要するに私は天性の職業婦人で、欲しいものを買っていただき、好きな生活をさせてもらう返礼におのずから媚態と化してしまう。そのかわりお洗濯をしてあげたいとか、お料理をこしらえて食べさせてあげたいとか、考えたこともない。そんなものはクリーニング屋とレストランで間に合わせればよいと思っており、私は文化とか文明というものはそういうものだと考えていた。

私はしかしあんまり充《み》ち足り可愛がられるので反抗したい気持になることがあった。反抗などということはミミッちくて、私はきらいなのだ。私は風波《ふうは》はすきではない。度を過《す》ごした感動や感激なども好きではない。けれども充ち足りるということが変に不満になるのは、これも私のわがままなのか、私は、あんな年寄の醜男に、などと、私がもう思いもよらず一人に媚態をささげきっていることが、不自由、束縛、そう思われて口惜しくなったりした。実際私はそんな心、反抗を、ムダな心、つまらぬこと、と見ていたが、おのずから生起する心は仕方がない。

ふと孤独な物思い、静かな放心から我にかえったとき、私は地獄を見ることがあった。火が見えた。一面の火、火の海、火の空が見えた。それは東京を焼き、私の母を焼いた火であった。そして私は泥まみれの避難民に押しあいへしあい押しつめられて片隅に息を殺している。私は何かを待っている。何ものかは分らぬけれど、それは久須美でないことだけが分っていた。

昔、あのとき、あの泥まみれの学校いっぱいに溢《あふ》れたつ悲惨な難民のなかで、私はしかし無一物そして不幸を、むしろ夜明けと見ていたのだ。今私がふと地獄に見る私には、そこには夜明けがないようだ。私はたぶん自由をもとめているのだが、それは今では地獄に見える。暗いのだ。私がもはや無一物ではないためかしら。私は誰かを今よりも愛すことができる、しかし、今よりも愛されることはあり得ないという不安のためかしら。燃える火の涯《はて》もない曠野《こうや》のなかで、私は私の姿を孤独、ひどく冷《つ》めたい切なさに見た。人間は、なんてまアくだらなく悲しいものだろう、馬鹿げた悲しさだと私はいつもそんなときに思いついた。

私が入院しているとき、お相撲の部屋の親方だかが腫物《はれもの》か何かで入院しており、一門のお弟子、関取から取的《とりてき》まで、食事のドンブリや鍋《なべ》に何か御馳走《ごちそう》を運んできたり、お酒をぶらさげてきたり賑やかだったが、その一人に十両の墨田川というのは私の同じ町内、同じ国民学校の牛肉屋の子供で、出征の前夜に私の許した一人であった。

さっそく私に結婚してくれなどといったけれども、彼も物分りの悪い男ではなく、女に不自由のない人気稼業で、十両ぐらいで結婚なんて、おかしいでしょう、というと、じゃア時々会ってなどといったが、病後だからとその時はすんだけれども、巡業から戻ってくるたび、毎日のようにやってくる。

墨田川は下町育ちだから理づめの相撲で、突っぱって寄る、筋骨質でふとってはいないけれど腰が強くて投げもあり、大関までは行けると噂《うわさ》のある有望力士であったが、下町気風のあっさり勝負を投げてしまうところがあって、しつこく食いさがるねばりがない。稽古の時は勝っても負けてもとても綺麗《きれい》で、調子づくと五人十人突きとばして役相撲まで食ってしまう地力があるのに、本場所になると地力がでずに弱い相手に負けるのは、ちょっと不利になるとシマッタと思う、つまり理智派の弱点で、自分の欠点を知っているから、ちょっとの不利にも自ら過大にシマッタと思う気分の方が強くて、不利な体勢から我武者羅《がむしゃら》に悪闘してあくまでネバリぬく執拗《しつよう》なところが足りないのだ。シマッタと思うとズルズル押されて忽ちたわいもなくやられてしまう。弱い相手に特にそうで、強い相手には大概勝つ。つまり強い相手には始めから心構えや気組が変って慎重な注意と旺盛《おうせい》な闘志を一丸に立向っているからなのである。

私は勝負は残酷なものだと思った。もてる力量などはとてもたよりないもので、相撲の技術や体力や肉体の条件のほかに、そういう精神上の条件、性格気質などもやっぱり力量のうちなのだろうか。有利の時にはちっともつけあがらず、相撲しすぎるということがなく、理づめに慎重にさばいて行く、いかにも都会的な理智とたしなみと落着きが感じられるくせに、不利に対して敏感すぎて、彼の力量なら充分押しかえせる微小な不利にも頭の方で先廻りをして敗北という結果の方を感じてしまう。だから一気に弱気になって、こんなことではいけない、ここでガンバラなくてはと気持をととのえた時には、もう取り返しがつかないほど追いこまれていて、どうにもならない。

私は稽古も見に行ったし、本場所は毎日見た。彼は私の席へきて前頭《まえがしら》から横綱の相撲一々説明してくれるが、力と業《わざ》の電光石火の勝負の裏にあまり多くの心理の時間があるのを知った。力と業の上で一瞬にすぎない時間が、彼らの心理の上では彼らの一日の思考よりも更に多くの思考の振幅があるのであった。大きな横綱が投げとばされて、投げにかけられる一瞬前に、彼の顔にシマッタというアキラメが流れる、私にはまるでシマッタという大きな声がきこえるような気がするのだった。

相撲の勝負はシマッタと御当人が思った時にはもうダメなので、勝負はそれまで、もうとりかえしがつかない。ほかの事なら一度や二度シマッタと思ってもそれから心をとり直して立直ってやり直せるのに、それのきかない相撲という勝負の仕組はまるで人間を侮蔑《ぶべつ》するように残酷なものに思われた。相撲とりの心が単純で気質的に概してアッサリしているのは、彼らの人生の仕事が常に一度のシマッタでケリがついて、人間心理のフリ出しだけで終る仕組だから、だから彼らは力と業の一瞬に人間心理の最も強烈、頂点を行く圧縮された無数の思考を一気に感じ、常に至極の悲痛を見ているに拘《かかわ》らず、まるでその大いなる自らの悲痛を自ら嘲笑《ちょうしょう》軽蔑侮辱する如《ごと》くにたった一度のシマッタですべてのケリをつけてしまい、そういう悲劇に御当人誰も気付いた人がなく、みんな単純でボンヤリだ。

エッちゃん(墨田川は私たちの町内ではそうよばれていた)は特別わが心理の弱点で相撲の勝負をつけてしまい、シマッタと思わなくともよいところで、過大にまた先廻りをしてシマッタと思って、そしてころころ負けてしまう。エッちゃんの勝負を見ていると、ア、シマッタ、とか、やられた、とか、ア、畜生め、なんでい、そうか、一瞬の顔色が、私にはいつもその都度《つど》いろいろの大きな叫び声にきこえてきて、するともう見ていられない気持になる。

あなたは御自分の不利にだけ敏感すぎるからダメなのよ。御自分のアラには気がつかず人のアラばかり気がつく人なんてイヤだけど、相撲の場合はそういうヤボテンの神経でなければダメなんだわ。いつでも何クソとねばらなければいけないわ。そうすれば、大関にも横綱にもなれるのよ。私は彼にそういった。この忠言は彼をかなり発奮させ、二、三度勝って気を良くしたが、その次の相撲で、例のシマッタ、そこで一気に不利になり、いつもならもうダメなところで私の忠告がきいたのか、思いもよらず立直って、とうとう五分の体勢まで押し返したから、すばらしい、エッちゃんとうとう悟りをひらいて、もう、こうなれば勝てると思ったのに阿修羅《あしゅら》の怪力大勇猛心で立直りながら急にそこから気がぬけたようにズルズルと負けてしまった。そしてそれからまた元のモクアミ、自信を失っただけ、却っていけないようなものだった。

「どうしてあそこで気がぬけたの。でも、あそこまで、立直ったのですもの、気持をくさらせて投げてしまわなければ、あなたは立直る実力があるのね。そこまでは証明ずみですから、今度はその先をガンバッてごらんなさい」

と私がはげましてあげても、エッちゃんは浮かない顔で、いっぺん自信がくずれると、せっかくの大勇猛心や善戦が身にすぎた奇蹟《きせき》のように思われるらしく、その後はますますネバリがなくなり、シマッタと思うと全然手ごたえなくヘタヘタだらしなく負けるようになった。

力だけが物をいうヤボな世界だと思っていたのに、あんまり心のデリケートな世界で、精神侮蔑、人間侮蔑、残酷、無慙《むざん》なものだから、私はやりきれなかった。昔は関脇ぐらいまでとり、未来の大横綱などといわれた人が、十両へ落ち、あげくには幕下、遂《つい》には三段目あたりへ落ちて、大きな身体でまたコロコロ負かされている。芸術の世界などだったら、個人的に勝負を明確に決する手段がないのだから、落伍者《らくごしゃ》でも誇りやウヌボレはありうるのに、こうしてハッキリ勝敗がつく相撲というものでは負けて落ちてゆく、ウヌボレ慰めの余地がない。残酷そのもの、精神侮蔑、まるで人の当然な甘い心をむしりとり人間の畸形児をつくりあげている、たえがたい人間侮蔑、だから私はエッちゃんが勝ったときは却ってほめてやる気にならず、負けた時には慰めてやりたいような気持になった。

その場所の始まる前に巡業から帰ってきて、

「僕はサチ子さんの気質を知っているから、くどくいいたくないけれど、好きなんだから仕方がないよ。いつも口説くたんびに、ええ、そのうちに、とか、いつかね、とか、どうもね。だから、こっちもキマリが悪いけど、僕も、もう、東京がつくづく厭でね、それというのが本場所があるからで、以前は本場所を待ちかねたものだけど、ちかごろは重荷で、そのせいだけで、ふるさとのお江戸へ帰るのが苦しいのさ。それでもいくらか帰る足が軽くなるのはサチ子さんがいるということ一つだけで、さもなきゃ、廃業したいぐらい厭気ざしているのだが、廃業しちゃア、サチ子さんも相手にしてくれないだろうなぞと考えて、ともかく裸ショウバイになんとか精を出すように努めているのだ。こんな僕だから思いはいっぱいだけど、自分一人勝手のわがままはいいたくない。それはこんなショウバイをしているオカゲで、取柄といえば、女と男のことだけはいくらか身にしみて分るんだな。僕らはよくヒイキの旦那の世話になる。旦那というものにはオメカケがいるものだが、旦那はみんないい人たちで、だからサチ子さんの旦那でも僕には旦那という人が、みんないたわってあげたいような気持になる。だから僕の見てきたところでも、オメカケが浮気をしてロクなことになったタメシはないね。罰《ばち》が当るんだ。けれども、サチ子さん、僕にはもう心の励みがあなた一人なんだから、僕は決して女房になってくれ、そんな無理なことはいわない。こうして毎日つきあってもらって、それで満足できりゃいいけど、別れて帰ると、なんとも苦しい。ほかの女でまにあうというものじゃアないんでね。巡業に出ているうちは忘れられる。こうして目の前に見ちゃ、ダメだ。僕が相撲をとってるうち、そして、東京へ戻った時だけ、遊んで貰うわけには行かないか」

その場所エッちゃんは十両二枚目で、ここで星を残すと入幕できるところであった。私はなんとなくエッちゃんを励まして出世させたいと思ったから、

「そうね、じゃア、今場所全勝したら、どこかへ泊りに行ってあげる」

「全勝か。全勝はつらいね」

「だって女の気持はそんなものだわ。関取がギターかなんか巧《うま》くったって、そんなことで女は口説かれないと思うわ。関取は相撲で勝たなきゃダメよ。あなたの全勝で買われたと思えば、私だって気持に誇りがもてるわ」

「よし、分った。きっと、やる。こうなりゃ是が非でも全勝しなきゃア」

しかし結果はアベコベだった。エッちゃんはそういう気質なのだ。励んだり、気負いたっているとき、出はなに躓《つまず》くと、ずるずると、それはもう惨めとも話にならぬだらしなさで泥沼へ落ちてしまう。初日に負けて、いいのよ、あとみんな勝って下されば、二日目も負け、いいわ、あと勝って下されば、で千秋楽まで、楽の日は私もとうとうふきだして、いいわ、楽に初日をだしてよ、きっと約束まもってあげる、けれどもダメ、つまり見事にタドンであった。

エッちゃんには都会人らしい潔癖があるから、初日に躓いたとき、もうダメだったの

で、約束通り全勝して晴れて私を抱きしめたかったに相違ない。おなさけ、というようなことでは自分自ら納得できない気分を消し去ることができない気質であった。

私はしかしエッちゃんが約束通り全勝したらとても義務的なつきあいしかできなかったと思うけれども、見事にタドンだから、いじらしくてせつなくなった。

私はエッちゃんを励まして、共に外へでた。まだ中入前《なかいりまえ》で、久須美は何も知らずサジキに坐って三役の好取組を待っているのだが、私は急に心がきまると、久須美のことはほとんど心にかからず、ただタドンのいじらしさ、人間侮蔑に胸がせまって、好取組の見物などという久須美が憎いような気持まで流れた。

「私、待合や、ツレコミ宿みたいなところ、イヤよ。箱根とか熱海《あたみ》とか伊東とか、レツキとした温泉旅館へつれて行ってちょうだい。切符はすぐ買えるルート知ってるのよ」

「でも僕は明日から三、四日花相撲があるんだ。本場所とちがって、こっちの方は義理があるのでね」

「じゃアあなた、あしたの朝の汽車で東京へ帰りなさい」

私はすべて予約されたことには義務的なことしかできず私の方から打ちこむことができないタチであったが、思いがけない窓がひらかれ気持がにわかに引きこまれると、モウロウたる常に似合わず人をせきたて有無をいわさず引き廻すような変に打ちこんだことをやりだす。私自身が私自身にびっくりする。女というものは、まったく、たよりないものだ、と私はそんな時に考える。

温泉で意気銷沈《いきしょうちん》のエッちゃんにお酒をすすめて、そして私たちが寝床についたとき、

「エッちゃん、今まで、いうの忘れてたわ」

「なにを？」

「ごめんね」

「なにをさ」

「ごめんねをいうのを忘れてたのよ。ごめんなさい、エッちゃん」

「なぜ」

「だって、とても、人間侮蔑よ」

「人間侮蔑って、何のことだい」

「全勝してちょうだい、なんて、人間侮蔑じゃないの。私、エッちゃんにブン殴られてもいいと思ったわ」

エッちゃんはわけが分らない顔をしたが、私は私のことだけで精いっぱいになりきるだけのタチだから、

「エッちゃんはタドン苦しいの？　平気じゃないの。私むしろとても嬉しいのよ。許してちょうだいね。私が悪かったのよ。だから、エッちゃん」

私は両手をさしのべた。久須美のほかの何人《なんぴと》にも見せたことのない天然自然の媚態がおのずから私のすべてにこもり、私はもはや私のやさしい心の精であるにすぎなかった。

翌日、エッちゃんは明るさをとりもどしていた。それは本場所のタドンよりも私との一夜の方がプラスだという考えが彼を得心させたからで、そして彼がそういう心境になったことが、私の気分を軽快にした。

「人間侮蔑っていったね。僕が人を土俵にたたきつけるのが人間侮蔑だってえのかい。だって、それじゃア、年中負けてなきゃアお気に召さないてんじゃア」

「そうじゃないのよ」

「じゃアなんのことだい」

「いいのよ、もう。私だけの考えごとなんですから」

「教えてくれなきゃ、気になるじゃないか。かりそめにも人間侮蔑てえんだからな」

「いっても笑われるから」

「つまり、女のセンチなんだろう」

「ええ、まア、そうよ。綺麗な海ね。ここが私の家だったら。私、今朝《けさ》からそんなことを考えていたのよ」

「まったくだなア。土俵、見物衆、巡業の汽車、宿屋、僕ら見てるのは人間と埃《ほこり》ばっかり、どこへ行っても附きまとっていやがるからな。なア、サチ子さん、相撲とりが本場所が怖くなるようじゃア、生れ故郷の墨田川へ戻るのが怖しくって憂鬱《ゆううつ》なんだから、僕はお前、こんなところでノンビリできりゃア、まったく、たまらねえな」

「花相撲に帰らなくってもいいの？」

「フッツリよした。叱られたって、かまわねえ。義理人情じゃア、ないよ。たまにゃア人間になりてえ。オイ、見てくれ。これ、このチョンマゲ、こいつだな。人間じゃないてえシルシなんだ。鶏に鶏の形があるみたいに、相撲とりの形なんだぜ。昔はこいつが自慢の種《たね》で、うれしかったものだけど」

私たちは米を持ってこなかった。エッちゃんが宿の人に頼んで一度は食べさせてくれたけれども、ほんとになくて困ってるのだから、なんとか自分で都合してくれという。私が財布を渡すと、ホイきた、とエッちゃんは立上った。

「ほんとに買える？　当《あて》があるの？」

「大丈夫大丈夫」

「じゃア、私もつれて行って」

「それがいけねえワケがある。一《ひと》ッ走《ぱし》り行ってくるから、ちょっとの我慢」

やがてエッちゃんは二斗のお米と鶏四羽、卵をしこたまぶらさげて戻ってきて、旅館の台所へわりこんでチャンコ料理だの焼メシをつくって女中連にも大盤ふるまい。

「わかるかい、サチ子さん、お前をつれて行けなかったわけが。つまりこれだ、チョンマゲだよ。こういう時には、きくんだなア、お相撲が腹がへっちゃア可哀そうだてんで、お百姓はお米をだしてくれる、お巡《まわ》りさんは見のがしてくれる、これがお前、美人をつれて遊山《ゆさん》気分じゃア、同情してくれねえやな。アッハッハ」

「じゃア、チョンマゲの御利益《ごりやく》ね」

「まったくだ。因果なものだな」

夕靄《ゆうもや》にとける油のような海、岬の岸に点々と灯が見える。静かな夕暮れであった。私はおよそ風景を解するたちではないのだが、なんとなく詩人みたいにシンミリして、だらしなく長逗留《ながとうりゅう》をつづけることになってしまった。

★

私の家には婆《ばあ》やと女中のほかに、ノブ子さんという私の二ツ年下の娘が同居していた。戦争中は同じ会社の事務員だったのだが、戦災で一挙に肉親を失った。久須美の秘書の田代さんというのが、久須美から資本をかりて内職にさるマーケットへ一杯のみ屋をひらくについて、ノブ子さんが根が飲食店の娘で客商売にはあつらえ向きにできてるものだから、表向きはノブ子さんをマダムというように頼んだわけだが、まだ二十、マダムになったときが十九というのだから嘘みたいだけど、実際チャッカリ、堂々と一人前以上に営業しているのである。

思いがけない長逗留で、お金が足りなくなったので、ノブ子さんにたのんで秘密にお金をとどけて貰う手筈をしたが、ノブ子さんは田代さんと同道、温泉までお金をとどけに来てくれた。

田代さんはノブ子さんが好きで、一杯のみ屋のマダムは実は口実で、ていよく二号にと考えてやりだしたことであったが、ノブ子さんも田代さんが好きで表向きは誰の目にも旦那と二号のように見えるが、からだを許したことはない。

久須美の秘書の田代さんが来たものだからエッちゃんが堅くなると、

「イヤ、そのまま、私は天下の闇屋です、ヤツガレ自身が元来これ浮気以外に何事もやらぬ当人なんだから」

実際私は田代さんが来てくれた方が心強かった。なぜなら彼は自ら称する通り性本来闇屋で、久須美の秘書とはいっても実務上の秘書はほかにあって、彼はもっぱら裏面の秘書、久須美の女の始末だの、近ごろでは物資の闇方面、そっちにかけてだけ才腕がある。彼を敵にまわさぬことが私には必要だった。

「これ幸いと一役買っていらっしゃったのね。ノブ子さんと温泉旅行ができるから。もっぱら私にお礼おっしゃい」

「まさにその通りです。ちかごろ飲食店が休業を命ぜられて、ノブちゃんは淫売《いんばい》しなきゃ食えないという窮地に立ち至って、私の有難味が分ったんだな。サービスがやや違ってきたです。そこへこの一件をききこんだから、これ幸いと実は当地においてノブちゃんを懇《ねんご》ろに口説こうというわけです。今日あたりは物になるだろうな。ノブちゃん、どうだい、この情景を目《ま》の当り見せつけられちゃア、ここで心境の変化を起してくれなきゃ、私もやりきれねえな」

「ほんとにサチ子さん、すみません。私ひとり、お金をとどけるつもりだったけど、私、一存で田代さんに相談しちゃったのよ。だって心配しちゃったのよ、このまま放っといて、あとあと……」

私もノブ子さんがこうしてくれることを予想していたのであった。

ノブ子さんは表面ひどくガッチリ、チャッカリ、会社にいたころも事務はテキパキやってのけるし、飲み屋をやってからも婆やを手伝いにつけてあるのに、自転車で買いだしにでる、店のお掃除《そうじ》、人手をかりずに一人で万事やる上に、向う三軒両隣、近所の人のぶんまでついでに買いだしてやったり、隣りの店の人が病気でショウバイができず、さりとて寝つけば食べるお金にも困るという、するとノブ子さんは自分の店の方をやめて、隣の店で働いてやるという、女には珍しい心の娘であった。

だから活動的で、表面ガッチリズムの働き者に見えるけれども、実際はもうからない。三角クジだの宝クジだの見向きもしたことがなく、空想性がなく着実そのものだけれども、人の事となると損得忘れてつくしてやって一銭ずつの着実なもうけをとたんにフイにしてしまう。

田代さんはノブ子さんの美貌と活動性とチャッカリズムに目をつけて、大いにお金をもうけるつもりでかかったのに、一向にもうけもなく、おまけにノブ子さんは売上げの一割は手をつけずにおいて、自分の方にもうけがなくとも、この一割だけは田代さんの奥さんへとどけてやる。万事万端意想外で田代さんは呆気にとられたが、この人がまた、金金金、金が欲しくて堪らない、金のためなら何でもするという御人のくせに、御目当《おめあて》の金の蔓《つる》、しかし営業不成績をあきらめて、ノブちゃんの純情な性質の方をいたわった。

「しかしノブちゃん、からだぐらい、処女をまもるなんて、つまらねえな、そんなこと。私の女房に悪いから、なんて、ねえ奥さん(彼は私をこうよんだ)人間は本性これ浮気なものだから、かりそめに男を想《おも》う、キリスト曰《いわ》く、これすでに姦淫《かんいん》です。心とからだは同じことだよ。からだだけはなんて、そんな贋物《にせもの》はいけねえな。だから奥さんを見習え、てんだ。奥さんは浮気、からだ、そんなこと、てんで問題にもしていねえ。だからまた、うちのオヤジと奥さんとは浮気の及ばざる別のつながりがありうることになるのだな。ここのところを見なきゃア。からだにこだわったんじゃア、だからノブちゃんは大学生だのチンピラ与太者に崇拝されたりなんかして、そういうクダラナサが分らねえのだから切ないよ。どうしてこう物の道理が分らねえのか、ねえ、奥さん」

田代さんがノブ子さんを私のところへ同居させたのも、なんとかして私の浮気精神をノブ子さんに伝授させたい念願だから、特別私の目の前でせっせと口説くけれども、私は笑って見物、助太刀《すけだち》してあげたことがない。

「奥さん、ノブちゃんの心境を変えるようになんとか助けて下さいな」

「だめ。口説くことだけは独立独歩でなければだめよ」

「友情がねえな、奥さんは。すべてこの紳士淑女には義務があるです。それは何かてえと友の恋をとりもつてえことですよ。私が女をつれて友だちに会う。するてえと、私は友達よりも私の方が偉いように威張り、また、りきむです。これ浮気の特権ですな。したがってまた友だちが女をつれて私の前へ現れたときは、私は彼の下役であり、また鈍物であるが如く彼をもちあげてやるです。これを紳士の教養と称し義務と称する、男女もまた友人たるときは例外なくこの教養、義務の心掛《こころがけ》がなきゃ、これ実に淑女紳士の外道《げどう》だなア。奥さんなんざア、天性これ淑女中の大淑女なんだから、私がいわなくっとも、なんとかして下さるはずなんだと思うんだけどな」

ノブ子さんには大学生が口説いたり附文《つけぶみ》したり、マーケットの相当なアンちゃん連が二、三人これも口説いたり附文したり、何々組のダンスパーティなどと称して踊りを知らないノブ子さんを無理につれて行くから、田代さんのヤキモキすること、テゴメにされちゃア、あの連中、やりかねねえから、などと帰ってくるまで落着かない。からだなんざアとか、処女なんて、とかいってるくせに、案外そうでもないらしいから、私がからかってあげる。それは、あなた、だって、なにも、下らなく傷物になることはないからさ、誰だってあなた、好きな人が泥棒強盗式みてえに強姦されたんじゃア、これは寝ざめが悪いや。かほど熱心に口説いているけど、ノブ子さんはウンといわない。けれども田代さんが好きなのである。

私と全然似てもつかないノブ子さんは、私のもろい性質、モウロウたるたよりなさを憐《あわ》れんで、私よりも年上の姉さんのように心配してくれた。しかし実際は表面強気のノブ子さんが実際は自分の行路に自信がなくて、営業のこと、恋のこと、日常の一々に迷い、ぐらつき、薄氷を踏むようにして心細く生きているのを私は知りぬいており、私は無口だから優しい言葉なんかで、いたわってあげることはないけれども、身寄りのないノブ子さんは私を唯一の力にしてもいた。

「奥さん、しかし、まずかったな。浮気という奴は、やっぱり、誰にも分らないようにやらなきゃダメなものですよ。しかし、ここで短気を起しちゃ、尚《なお》いけない。それが一番よくないのだから、何くわぬ顔で帰ること。そして、なんだな、関取と泊った、そこまでは分っているから仕方がないが、一緒に泊ったが、関係はなかった、いいですか、こいつをいい張るのが何よりの大事です。いい張って、いい張りまくる、疑《うたぐ》りながらも、やっぱりそうでもねえのかな、と、人間てえものは必ずそう考える動物なんだから、徹頭徹尾、関係はなかった、そういい張っていりゃア、第一御本人までそう思いこんでしまうようなものでさア。分りましたか」

しかし田代さんは私のことよりも自分のことの方が問題なのだ。ノブ子さんは田代さんと同じ部屋へ寝るのが厭だといったのだが、田代さんはさすがにいくらか顔色を変えて、ノブちゃん、そりゃアいけない。そこまで私に恥をかかしちゃいけないよ。旅館へあなた男女二人できて別の部屋へ泊るなんて、そりゃアあなた体裁が悪い、これぐらい羞かしい思いはないよ。同じ部屋へねたって、それは私は口説きますよ、口説きますけど、暴力を揮《ふる》いやしまいし、そういう信用は持ってくれなきゃ、そこまで私に恥をかかしちゃ、まるで、ノブちゃん、それじゃア私が人格ゼロみたいのものじゃないか。

男たちが温泉につかっているとき、ノブ子さんは私に、

「どうしたらいいかしら。田代さんを怒らしてしまったけど、つらいのよ。寝床の中で口説かれるなんて、第一私男の人に寝顔なんか見せたことないでしょう。寝床の中で口説かれるなんて、そんなこと、私田代さんに惨めな思いさせたり惨めな田代さん見たくないから、許しちゃうかも知れないのよ。そんな許し方したら、あとあと侘《わび》しくて、なさけないじゃないの。そうでしょう。だから、いっそ、私の方から許してしまったら。なんだか、ヤケよ。サチ子さん、どうしたらいいの。教えてちょうだい」

「私には分らないわ。あんまりたよりにならなくて、ノブ子さん、怒らないでね。私はほんとに自分のことも何一つ分らないのよ。いつも成行にまかせるだけ。でも、ほんとに、ノブ子さんの場合は、どうしたらいいのかしら」

「ヤケじゃアいけないでしょう」

「それは、そうね」

その晩の食卓で私は田代さんにいった。

「田代さんほどの人間通でもノブ子さんの気持がお分りにならないのね。ノブ子さん

は身寄りがないから、処女が身寄りのようなものなのでしょう。その身寄りまでなくしてしまうとそれからはもう闇の女にでもなるほかに当のないような暗い思いがあるものよ。私のような浮気っぽいモウロウたる女でも、そんな気持がいくらかあるほどですもの、女は男のように生活能力がないから、女にとっては貞操は身寄りみたいなものなんでしょう、なんとなく、暗いものなのよ。ですから、ノブ子さんのただ一つの身寄りを貰うためでしたら、身寄りがなくとも暮せるような生活の基礎が必要でしょう。前途の不安がないだけの生活の保証をつけてあげなくては。口約束じゃアダメ。はっきり現物で示して下さらなくては」

「それは無理ムタイという奴だな奥さん。それはあなたは、あなたの彼氏は天下のお金持だから、だけど、あなた、天下無数の男という男の多くは全然お金持ではないのだからな。処女というものを芸者の水揚げの取引みたいに、それは、あなた、むしろ処女の侮辱だな。むろん、あなた、私はノブちゃんを大事にしますよ。今、現に、私がノブちゃんを遇する如くに、です。それ以外に、あなた、水揚料はひでえな」

「水揚料になるのかしら。それだったら、私もタダだったわ」

「それ御覧なさい。それはあなた、処女は本来タダですよ」

「私の母が私の処女を売り物にするつもりだったから、私反抗しちゃったのよ。でも、今にして思えば、もし女に身寄りがなかったら、処女が資本かも知れなくってよ。だって芸者は水揚げしてそれから芸者になるのでしょう。私の場合は、処女というヨリドコロを失うと闇の女になりかねない不安やもろさや暗さに就《つい》ていうのです。ですから処女をまもるのは生活の地盤をまもるのよ」

「かって見ざる鋭鋒だな。奥さんが処女について弁護に及ぶとは、女は共同戦線をはるてえと平然として自己を裏切るからかなわねえなア。共同の目的のためというのはストライキの原則だけど、己を虚《むな》しうし、己を裏切るてえのは、そんなストライキはねえや。それはあなた、処女が身寄りのようなものだてえノブちゃんの心細さは分りますとも。けれどもそんな心細さはつまりセンチメンタリズムてえもので、根は有害無益なる妖怪じみた感情なんだなア。処女ひとつに女の純潔をかけるから、処女を失うてえと全ての純潔を失ってしまう。だから闇の女になるですよ。けれどもあなた純潔なるものはそんなチャチなものじゃない。魂に属するものです。私は思うに日本の女房てえものは処女の純潔なる誤れる思想によって生みなされた妖怪的性格なんだなア。もう純潔がないのだから、これ実に妖怪にして悪鬼です。金銭の奴隷にして子育ての虫なんだな。からだなんざアどうだって、亭主の五人十人取りかえたって、純潔てえものを魂に持ってなきゃア、ダメですよ。そこへいくとサチ子夫人の如きは天性てんでからだなんか問題にしていない人なんだから、そしてあなた愛情が感謝で物質に換算できるてえのだから、自ら称して愛情による職業婦人だというのだから、これは天晴《あっぱ》れ、胸のすくような淑女なんだな。そのあなたが、こともあろうに、いけません、同情ストライキ、それはいけない。あなたはあなたでなきゃアいけない。関取、そうじゃないか、サチ子夫人がかりそめにも浮気の大精神を忘れて、処女の美徳をたたえるに至っては、拙者はあなた、こんなところへワザワザ後始末に来やしませんや。私はあなたサチ子夫人を全面的に尊敬讃美しその性向行動を全面的に認める故《ゆえ》に犬馬の労を惜しまぬのです。かかる熱誠あふるる忠良の臣民を歎《なげ》かせちゃアいけねえなア」

田代さんの執念があまり激しすぎるので、楽な気持になれない。私だったらノブ子さんとは違った意味で許す気持にならないけれども、ノブ子さんは田代さんを愛しもし尊敬もしているのだから、処女ぐらいに、ああまでエコジに守るのが私には分らない。私は実際は、こんなこと、ただうるさいのだ。

その夜、田代さんたちが別室へ去ってから、

「え、サチ子さん。ノブ子さんは可哀そうじゃねえのかな」

「なぜ」

「だってムッツリ、ションボリ、考えこんでいたぜ。イヤなんだろう」

「仕方がないわ。あれぐらいのこと。いろいろなことがあるものよ、女が一人でいればば」

「ふーん。いろいろなことって、どんなこと」

「いろんな人が、いろんなふうに口説くでしょう」

「そういうものかなア。僕なんざ、めったに口説いたことも口説かれたこともないんだがな。だけど、あれぐらいムッツリと思いつめて考えてるんじゃア」

「あなただって私をずいぶん悩ましたじゃないの」

「なるほど、そうか。そして結局こんなふうになるわけか」

「罰が当るって、なによ」

「なんだい？　罰が当るって」

「いつか、あなた、いったでしょう。オメカケが浮気してロクなことがあったタメシがないんだって。罰が当るんだって。罰が当るって、どんなこと？」

「そんなことをいったかしら。覚えがねえな。だって、お前、お前は別だ」

「なぜ。私もオメカケの浮気ですもの」

「お前は浮気じゃないからな。心がやさしすぎるんだ」

「たいがいのオメカケがそうじゃないの？」

「もう、かんべんしてくれ。僕はしかし、お前を苦しめちゃアいけねえから、フッツリ諦《あきら》めよう。これからはもう相撲いちずにガムシャラにやってやれ。しかし、お前のことを思いださずに、そんなことができるかな」

「私は思いださない」

「僕がもうそんなに何でもないのか」

「思いだしたって、仕方がないでしょう。私は思いだすのが、きらい」

「お前という人は、私には分らないな」

「あなたはなぜ諦めたの？」

「だってお前、僕は貧乏なウダツのあがらねえ下ッパ相撲だからな。お前は遊び好きの金のかかる女だから」

「諦められる」

「仕方がねえさ」

「諦められるなら、大したことないのでしょう。むろん、私も、そう。だから、私は、忘れる」

「そういうものかなア」

「つまらないわね」

「何がさ」

「こんなことが」

「まったくだな。味気ねえな。僕はもう生きるのも面倒なんだ」

「そんなことじゃアないのよ。私は生きてることは好きよ。面白そうじゃないの。また、なにか、思いがけないようなことが始まりそうだから。私は、ただ、こんなことがイヤなのよ」

「こんなことって？」

「こんなことよ」

「だから」

「しめっぽいじゃないの。ない方が清潔じゃないの。息苦しいじゃないの。なぜ、あるの。なければならないの。なくて、すまないことなの？」

エッちゃんは答えなかったが、ノッソリ起きて、閉じられた雨戸をあけて庭下駄を突ッかけて外へでて行った。闇夜なのだか月夜なのだか、私は外のことなど見も考えもしなかったが、エッちゃんは程へて戻ってきて私の胸の上へ大きな両手をグイとついた。力をいれたわけではないのだろうけど、私はウッと目を白黒させたまま虚脱のてい、エッちゃんは私の肩にグイと手をかけて摑み起して、

「オイ、死のう。死んでくれ」

「いや」

「もう、いけねえ、そうはいわせねえから」

私はいきなり軽々と摑みあげられ、担がれてしまった。私はやにわに失神状態で、何の抵抗もなくヒョイと肩へ乗せられてしまったが、首ったまにかじりつくと、何だかわけの分らないような一念が起って、

「いいの、私は悲鳴をあげるから、人殺しッて叫ぶから、それでもいいの」

雨戸を押しひろげるためにガタガタやるうち片手を長押《なげし》にかけて、

「我を通すのは卑怯《ひきょう》じゃないの。私は死ぬことは嫌いよ。そんな強要できて？　死にたかったら、なぜ、一人で死なないの」

エッちゃんは、やがて蒸気のような呻き声をたてて、私を雨戸の旁《かたわら》へ降《おろ》して、庭下駄はいて外の闇へ歩き去った。私は声をかけなかった。

私は眠るときでも電燈を消すことのできない生れつきであった。戦争中でも豆電球をつけなければ眠られぬたちで、私は戦争で最も嫌いなのは暗闇であった。光が失われると、何も見えないからイヤだ。夜中に目がさめて電燈が消えていると、死んだのか、と慌てる始末であった。私はつまり並外《なみはず》れて死ぬことを怖がるたちなのだろう。

五分ぐらいすぎて、私は次第に怖しくなった。外には何の気配もなかった。ノブ子さんの部屋へ行くと二人はまだ眠らずにいたが、事情を話してノブ子さんの布団の中でねむらせてもらうことにした。

「じゃア関取はまだ戻らないんですね」

「ええ」

「自殺でもしたのかな」

「どうだか」

「うむ、どうでもいいさ」

田代さんはノブ子さんを相手に持参のウイスキーを飲みはじめたが、私は先に眠ってしまった。痺《しび》れるように、すぐ眠った。

★

夏がきて、私たちは海岸の街道筋の高台の旅館で暮した。借りた離れは湯殿もついて五間《ま》の独立した一棟で、久須美と田代さんは殆《ほとん》どここから東京へ通い、私とノブ子さんは昼は海水浴をたのしんだ。

私は毎日七時半頃目がさめる。食事して、久須美を送りだすのが九時ころ、それから寝ころんで雑誌を三、四頁よむうちに眠くなり、うとうととして十一時か十一時半ころ目がさめる。昼の食慾は殆どない。ときどき、無性にアイスクリームが欲しい、サイダーが欲しい、冷めたいコーヒーが欲しい。うたたねの夢にそれを見ていることもある。中食後海へ行き四時ごろ帰ってきて風呂《ふろ》にはいり、ついでに洗濯物をしたり、それから寝ころんで雑誌をよみだすと、また、うとうととねむってしまう。久須美が帰ってきて、その気配でたいがい目がさめる。夕方になっている。海がたそがれ、暮れようとしている。私は海をしばらく見ている。久須美が電燈をつけると、もうちょっと、あかりをつけないで、という。しばらくして、もうつけていいわ、という。私は顔を洗い、からだをふき、お化粧を直し、着物を着かえて、食卓に向う。あかるい灯と、食卓いっぱいの御馳走が私の心を安心させ、ふるさとへ帰ったような落着きを与えてくれる。私はオチョウシを執りあげて久須美にさし、田代さんにさす。私は私がたべるよりも、人々がたべ、また、私が話すよりも、人々の話のはずむのがたのしい。

私はこのごろ時々よけいなことを喋るのでイヤになることがある。物を貰ったりすると、ありがとうございます、などといったりする。以前はニッコリするだけだった。季節に珍しい物を貰うと、今ごろ珍しいわね、などと自然に喋っていたり、それだけなら私は別に喋るのがイヤではないけれども、好ましくないものを貰うと、ありがとう、というけれども、そしてニッコリしているけれども、ずいぶん冷淡な声なのである。私の母は嬉しいものを貰うと大喜びをするけれども、無関心ないただき物には、ソッポを向くような調子であった。子供心にそれが下品に卑しく見えて、母の無智無教養ということを呪っていた。以前の私はいつもニッコリ笑うだけだからよかったけれども、近ごろは有難うなぞと余計なことを自然にいうようになったから、ありがとうございます、といったり、ありがとう、といったり、言葉や声に自然の区別があって、なければ余程マシなような冷淡な声をだしたりするから、ふと母の物慾、その厭らしさを思いだしてゾッとするのだ。

私は自分で好きなものを見立てて買い物をするよりも、好きな人が私の柄にあうものを見立てて買ってきてくれるのが好きだった。一緒に買い物にでて、あれにしようか、これにしようか、一々私に相談されるのはイヤ、自分でこれときめて、押しつけてくれる方がうれしい。着物や装身具や所持品は私の世界だから、私自身が自分で選ぶと自分の限定をはみだすことができないけれども、人が見立ててくれると新しい発見、創造があり、私は新鮮な、私の思いもよらない私の趣味を発見して、新しい自分の世界がまた一つ生れたように嬉しくなる。

久須美はそういう私の気質を知っていた。彼の買い物の選択はすぐれていて、その選択の相談相手は田代さんであった。私は私の洋服まで、私が柄や型を選ぶよりも、久須美にしてもらう方が好ましい。洋装店にからだの寸法がひかえてあるから、思いがけない衣裳《いしょう》がとどいて、私はうっとりしてしまう。田代さんやノブ子さんのいる前ですら、私は歓声をあげて自然に久須美にとびついてしまう。

私は朝目がさめて久須美を送りだすまでの衣裳と、昼の衣裳と、夜の衣裳と、外出しなくとも、いつも衣裳をかえなければ生きた気持になれなかった。うとうとと昼寝の時でも気に入りの衣裳をつけていなければ安心していられなかった。美しい靴を買ってもらうと、それをはいて歩きたいばかりに、雨の降る日でも我慢ができずに一廻り散歩にでかけずにいられなくなる。まして衣裳類はむろんのこと、帽子でもハンドバッグ一つでも、その都度一々私は意味もなく街を歩いてくるのであった。映画や芝居の見物よりも私にとって最もうれしい外出はその散策で、私は満足した衣裳を身にまとうとき、何より生きがいを感じることができた。

私はその生きがいを与えてくれる久須美に対してどのように感謝を表現したらいいか、そのことで最も心を悩ました。私の浮気もいわば私の衣裳のよろこびと同じ性質のもので、だから私が浮気について心を悩ますのは帽子や衣裳や靴と違って先方に意志や執念があることであり、浮気自体にうしろめたさを覚えたことはなかったが、私はこの浜で、大学生やヨタモノみたいな人や闇屋渡世の紳士やその他お茶によばれたり散歩やダンスに誘われたが、私はいつも首を横にふってことわった。そのとき私はそんなことをしては久須美に悪いと考えた。そして浮気をしないのが、久須美に対する感謝の一つの表現だと考えた。その考えはなんとなく世帯《しょたい》じみたようでイヤであった。私は母に義理人情をいわれるたびに不快と反抗を感じ、母の無智を憎んだけれども、私もおのずから世帯じみて自然のうちに義理人情の人形みたいに動くようになっているのが不快であり、私はまた、母の姿を見出して時々苦しかった。

私はしかし浮気は退屈千万なものだということを知っていた。しかし、退屈というものが、相当に魅力あるものであり、人生はたかがそれぐらいのものだとも思っていた。私は久須美が痩せているくせに肩幅がひろくそこの骨がひどくガッシリしており肋骨《ろっこつ》が一つ一つハッキリ段々になっている、腰の骨がとびだし、お尻の肉が握り拳ぐらいに小さく、膝の骨だけとびだして股《また》の肉がそがれたように細くすぼまり脛《すね》には全くふくらみというものが失われてガサガサした棒になっている、その六尺の長い骨格を上から下、下から上、そんなものをぼんやり眺めていても、私は一日、飽かずくらしていられる。時にはそれが人体であり肋骨の段々であることも忘れて、楽器と遊ぶように指先で骨と凹みをつついたり撫《な》でたり遊んでいる。私はまた、ねころびながら小さな鏡に私の顔をうつして眺めて、歯や舌や喉《のど》や、肩やお乳など眺めていても、一日を暮すことができる。私は退屈というものが、いわば一つのなつかしい景色に見える。箱根の山、蘆《あし》の湖《こ》、乙女峠、いったい景色は美しいものだろうか。もし景色が美しければ、私には、それは退屈が美しいのだ、と思われる。私の心の中には景色をうつす美しい湖、退屈という湖があり、退屈という山があり、退屈という森林があり、乙女峠に立つときには乙女峠という景色で、蘆の湖を見るときは蘆の湖の姿で、私は私の心の退屈を仮の景色にうつしだして見つめているように思いつく。

「私の可愛《かわ》いいオジイサン、サンタクロース」

私は久須美の白髪をいじりいたわりつつ、そういう。しかし、また、

「私の可愛いい子供、可愛いいアイスクリーム、可愛いいチッちゃな白い靴」

久須美は疲れてグッスリねむった。しかし五、六時間で目がさめて、起きてぼんやり私の寝顔を眺めており、夜がしらじら明けると、雨戸をあけて、海を眺めている。私はしかし、どうしてこんなに眠ることができるのだろう。いつでも、いくらでも、私は殆ど無限に眠ることができるような気がした。ふと目をさます。久須美が起きて私をぼんやり見つめている。私は無意識に腕を差しだしてニッコリ笑う。久須美は呆れたように、しかし目をいくらか輝かせて、静かに一つ、うなずく。

「何を考えているの？」

彼は答える代りに、私の額《ひたい》や眼蓋《まぶた》のふちの汗をふいてくれたり、時には襟《えり》へ布団をかぶせてくれたり、ただ黙って私を見つめていたりした。

私がノブ子さん田代さんに迎えられエッちゃんと別れて温泉から帰ってきたとき、私は汽車の中で発熱して、東京へ戻ると数日寝ついてしまった。見舞いにきた登美子さんはあなたのからだは魔法的ね、いい訳に苦しむ時には都合よく熱まででるように、九度八分ぐらいの熱まで調節できるんだからな、天性の妖婦なのね、などと私の枕元でズケズケいうのだが、私はいい訳に苦しむ気持などは至って乏しくて、第一私はいい訳に苦しむよりも病気の方がもっと嫌いなのだもの、誰が調節して九度八分の熱をだすものですか。しかし、私が熱のあいまにふと目ざめると、いつも久須美が枕元に、私の氷嚢《ひょうのう》をとりかえてくれたり、汗をふいてくれたり、私は深い安堵、それはいい訳を逃れた安堵ではなくて心の奥の孤独の鬼と闘い私をまもってくれる力を見出すことの安堵、私が無言で私の二つの腕を差しのばすと、彼はコックリうなずいて、苦しくないか？　彼の目には特別の光も感情も何一つきわだつものの翳もないのに、どうして私の心にふかく溶けるように沁《し》みてくるのだろうか。私が彼の手を握って、ごめんね、というと、彼の目はやっぱり特別の翳の動きは見られないのに、私はただ大きな安堵、生きているというそのこと自体の自覚のようなひろびろとした落着きに酔《よ》い痴《し》れることができた。

そのくせ彼はこの海岸の旅館へきて、急に思いついたように、

「墨田川が好きで忘れられないなら、私が結婚させてあげる。相当のお金もつけてあげるよ」

「そんなことを、なぜいうの」

「好きじゃないのか？」

「好きじゃない。もう、きらい」

「もう嫌いというのが、わからないな」

「ほんとです。もう苦しめないで。私は浮気なんか、全然たのしくないのです」

「だがな、私のような年寄が。私なら、君のようにいうことができる。しかし君のような若い娘がそんなふうにいうことを私は信じてはいけないと思うのだよ。私は君が本当に好きだから、私は君の幸福をいのらずにいられない。私のようなものに束縛される君が可哀そうになるのだよ」

「あなたの仰有《おっしゃ》ることの方が私にはわからないわ。好きだから、ほかの人と結婚しろなんて、嘘でしょう。ほんとは私がうるさくなったのでしょう」

「そうじゃない。いつか君が病気になったことがあった。君は気がつかなかったが、

君は眠ると寝汗をかく、そのうちに、目のふちに薄い隈《くま》がかかってきたが、ねむるとハッキリするけれども目をひらくと分らなくなるので、君は気がつかなかったんだな。いくらか目のふちがむくんでもいた。その寝顔を眺めながら、私はそのとき心の中でもう肺病と即断したものだから、君が病み衰えて痩せ細って息をひきとる姿を思い描いて、それを見るぐらいなら私が先に死にたいと考え耽《かんがふけ》っていたものだった。私自身はもう私の死をさのみ怖れてはいない。それはもう身近《みぢか》に迫っていることでもあるから、私は死をひとつの散歩と思うぐらい、かなり親しい友達にすらなっているのだ。しかし、君は違う。私のような年配になると、人間世界を若さの世界、年寄の世界、二つにハッキリ区別する年齢的な思想が生れる。私自身若かったころは殆どもう若々しいところがなくて孤独癖、ときには厭人癖《えんじんへき》、まことにひねこびた生き方をしており、私に限らずなべて若者の世界も心中概ね暗澹《あんたん》たるもののように察しているが、私はしかしある年齢の本能によって限りなく若さをなつかしむ。慈《いつく》しむ。若さは幸福でなければならないと思う。若者は死んではならぬ。ただ若さというものに対してすでにそのような本能をもつ私が、私の最愛の若い娘に対して、どのような祈りをもっているか、その人の幸福のために私自身の幸福をきり放して考えることが微塵も不自然でないか……」

久須美は私のために妻も娘も息子もすてたようなものだった。なぜなら彼は、もはや自宅ではなしに私たちの海岸の旅館へ泊りそこから東京へ通っているのだから。人々はそのような私たちをどんな風にいうだろう？　私が久須美をだましたというだろうか。恋に盲《めし》いた年寄のあさましい執念狂気を思い描くことだろう。

私はしかしそんなことはなんとも思っていない。息子や娘にとって、親なんか、なんでもないではないか。そして親が恋をしたって、それはやむを得ぬこと、なんでもないことだと私は思う。久須美もそんなことは気にしていなかった。私は知っている。彼は恋に盲いる先に孤独に盲いている。だから恋に盲いることなど、できやしない。彼は年老い涙腺までネジがゆるんで、よく涙をこぼす。笑っても涙をこぼす。しかし彼がある感動によって涙をこぼすとき、彼は私のためでなしに、人間の定めのために涙をこぼす。彼のような魂の孤独な人は人生を観念の上で見ており、自分の今いる現実すらも、観念的にしか把握できず、私を愛しながらも、私をでなく、何か最愛の女、そういう観念を立てて、それから私を現実をとらえているようなものであった。

私はだから知っている。彼の魂は孤独だから、彼の魂は冷酷なのだ。彼はもし私よりも可愛いい愛人ができれば、私を冷めたく忘れるだろう。そういう魂は、しかし、人を冷めたく見放す先に自分が見放されているもので、彼は地獄の罰を受けている、ただ彼は地獄を憎まず、地獄を愛しているから、彼は私の幸福のために、私を人と結婚させ、自分が孤独に立去ることをそれもよかろう元々人間はそんなものだというぐらいに考えられる鬼であった。

しかし別にも一つの理由があるはずであった。彼ほど孤独で冷めたく我人《われひと》ともに突放している人間でも、私に逃げられることが不安なのだ。そして私が他日私の意志で逃げることを怖れるあまり、それぐらいなら自分の意志で私を逃がした方が満足していられると考える。鬼は自分勝手、わがまま千万、途方もない甘ちゃんだった。そしてそんなことができるのも、彼は私を、現実をほんとに愛しているのじゃなくて、彼の観念の生活の中の私は、ていのよいオモチャの一つであるにすぎないせいでもあった。

田代さんはこの旅館へきてノブ子さんと襖《ふすま》を距てて生活して、いまだに目的を達することができずにいた。田代さんは三日目ぐらいに自宅へ泊る習慣で、その翌日は、きのうは私の奥さんを可愛がってやってきました、などとことさら吹聴したが、田代さんの通人哲学、浮気哲学はヒビがはいっているようだ。田代さんは人間通で男女道、金銭道、慾望道の大達人の如くだけれども、田代さんはこれまで芸者だの商売女ばかりを相手にして娘などは知らないのだから、私みたいな性本来モウロウたるオメカケ型の女ででもなければ自分の方から身をまかせるように持ちかける女などはめったにないことを御存知ないのだ。女はどんな好きな人にでも、からだだけは厭だという、厭ではなくても厭だという、身をまかせたくて仕方がなくとも厭だといって無理にされると抵抗するような本能があり、私でもやっぱり同じ本能があって、私はしかしそれを意識的に抑えただけのことで、私はそんな本能はつまらないものだと思っている。女は恋人に暴行されたいのだ。男はその契りのはじめにおいて暴行によって愛人のからだと感謝を受ける特権があるということ、田代さんは相談ずくの商売女しか御存知ないから、それに田代さんは通人、いわゆる花柳地型《かりゅうちがた》の粋人《すいじん》だから、ずいぶん浮気性だけれども、愛人が厭だという抵抗するのを暴行強姦するなんてそんなことはやるべからざる外道《げどう》だと思っている。そして十年一日の如くノブ子さんを口説きつづけているのだけれども、たぶん暴行によらない限り二人の恋路はどうすることもできないのだろう。私はバカバカしいから教えてあげない。そして時々ふきだしそうになるけれども、田代さんはシンミリして、「いったいノブちゃん、君は肉体的な欲求というものを感じないのかなア。二十にもなって、バカバカしいじゃないか」

そしてムッツリ沈黙しているノブ子さんを内心は聖処女ぐらいに尊敬し、そしてともかくノブ子さんの精神的尊敬を得ていることを内心得意に満足していた。

けれどもノブ子さんは肉体的欲求などは事実において少いのだから、別なことで苦しんでいる様子であったが、それは営々と働いて、自分の生活はきりつめて倹約しながら、人のために損をする、それを金金金、金銭の奴隷のようなことをいう田代さんが、いいのだよノブちゃん、それでいいのだ、という。しかし実際それでいいのか、自分の生活をきりつめてまでの所得を浪費して、そして人を助けて果して善行というのだろうか、疑ぐっているのであった。

ノブ子さんはともかく田代さんや私たちがついているから損をしても平気だけれども、独立したら、こんな風でやって行けるかと考えて苦しんでいるので、実行派のガッチリ家、現実家だから、その懊悩《おうのう》は真剣であった。

「女が自分で商売するなんて、サチ子さん、まちがってるんじゃないかしら。私、このまま商売をつづけて行くと、人に親切なんかできなくなって、金銭の悪魔になるわよ。そうしなきゃ、やって行けないわよ」

「そうね」

私は生返事《なまへんじ》しかできないのである。ノブ子さんの懊悩は真剣で、実際その懊悩通りに金銭の悪鬼になりかねないところがあったが、私はしかしノブ子さんその人でなしに、その人の陰にいる田代さんのガッチリズムの現実家、ころんでもタダは起きないくせに、実は底ぬけの甘さ加減がおかしくて仕方がないのだ。人生はままならねエもんだなア、と田代さんはいうけれども、私もそれは同感だけれども、田代さんが感じる如くにままならネエかどうか、田代さんは人間はみんな浮気の虫、金銭の虫、我利の虫だといいきるくせに、その実ノブ子さんを内々は聖処女、我利我利ズムのあべこべの珍しい気象の娘だなどと、なんてまたツジツマの合わない甘ったれた人なんだか私はハリアイがぬけてしまう。

私は野たれ死をするだろうと考える。まぬかれがたい宿命のように考える。私は戦災のあとの国民学校の避難所風景を考え、あんな風な汚ならしい赤鬼青鬼のゴチャゴチャしたなかで野たれ死ぬなら、あれが死に場所というのなら、私はあそこでいつか野たれ死をしてもいい。私がムシロにくるまって死にかけているとき青鬼赤鬼が夜這《よば》いにきて鬼にだかれて死ぬかも知れない。私はしかし、人の誰もいないところ、曠野、くらやみの焼跡みたいなところ、人ッ子一人いない深夜に細々と死ぬのだったら、いったいどうしたらいいだろうか、私はとてもその寂寥《せきりょう》には堪えられないのだ。私は青鬼赤鬼とでも一緒にいたい、どんな時にでも鬼でも化け物でも男でさえあれば誰でも私は勢いっぱい媚《こ》びて、そして私は媚びながら死にたい。

わがままいっぱい、人々が米もたべられずオカユもたべられず、豆だの雑穀を細々たべているとき、私は鶏もチーズもカステラも食べあきて、二万円三万円の夜服をつくってもらって、しかし私がモウロウと、ふと思うことが、ただ死、野たれ死、私はほんとにただそれだけしか考えないようなものだった。

私は虫の音や尺八は嫌いだ。あんな音をきくと私はねむれなくなり、ガチャガチャうるさいトロットなどのジャズバンドの陰なら私は安心してねむくなるたちであった。

「まだ眠《ね》むっちゃ、いや」

「なぜ」

「私が、まだ、ねむれないのですもの」

久須美は我慢して、起きあがる。もうこらえ性がなくて、横になると眠るから、起きて坐って私の顔を見ているけれども、やがて、コクリコクリやりだす。私は腕をのばして彼の膝をゆさぶる。びっくりして目をさます。そして私がニッコリ下から彼を見上げて笑っているのを見出す。

私は彼がうたたねを乱される苦しさよりも、そのとき見出す私のニッコリした顔が彼の心を充たしていることを知っている。

「まだ、ねむれないのか」

私は頷《うなず》く。

「私はどれぐらいウトウトしたのかな」

「二十分ぐらい」

「二十分か。二分かと思ったがなア。君は何を考えていたね」

「何も考えていない」

「何か考えたろう」

「ただ見ていた」

「何を」

「あなたを」

彼は再びコクリコクリやりだす。私はそれをただ見ている。彼はいつ目覚めても私のニッコリ笑っている顔だけしか見ることができないだろう。なぜなら、私はただニッコリ笑いながら、彼を見つめているだけなのだから。

このまま、どこへでも、行くがいい。私は知らない。地獄へでも。私の男がやがて赤鬼青鬼でも、私はやっぱり媚《こび》をふくめていつもニッコリその顔を見つめているだけだろう。私はだんだん考えることがなくなって行く、頭がカラになって行く、ただ見つめ、媚をふくめてニッコリ見つめている、私はそれすらも意識することが少くなって行く。

「秋になったら、旅行しよう」

「ええ」

「どこへ行く？」

「どこへでも」

「たよりない返事だな」

「知らないのですもの。びっくりするところへつれて行ってね」

彼は頷く。そしてまたコクリコクリやりだす。

私は谷川で青鬼の虎《とら》の皮のフンドシを洗っている。私はフンドシを干すのを忘れて、谷川のふちで眠ってしまう。青鬼が私をゆさぶる。私は目をさましてニッコリする。カッコウだのホトトギスだの山鳩《やまばと》がないている。私はそんなものよりも青鬼の調子外れの胴間声が好きだ。私はニッコリして彼に腕をさしだすだろう。すべてが、なんて退屈だろう。しかし、なぜ、こんなに、なつかしいのだろう。

アンゴウ

矢島は社用で神田《かんだ》へでるたび、いつもするように、古本屋をのぞいて歩いた。すると、太田亮氏著「日本古代に於《お》ける社会組織の研究」が目についたので、とりあげた。

一度は彼も所蔵したことのある本であるが、出征中戦火でキレイに蔵書を焼き払ってしまった。失われた書物に再会するのはなつかしいから手にとらずにいられなくなるけれども、今さら一冊二冊買い戻してみてもと、買う気持にもならない。そのくせ別れづらくもあり、ほろにがいものだ。

頁をくると、扉に「神尾蔵書」と印がある。見覚えのある印である。戦死した旧友の蔵本に相違ない。彼の留守宅も戦火にやかれ、その未亡人は仙台の実家にもどっている筈《はず》であった。

矢島はなつかしさに、その本を買った。社へもどって、ひらいてみると、頁の間から一枚の見覚えのある用箋《ようせん》が現れた。魚紋書館の用箋だ。矢島も神尾も出征まではそこの編輯部《へんしゅうぶ》につとめていたのだ。紙面には次のように数字だけ記されていた。

34	14	14
37	1	7
36	4	10
54	11	2
370	1	2
366	2	4
370	1	1
369	3	1
367	9	6
365	10	3
365	10	7
365	11	4
365	10	9
368	6	2
370	10	7
367	6	1
370	4	1

心覚えに頁を控えたものかと思ったが、同じ数字がそろっているから、そうでもないらしい。まさか暗号ではあるまいが、ヒマな時だから、ふとためす気持になって、三十四頁十四行十四字目、四字まですすむと、彼はにわかに緊張した。語をなしているからだ。

「いつもの処《ところ》にいます七月五日午後三時」

全部でこういう文句になる。あきらかに暗号だ。

神尾は達筆な男であったが、この数字はあまり見事な手蹟《しゅせき》じゃなく、どうやら女手らしい様子である。然《しか》し、この本が疎開に当って他に売られたにしても、魚紋書館の用箋だから、この暗号が神尾に関係していることは先《ま》ず疑いがないようだ。

用箋は四つに折られている。すると彼の恋人からの手紙らしい。

矢島は神尾と最も親しい友達だった。それというのも二人の趣味が同じで、歴史、特に神代の民族学的研究に興味をそそいでいた。文献を貸し合ったり、研究を報告し合ったり、お揃《そろ》いで研究旅行にでかけることも屢々《しばしば》だった。それほどの親しさだから、お互《たがい》に生活の内幕も知りあい、友人もほぼ共通していたが、さて、ふりかえると、趣味上の友人は二人だけで、魚紋書館の社員の中に同好の士は見当らない。のみならず、この本は殆《ほとん》ど市場に見かけることのできなかったもので、矢島は古くから蔵していたが、たしか神尾が手に入れたのは、矢島が出征する直前ぐらいであったような記憶がある。

それに矢島が出征するまで、神尾に恋人があったという話をきかない。そのことがあれば、細君には隠しても、矢島にだけは告白している筈であった。

矢島の出征は昭和十九年三月二日、神尾は翌二十年二月に出征して、北支へ渡って戦死している。してみると、この七月五日は、矢島が出征したあとの十九年のその日であるに相違ない。

矢島は社の用箋を持ち帰って使っていた。他の社員もみなそうで、当時は紙が店頭にないのであるから、銘々が自宅へ持ちこむ量も長期のストックを見こんでおり、矢島の出征後の留守宅にも少からぬこの用箋が残されていた筈であった。

矢島は妻のタカ子のことを考える。神尾の知人にこの本を蔵しているのは矢島の留守宅だけであり、そして、そこにはこの用箋もあったのだ。

神尾は軽薄な人ではなかった。漁色漢《ぎょしょくかん》でもなかった。然し、浮気心のない人間は存在せず、その可能性をもたない人は有り得ない。

矢島が復員してみると、タカ子は失明して実家にいた。自宅に直撃をうけ、その場に失明して倒れたタカ子はタンカに運ばれて助かったが、そのドサクサに二人の子供と放れたまま、どこで死んだか、二人の子供の消息はそのまま絶えてしまっていた。病院へ収容されたタカ子が実家とレンラクがついて、父が上京した時は罹災《りさい》の日から二週間あまりすぎており、父に焼跡を見てもらったが、何一つ手がかりはなかったそうだ。

タカ子の顔の焼痕《やけあと》は注意して眺めなければ認めることができないほど昔のままに治っていたが、両眼の失明は取り返すことができなかった。

神尾は戦死した。タカ子は失明した。天罰の致すところだと考えている自分に気づいて、矢島はあさましいと思ったが、苦痛の念はやりきれないものがあった。

タカ子の書いた暗号だという確証はないのだから、まして一人は失明し、一人は死んだ今となって、過去をほじくることもない。戦争が一つの悪夢なんだから、と気持をとのえるように努力して、買った本は家へ持って帰ったが、片隅へ押しこんで、タカ子に一切知らせないつもりであった。けれども、そういう心労が却《かえ》って重荷になってきて、なまじいに自分の胸ひとつにたたんでおくために、秘密になやむ苦しさが積み重なってくるように思われた。

そのうちに、矢島はふと気がついた。出征するまで、タカ子はいつも矢島の左側に寄りそってきた。新婚のころの甘い追憶がタカ子に残り、ひとつの習性をなしているのだ。

夜ふけて矢島が机に向い読書にふけっている。タカ子が寄りそう。矢島は読書の手をやすめて、タカ子にくちづけをしてやる。そして、くすぐったり、キャアキャア笑いさざめいて、たあいもない新婚の日夜を明け暮れしたが、当時から、タカ子は必ず矢島の左側に寄り添うのであった。寝室でも、タカ子はいつも良人《おっと》の左側に自分の枕を用意した。

新婚は、新しい世界をひらいてくれる。矢島はタカ子がひらいてくれた女の世界を賞《しょう》玩《がん》した。時には、好奇し、探究慾《たんきゅうよく》を起しもした。そういう新しい好奇の世界で、タカ子がいつも左側へ寄りそい、左側へねる、ハンで捺《お》したように狂いのないその習性についても思いめぐらしてみたものだ。本能である筈はない。古来からのシキタリがあり、タカ子はそれを教えられており、自分だけが知らないのかとも考えたが、二十年ちかくも史書に親しんでそれらしい故実を読んだこともないから、たぶんそうでもないのだろう。

してみると、男の右手が愛撫《あいぶ》の手というわけであろうか。そう考えると、タカ子の左側ということが、あまり動物の本能めいて、たのしい想像ではなかったが、事実に於《おい》て右側では自分自身カッコウがつかないような感じもするから、別に深い意味のない感じの世界から発して、二人の習慣が自然に固定しただけのことかも知れなかった。ところが戦争から戻ってみると、タカ子は左側へ寄りそったり、右側へ寄りそったり、ねむる時にも左右不定になっていた。然し、それもムリがない。タカ子は失明しているのだから。矢島はそう考えていた。

然し、暗号の手紙から、それからそれへと思いめぐらすうち、矢島はふと怖《おそろ》しいことに気がついて、一時は混乱のために茫然《ぼうぜん》としたものである。

神尾は左ギッチョであった。

★

矢島は復員後、かなり著名な出版社の出版部長をつとめていた。ちょうど社用で、仙台へ原稿依頼にでかけることになったので、仙台には神尾の細君が疎開しており、どっちみち訪問すべき機会であるから、カバンの中へ例の本をつめこんだ。

社用を果してのち、神尾夫人の疎開先を訪ねると、そこは焼け残った丘の上で、広瀬川のうねりを見下す見晴らしのよい家であった。

神尾夫人は再会をよろこんで酒肴《しゅこう》をすすめたが、夫人もともに杯をあげて、その目に酔がこもると、いかにも生き生きと情感に燃えて、目のある女の美しさ、それをつくづく発見したような思いがした。

神尾夫人は元々美しい人であったが、目のないタカ子にくらべて、なんという生き生きとした距《へだた》りであろうか。然し、この生き生きとした人が、自分と同じように、神尾とタカ子に裏切られている被害者なのだと考えると、加害者のみすぼらしさが皮肉であり、わが現実がまことに奇妙にも思われた。

タカ子が単なる失明にとどまらず、子供たちと同じように死んでいたら、あるいは自分は今日の機会に求婚して、この人と結婚したかも分らない。ふと、そんなことを考える。そして変に情慾的になりかけている自分に気付くと、思いは再び神尾とタカ子のこと、自分が現にこうあるように、彼らがそうであったという劇《はげ》しい実感に脅《おび》やかされずにいられなかった。

神尾の長女が学校から戻ってきた。もう、女学校の二年生であった。矢島の娘が生きていれば、やっぱり、その年の筈であった。神尾の長女は、生き生きと明るい、そして、美しい女学生になっていた。その母よりも、さらに生き生きと明るく、立ち歩き、坐り、身をひるがえして去り、来《きた》り、笑い、羞恥《しゅうち》する目。矢島は、いつもションボリ坐っている妻、壁に手を当てて這《は》いずるように動く女、またある時は彼の肩にすがって、単なる物体の重さだけとなってポソポソとずり進む動物について考える。せめて二人の子供が生きていてくれたなら、そしてこの娘のように生き生きと自分の四周を立ち歩いていてくれたなら、そんなことをふと思って、泣き迸《なほとば》しりたい思いになった。にわかに心は沈み、再び浮き立ちそうもなくなって、坐にたえがたくなったので、最後に例の一件をもちだした。

「実は神田の古本屋で、神尾君の蔵書を一冊みつけましてね、買いもとめて、形見がわり珍蔵しているのです」

彼はカバンからその本をとりだした。

「神尾の本は全部お売りになったのですか」

夫人は本を手にとって、扉の蔵書印を眺めていた。

「神尾が出征のとき、売ってよい本、悪い本、指定して、でかけたのです。できれば売らずに全部疎開させたいと思いましたが、そのころは輸送難で、何段かに指定したうち、最小限の蔵書しか動かすことができなかったのです。二束三文《にそくさんもん》に売り払った始末で、神尾が生きて帰ったら、さだめし悲しい思いを致すでしょうと一時は案じたほどでした」

「欲しい人には貴重な書物ばかりでしたのに、まとめて古本屋へお売りでしたか」

「近所の小さな古本屋へまとめて売ってしまったのです。あまりの安値で、お金がほしいとは思いませんけど、あれほど書物を愛していた主人の思いのこもった物をと思いますと、身をきられるようでしたの」

「然し、焼けだされる前に疎開なさって、賢明でしたね」

「それだけは幸せでした。出征と同時に疎開しましたから、二十年の二月のことで、まだ東京には大空襲のない時でしたの」

してみれば、神尾の蔵書が魚紋書館の同僚の手に渡ったという事もない。あの暗号の七月五日は十九年に限られており、その筆者はタカ子以外に誰がいるというのだろうか。その本のなかに、変な暗号めくものがありましたが、と何気なくきりだしたいと思ったが、堅く改まるに相違ないからどうしても言いだせない。目のある人間はこんな時には都合の悪いものであると矢島は思った。

するを本を改めていた神尾夫人がふと顔をあげて、

「でも、妙ですわね。たしかこの本はこちらへ持って来ているように思いますけど。たしかに見覚えがあるのです」

「それは記憶ちがいでしょう」

「ええ、ちゃんとここに蔵書印のあるものを、奇妙ですけど、私もたしかに見覚えがあるのです。調べてみましょう」

夫人の案内で矢島も蔵書の前へみちびかれた。百冊前後の書籍が床《とこ》の間《ま》の隅につまれていた。すぐさま、夫人は叫んだ。

「ありましたわ。ほら、ここに。これでしょう?」

矢島は呆気《あっけ》にとられた。まさしく信じがたい事実が起っている。同じ本が、そこに、たしかに、あった。

矢島はその本をとりあげて、なかを改めた。この本の扉には、神尾の蔵書印がなかった。どういうワケだか分らない。腑《ふ》に落ちかねて頁をぼんやりくっていると、ところどころに赤い線のひいてある箇所がある。そこを拾い読みしてみると、彼はにわかに気がついた。それは矢島の本である。彼自身のひいた朱線にまぎれもなかった。

「わかりました。こっちにあるのは、私自身の本ですよ。いったい、いつ、こんなふうに代ったのだろう」

「ほんとに不思議なことですわね」

神尾とタカ子はしめし合せてこの本を暗号用に使った。そういう打ち合せの時に、入れちがったのではあるまいか。これぞ神のはからい給う悪事への諸人《もろびと》に示す証跡であり、神尾とタカ子の関係はもはやヌキサシならぬものの如《ごと》くに思われて、かかる確証を示されたことの暗さ、救いのなさ、矢島はその苦痛に打ちひしがれて放心した。然し一つの記憶がうかんでくると、次第に一道の光明がさし、ユウレカ！と叫んだ人のように、一つの目ざましい発見が起った。

この本をとりちがえたのは、矢島自身なのだ。矢島は神尾にこの本を貸していたのだ。そのうちに、神尾もこの本を手に入れた。矢島に赤紙がきて、神尾の家へ惜別の宴に招かれたとき、かねて借用の本を返そうというので、数冊持って帰ってきたが、その一冊がこの本だ。そしてその本を探しだすとき、二人はもう酔っていて、よく調べもせず、持ってきた。その時、たぶん間違えたのだ。

そのまま矢島は本の中を調べるヒマもなく慌ただしく出征してしまったから、矢島の本が神尾の家に残ることとなったのである。

★

矢島はたった一冊残っている自分の蔵書のなつかしさに、持参の本はもとの持主の蔵書の中へ置き残し、自分の本を代りに貰《もら》って東京へ戻った。

然し、思えば、益々《ますます》わからなくなるばかりであった。

自分の留守宅にあった筈の、そして全てが灰となってしまった筈のあの本が、どうして書店にさらされていたのだろうか。罹災の前に蔵書を売ったのだろうか。生活にこまる筈はない。彼には親ゆずりの資産があったから、封鎖の今とちがって、生活に困ることは有り得なかった。

矢島は東京へ戻ると、タカ子にたずねた。

「僕の蔵書の一冊が古本屋にあったよ」

「そう。珍しいわね。みんな焼けなかったら、よかったのにねえ。買ってきたのでしょう。どれ、みせて」

タカ子はその本を膝《ひざ》にのせて、なつかしそうに、なでていた。

「なんて本？」

「長たらしい名前の本だよ。日本上代に於ける社会組織の研究というのだ」

本の名を言う矢島は顔をこわばらせてしまったが、タカ子は静かに本をなでさすっているばかりである。

「僕の本はみんな焼けた筈なんだが、どうして一冊店頭にでていたのだか不思議だね。売ったことはなかったろうね」

「売る筈ないわ」

「僕の留守に人に貸しはしなかった？」

「そうねえ、雑誌や小説だったら御近所へかしてあげたかも知れないけど、こんな大きな堅い本、貸す筈ないわね」

「盗まれたことは？」

「それも、ないわ」

すべて灰となった筈の本が一冊残って売られている。その不思議さを、タカ子はさのみ不思議とうけとらぬ様子で、ただ妙になつかしがっているだけであった。

「あなたが、どなたかに貸して、忘れて、それが売られたのでしょう」

と、タカ子は平然と言った。

もとより、その筈はあり得ない。出征直前にわが家へ戻ってきた本である。

タカ子は失明している。目こそ表情の中心であるが、その目が失われるということは、すべての表情が失われると同じことになるかも知れない。すくなくとも、目のない限りは努力によって表情を殺すことは容易であるに相違ない。タカ子の顔から真実を見破ろうとする自分の努力が無役《むえき》なのだと矢島はさとらざるを得なかった。

然し、まだ方法は残っていた。ここまで辿《たど》ってきた以上は、つくせるだけの方法をつくして、やってみようと彼は思った。

矢島は本を買った神田の古本屋へ赴《おもむ》いて本の売り手をきいてみた。帳簿になかったけれども、店主は本を覚えていて、それは売りに来たのじゃなくて、通知によって自分の方から買いに出向いたものであり、どこそこの家であったということを教えてくれた。

そこは焼け残った、さのみ大きからぬ洋館であった。

主人は不在で、本の出所に答えうる人がなかったが、勤め先が矢島の社に近いところだったから、そこを訪ねて、会うことができた。その人は三十五、六の病弱らしい人で、さる学術専門出版店の編輯者であった。

職業も同じようなものであったが、愛書家同志のことで、矢島の来意をきくと、一冊の書物にからまる心労にきわめて好意ある同感をいだいたようであった。

その人の語るところはこうであった。

もう東京があらかた焼野原となった初夏の一日、その人が自宅附近《ふきん》を歩いていると、あまり人通りもない路上へ新聞紙をしき、二十数冊ほどの本をならべて客を待っている男があった。立ち寄ってみると、すべてが日本史に関する著名な本で当時得がたいものばかりであったから、すでに所蔵するものを除いて、半数以上を買いもとめた。もとめた本の多くは切支丹《キリシタン》関係のもので、書名をきいてみると、明《あきらか》に矢島の蔵書に相違なかった。タケノコ資金に上代関係のものを手放したが、切支丹関係のものは手もとに残してあるから、矢島の旧蔵も十冊前後まであるという話であった。

「外へ持ちだして焼け残ったものを、盗まれたのではないでしょうか」

と、その人が云《い》った。

「たぶん、そうでしょう。僕の家内はその日目をやられて失明し、二人の子供は焼死してしまったのです。郷里とレンラクがとれて父が上京するまでの二週間、僕の家の焼跡を見まわる人手がなかったのですから、父が焼跡へでかけた時には、すでに何物もなかったのです。僕は然し家内が本を持ちだしたことを言ってくれないものですから、そんな風にして蔵書の一部が残っているということを想像もできなかったのでした」

然し、こうして、矢島の蔵書が焼け残ったイワレが分ってみると、解《げ》せないことは、明に矢島の家のものであった本の中に、なぜタカ子の記した暗号があったかということであった。それをタカ子が出し忘れた、否《いな》、出し忘れるということは有り得ない、いったん書いてみたけれども、変更すべき事情が起って、別に書き改めた。そして先の一通を不覚にも置き忘れたと解すべきであろう。それにしても、神尾は死んだ。矢島の家は焼けた。家財のすべて焼失し、わずか十数冊残って盗まれた書物の中の、タカ子がたった一枚暗号のホゴを置き忘れた、秘密の唯一の手がかりを秘めた一冊だけが、幾多の経路をたどって矢島その人の手に戻るとは、なんたる天命であろうか。

神尾は死に、タカ子は失明し、秘密の主役たちはイノチを目を失っているというのに、たった一つ地上に残った秘密の爪の跡が劫火《ごうか》にも焼かれず、盗人の手をくぐり、遂《つい》にかくして秘密の唯一の解読者の手に帰せざるを得なかったとは！ その一冊の本に、魔性めく執拗《しつよう》な意志がこもっているではないか。まるで四谷《よつや》怪談《かいだん》のあの幽霊の執念に似ている。これを神の意志と見るにしても、そら怖しいまでの執念であり、世にも不思議な偶然であった。

矢島が感慨に沈んでいると、その人は曲解して

「僕も実はタケノコとはいえ愛蔵の本を手放したことを今では悔いているのです。こんな気持であるだけに、あなたのお気持はよく分るのですが、僕の手に一度蔵した今となっては、それを手放す苦痛には堪《た》えられるとは思われないのが本音なのです」

言いにくそうな廻《まわ》りもった言葉を矢島は慌ててさえぎって、

「いえ、いえ。焼けた蔵書の十冊ぐらい今さら手もとに戻ったところで、却って切なくなるばかりです。僕はただ、わが家の罹災の当時をしのんでいささか感慨に沈んでしまっただけなのです」

と、好意を謝して、別れをつげた。

★

その晩、矢島はタカ子にきいた。

「あの本がどうして残っていたか分ったよ。あの本のほかにも十何冊か焼け残った本があったのだ。家の焼けるまえに誰かがそれを持ちだしているのだよ。君は本を持ちださなかったと言ったね。いったい、誰が持ちだしたのだろう。君が忘れているんじゃないか。あの時のことをしずかに思いかえしてごらん」

タカ子は失明の顔ながら、かんがえている様子であった。

「空襲警報がなって、それから、君は何をしたの？」

「あの日はもう、この地区がやかれることを直覚していたわ。そこしか残っていないのだもの。空襲警報がなるさきに、私はもう防空服装に着代えていたけれど、ねていた子供たちを起して、身仕度をつけさせるのに長い時間がかかったのよ。やかれることを直覚して、あせりすぎていたから身支度ができて、外へでて空を見上げるまもなく、探照燈がクルクルまわって高射砲がなりだして、するともう火の手があがっていたのだわ。ふと気がつくと、探照燈の十字の中の飛行機が、私たちの頭上へまっすぐくるのです。一時に気が違ったように怖くなって、子供を両手にひきずって、防空壕《ぼうくうごう》へ逃げこんだのよ。その時は怖さばかりで、何一つ持ちだす慾もなかったわ。息をひそめているうちに、怖いながらも、だんだん慾がでてきたのよ。そのとき秋夫がお母さん手ブラで焼けだされちゃ困るだろうと言ったの。すると和子が、そうよ、きっと乞食《こじき》になって死んでしまうわ、ねえ、何か持ちだしてよ、と言ったのよ。私たちは壕をでたの。そのときは、もう、四方の空が真ッ赤だったわ。けれどもチラと見ただけよ。私たちは夢中で駆けたの。あのときは、でも、私の目は、まだ、見えたのよ。空ぜんたい、すん分の隙《すき》もなく真赤《まっか》に燃えていたわ。そうなのよ。ゆれながら、こっちへ流れてくるようにね、ぜんたいの火の空が」

火の空をうつしたまま、タカ子の目は永遠にとざされ、もしや、今も尚《なお》タカ子の目には火の空だけが焼き映されているのではないかと矢島は思った。その哀切にたえがたい思いであった。

真実の火花に目を焼いて倒れるまでの一生の遺恨を思いださせる残酷を敢《あえ》てしてまで、埋もれた過去の秘密をつきとめることが正義にかなっているかどうか、矢島はひそかにわが胸に問うた。彼の答のきまらぬうちに、タカ子の言葉はつづいた。

「私は臆病だから、恐怖に顚倒《てんとう》して、それからのことはハッキリ覚えがないのよ。三度ぐらいは、たしか往復したはずよ。食糧とフトンと、そんなものを運んだと思っているけど、あの時は、まだ、目が見えていたのだけれどね、目に何を見たか、それが分らなくなっているの。私が最後に見たものは、物ではなくて、音だったのよ。音と同時に閃光《せんこう》が、それが最後よ。ねえ、私はあの晩、子供たちに身支度をさせたの、手をひいて走って、防空壕にかたまって身をすりよせて、そのくせ、私は子供の姿を見ていない。私が最後に見たものは、焼ける空、悪魔の空、ねえ、子供は私をすりぬけて、何か運んで、すれちがっていたはずなのに、私はその姿を見ていないのよ。ねえ、どうして見えなかったのよ。見ることができなかったのよ。ねえ、私はどうして、何も見ていなかったのよ」

「もう、いいよ。止《よ》してくれ。悲しいことを思いださせて、すまない」

タカ子には見えるはずがなかったから、矢島は耳を両手でふさいで、ねころんだ。そして、もうこれ以上追求は止そうと思った。

然し、翌日になって別の気持が生れると、あれはあれであり、これはこれである筈、失明の悲哀によって秘密を覆う、それもタカ子の一つの術ではないかという疑い心もわいた。一枚のヌキサシならぬ証拠がある。魔性のような執念をもって火をくぐり良人の手にもどるという事実の劇しさは女の魔性の手管《てくだ》を破って、事の真相をあばいて然《しか》るべき宿命を暗示しているようにも思われた。

その日出社すると、昨日会った彼《か》の蔵書の所有主から電話がきた。

「実はです」

声の主は意外きわまる事実を報じた。

「昨日申し上げればよかったのですが、今になって、ようやく思いだしたのです。あなたの昔の蔵書にですな、買った当時中をひらくと、どの本にも、頁の心覚えのような数字をならべた紙がはさんであったのです。その人にしてみれば、大事の控えだろうと思いましてね、まさか旧主にめぐり会うと思ったわけではないのですが、マア、なんとなく、いたわってやりたいような感傷を覚えたのですね、そのまま元の通り本にはさんでおいてあります。御希望ならば、その控えは明日お届け致しますが」

矢島は慌てて答えた。

「いいえ、その控えは、その本と一緒でなくては、分らなくなるのです。では、お帰りに同行させていただいて本の中から私にとりださせていただけませんか」

そして矢島は承諾を得た。

各《おのおの》の本に、各の暗号がある。それは、どういう意味だろう。なるほど、彼と神尾の蔵書は、ほぼ共通してはいた。本の番号を定めておいて、一通ごとに本を変えて文通する。それにしても、彼の手にある一通には、本の番号に当る数字は見当らない。あらかじめ、本の順序を定めておいたとすれば、本の番号はいらないワケだが、それにしても、各の本に暗号がはさんであったという意味が分らない。各の本ごとに、暗号を書きしくじる、それも妙だが、それを又、本の中に必ず置き忘れるということが奇妙である。

謎《なぞ》の解けないまま、矢島は本の所有主にみちびかれて、その人の家へ行った。

ワケがあって、ちょッと調べたいことがあるから、十分ばかり、調べさせてもらいたいと許しをうけて、旧蔵の本をさがすと、十一冊あった。その中に二枚あるもの、三枚のもの、一枚のもの、合計して十八枚の暗号文書が現れた。

矢島はただちに飜訳《ほんやく》にかかった。

その飜訳の短い時間のあいだに、矢島は昨日までの一生に流してきた涙の総量よりも、さらに多くの涙を流したように思った。彼のからだはカラになったようであった。なんという、いとしい暗号であったろうか。その暗号の筆者はタカ子ではなかったのだ。死んだ二人の子供、秋夫と和子が取り交している手紙であった。

本にレンラクがないために、残された暗号にもレンラクはなかった。然しそこに語られている子供たちのたのしい生活は彼の胸をかきむしった。

その暗号は夏ごろから始めたらしく、七月以前のものはなかった。

サキニプールへ行ッテイマス七月十日午後三時

この筆跡は乱暴で大きくて、不そろいで、秋夫の手であった。

イツモノ処ニイマス

という例の一通と同じ意味のものもあった。例の処とは、どこだろうか。たぶん、公園かどこかの、たのしい秘密の場所であったに相違ない。どんなに愉《たの》しい場所であったのだろうか。

エンノ下ノ小犬ノコトハオ母サンニ言ワナイデ下サイ九月三日午後七時半

ナイテイルカラカクシテモワカッテシマウト思イマス

小犬のことは、そのほかにも数通あった。その小犬の最後の運命はどうなってしまったのだろう。それは暗号の手紙には語られていなかった。

兄と妹は、こんな暗号をどこで覚えたのだろうか。戦争中のことだから、暗号の方法などについても、知る機会が多かったのだろう。

二人にとっては暗号遊びのたのしい台本であったから、火急の際にも、必死に持ちだして防空壕へ投げいれたのに相違ない。自分たちの本を使わずに、父の蔵書の特別むつかしそうな大型の本を選んでいるのも、そこに暗号という重大なる秘密の権威が要求されたからであったに相違ない。

その暗号をタカ子のものと思い違えていたことは、今となっては滑稽であるが、戦争の劫火をくぐり、他の一切が燃《も》え失《う》せたときに、暗号のみが遂に父の目にふれたというこの事実には、やっぱりそこに一つの激しい執念がはたらいているとしか矢島には思うことができなかった。

子供たちが、一言の別辞を父に語ろうと祈っているその一念が、暗号の紙にこもっている、そう考えることが不合理であろうか。

矢島は然し満足であった。子供の遺骨をつきとめることができたよりも、はるかに深くみたされていた。

私たちは、いま、天国に遊んでいます。暗号は、現にそう父に話しかけ、そして父をあべこべに慰めるために訪れてきたのだ、と彼は信じたからであった。

夜長姫と耳男

オレの親方はヒダ随一の名人とうたわれたタクミであったが、夜長《よなが》の長者に招かれたのは、老病で死期の近づいた時だった。親方は身代りにオレをスイセンして、

「これはまだ二十の若者だが、小さいガキのころからオレの膝元《ひざもと》に育ち、特に仕込んだわけでもないが、オレが工夫の骨法は大過なく会得している奴です。五十年仕込んでも、ダメの奴はダメのものさ。青笠《アオガサ》や古釜《フルカマ》にくらべると巧者ではないかも知れぬが、力のこもった仕事をしますよ。宮を造ればツギ手や仕口にオレも気附《きづ》かぬ工夫を編みだしたこともあるし、仏像を刻めば、これが小僧の作かと訝《いぶ》かしく思われるほど深いイノチを現します。オレが病気のために余儀なく此奴《こいつ》を代理に差出すわけではなくて、青笠や古釜と技を競って劣るまいとオレが見込んで差出すものと心得て下さるように」

きいていてオレが呆《あき》れてただ目をまるくせずにいられなかったほどの過分の言葉であった。

オレはそれまで親方にほめられたことは一度もなかった。もっとも、誰をほめたこと

もない親方ではあったが、それにしても、この突然のホメ言葉はオレをまったく驚愕《きょうがく》させた。当のオレがそれほどだから、多くの古い弟子たちが親方はモウロクして途方もないことを口走ってしまったものだと云《い》いふらしたのは、あながち嫉《ねた》みのせいだけではなかったのである。

夜長の長者の使者アナマロも兄弟子たちの言い分に理があるようだと考えた。そこでオレをひそかに別室へよんで、

「お前の師匠はモウロクしてあんなことを云ったが、まさかお前は長者の招きに進んで応じるほど向う見ずではあるまいな」

こう云われると、オレはムラムラと腹が立った。その時まで親方の言葉を疑ったり、自分の腕に不安を感じていたのが一時に掻《か》き消えて、顔に血がこみあげた。

「オレの腕じゃア不足なほど、夜長の長者は尊い人ですかい。はばかりながら、オレの刻んだ仏像が不足だという寺は天下に一ツもない筈《はず》だ」

オレは目もくらみ耳もふさがり、叫びたてるわが姿をトキをつくる雞《にわとり》のようだと思ったほどだ。アナマロは苦笑した。

「相弟子どもと鎮守《ちんじゅ》のホコラを造るのとはワケがちがうぞ。お前が腕くらべをするのは、お前の師と並んでヒダの三名人とうたわれている青ガサとフル釜だぞ」

「青ガサもフル釜も、親方すらも怖《おそ》ろしいと思うものか。オレが一心不乱にやれば、オレのイノチがオレの造る寺や仏像に宿るだけだ」

アナマロはあわれんで溜息《ためいき》をもらすような面持であったが、どう思い直してか、オレを親方の代りに長者の邸《やしき》へ連れていった。

「キサマは仕合《しあわ》せ者だな。キサマの造った品物がオメガネにかなう筈はないが、日本中の男という男がまだ見ぬ恋に胸をこがしている夜長姫サマの御身《おんみ》ちかくで暮すことができるのだからさ。せいぜい仕事を長びかせて、一時《いっとき》も長く逗留《とうりゅう》の工夫をめぐらすがよい。どうせかなわぬ仕事の工夫はいらぬことだ」

道々、アナマロはこんなことを云ってオレをイラだたせた。

「どうせかなわぬオレを連れて行くことはありますまい」

「そこが虫のカゲンだな。キサマは運のいい奴だ」

オレは旅の途中でアナマロに別れて幾度か立ち帰ろうと思った。しかし、青ガサやフル釜と技を競う名誉がオレを誘惑した。彼らを怖れて逃げたと思われるのが心外であった。オレは自分に云いきかせた。

「一心不乱に、オレのイノチを打ちこんだ仕事をやりとげればそれでいいのだ。目玉がフシアナ同然の奴らのメガネにかなわなくとも、それがなんだ。オレが刻んだ仏像を道のホコラに安置して、その下に穴を掘って、土に埋もれて死ぬだけのことだ」

たしかにオレは生きて帰らぬような悲痛な覚悟を胸にかためていた。つまりは青ガサやフル釜を怖れる心のせいであろう。正直なところ、自信はなかった。

長者の邸へ着いた翌日、アナマロにみちびかれて奥の庭で、長者に会って挨拶《あいさつ》した。長者はまるまるふとり、頬《ほお》がたるんで、福の神のような恰好《かっこう》の人であった。

かたわらに夜長ヒメがいた。長者の頭にシラガが生《は》えそめたころにようやく生れた一粒種《ひとつぶだね》だから、一夜ごとに二握りの黄金を百夜《ももよ》にかけてしぼらせ、したたる露《つゆ》をあつめて産湯をつかわせたと云われていた。その露がしみたために、ヒメの身体は生れながらに光りかがやき、黄金の香りがすると云われていた。

オレは一心不乱にヒメを見つめなければならないと思った。なぜなら、親方が常にこう言いきかせていたからだ。

「珍しい人や物に出会ったときは目を放すな。オレの師匠がそう云っていた。そして、師匠はそのまた師匠にそう云われ、そのまた師匠のそのまた師匠のまたまた昔の大昔の大親の師匠の代から順くりにそう云われてきたのだぞ。大蛇《だいじゃ》に足をかまれても、目を放すな」

だからオレは夜長ヒメを見つめた。オレは小心のせいか、覚悟をきめてかからなければ人の顔を見つめることができなかった。しかし、気おくれをジッと押《おさ》えて、見つめているうちに次第に平静にかえる満足を感じたとき、オレは親方の教訓の重大な意味が分ったような気がするのだった。のしかかるように見つめ伏せてはダメだ。その人やその物とともに、ひと色の水のようにすきとおらなければならないのだ。

オレは夜長ヒメを見つめた。ヒメはまだ十三だった。身体はノビノビと高かったが、子供の香がたちこめていた。威厳はあったが、怖ろしくはなかった。オレはむしろ張りつめた力がゆるんだような気がしたが、それはオレが負けたせいかも知れない。そして、オレはヒメを見つめていた筈だが、ヒメのうしろに広々とそびえている乗鞍山《ノリクラヤマ》が後々まで強くしみて残ってしまった。

アナマロはオレを長者にひき合せて、

「これが耳男《ミミオ》でございます。若いながらも師の骨法をすべて会得し、さらに独自の工夫も編みだしたほどの師匠まさりで、青ガサやフル釜と技を競ってオクレをとるとは思われぬと師が口をきわめてほめたたえたほどのタクミであります」

意外にも殊勝なことを言った。すると長者はうなずいたが、

「なるほど、大きな耳だ」

オレの耳を一心に見つめた。そして、また云った。

「大耳は下へ垂れがちなものだが、この耳は上へ立ち、頭よりも高くのびている。兎《うさぎ》の耳のようだ。しかし、顔相は、馬だな」

オレの頭に血がさかまいた。オレは人々に耳のことを言われた時ほど逆上し、混乱することはない。いかな勇気も決心も、この混乱をふせぐことができないのだ。すべての血が上体にあがり、たちまち汗がしたたった。それはいつものことではあるが、この日の汗はたぐいのないものだった。ヒタイも、耳のまわりも、クビ筋も、一時に滝のように汗があふれて流れた。

長者はそれをフシギそうに眺めていた。

「本当に馬にそッくりだわ。黒い顔が赤くなって、馬の色にそッくり」

侍女たちが声をたてて笑った。オレはもう熱湯の釜そのもののようであった。溢《あふ》れたつ湯気も見えたし、顔もクビも胸も背も、皮膚全体が汗の深い河であった。

けれどもオレはヒメの顔だけは見つめなければいけないし、目を放してはいけないと思った。一心不乱にそう思い、それを行うために力をつくした。しかし、その努力と、湧《わ》き立ち溢れる混乱とは分離して並行し、オレは処置に窮して立ちすくんだ。長い時間が、そして、どうすることもできない時間がすぎた。オレは突然ふりむいて走っていた。他に適当な行動や落附《おちつ》いた言葉などを発すべきだと思いつきながら、もっとも欲しない、そして思いがけない行動を起してしまったのである。

オレはオレの部屋の前まで走っていった。それから、門の外まで走って出た。それから歩いたが、また、走った。居たたまらなかったのだ。オレは川の流れに沿うて山の雑木林《ぞうきばやし》にわけ入り、滝の下で長い時間岩に腰かけていた。午《ひる》がすぎた。腹がへった。しかし、日が暮れかかるまでは長者の邸へ戻る力が起らなかった。

★

オレに五、六日おくれて青ガサが着いた。また五、六日おくれて、フル釜の代りに倅《せがれ》の小釜（チイサガマ）が到着した。それを見ると青ガサは失笑して云った。

「馬耳の師匠だけかと思ったら、フル釜もか。この青ガサに勝てぬと見たのは殊勝なことだが、身代りの二人の小者が気の毒だ」

ヒメがオレを馬に見立ててから、人々はオレをウマミミとよぶようになっていた。

オレは青ガサの高慢が憎いと思ったが、だまっていた。オレの肚《はら》はきまっていたのだ。ここを死場所と覚悟をきめて一心不乱に仕事に精をうちこむだけだ。

チイサ釜はオレの七ツ兄だった。彼の父のフル釜も病気と称して倅を代りに差し向けたが、取沙汰《とりざた》では仮病であったと云われていた。使者のアナマロが一番おそく彼を迎えにでかけたので腹を立てたのだそうだ。しかし、チイサ釜が父に劣らぬタクミであるということはすでに評判があったから、オレの場合のように意外な身代りではなかったのである。

チイサ釜は腕によほどの覚えがあるのか、青ガサの高慢を眉《まゆ》の毛の一筋すらも動かすことなく聞きながした。そして、青ガサにも、またオレにも、同じように鄭重《ていちょう》に挨拶した。ひどく落附いた奴だと思って薄気味がわるかったが、その後だんだん見ていると、奴はオハヨウ、コンチハ、コンバンハ、などの挨拶以外には人に話しかけないことが分った。

オレが気がついたと同じことを、青ガサも気がついた。そして彼はチイサ釜に云った。

「オメエはどういうわけで挨拶の口上だけはヌカリなく述べやがるんだ。まるでヒタイへとまったハエは手で払うものだときめたようにウルサイぞ。タクミの手はノミを使うが、一々ハエを追うために肩の骨が延《の》びてきたわけではあるまい。人の口は必要を弁じるために孔《あな》があいているのだが、朝晩の挨拶なんぞは、舌を出しても、屁《へ》をたれても間に合うものだ」

オレはこれをきいて、ズケズケと物を云う青ガサがなんとなく気に入った。

三人のタクミが揃《そろ》ったので、正式に長者の前へ召されて、このたびの仕事を申し渡された。ヒメの持仏《じぶつ》をつくるためだと聞いていたが、くわしいことはまだ知らされていなかったのだ。

長者はかたえのヒメを見やって云った。

「このヒメの今生後生《こんじょうごしょう》をまもりたもう尊いホトケの御姿を刻んでもらいたいものだ。持仏堂におさめて、ヒメが朝夕拝むものだが、ミホトケの御姿と、それをおさめるズシがほしい。ミホトケはミロクボサツ。その他は銘々の工夫にまかせるが、ヒメの十六の正月までに仕上げてもらいたい」

三名のタクミがその仕事を正式に受けて挨拶を終ると、酒肴《しゅこう》が運ばれた。長者とヒメは正面に一段高く、左手には三名のタクミの膳《ぜん》が、右手にも三ツの膳が並べられた。そこにはまだ人の姿が見えなかったが、たぶんアナマロと、その他の二名の重立《おもだ》つ者の座であろうとオレは考えていた。ところが、アナマロがみちびいてきたのは二人の女であった。

長者は二人の女をオレたちにひき合せて、こう云った。

「向うの高い山をこえ、その向うのミズウミをこえ、そのまた向うのひろい野をこえると、石と岩だけでできた高い山がある。その山を泣いてこえると、またひろい野があって、そのまた向うに霧の深い山がある。またその山を泣いてこえると、ひろいひろい森があって森の中を大きな川が流れている。その森を三日がかりで泣きながら通りぬけると、何千という、泉が湧き出している里があるのだよ。その里には一ツの木陰《こかげ》の一ツの泉ごとに一人の娘がハタを織っているそうな。その里の一番大きな木の下の一番キレイな泉のそばでハタを織っていたのが一番美しい娘で、ここにいる若い方の人がその娘だよ。この娘がハタを織るようになるまでは娘のお母さんが織っていたが、それがこッちの年をとった女の人だよ。その里から虹《にじ》の橋を渡ってはるばるとヒメの着物を織るためにヒダの奥まで来てくれたのだ。お母さんを月待(ツキマチ)と云い、娘を江奈古(エナコ)と云う。ヒメの気に入ったミホトケを造った者には、美しいエナコをホービに進ぜよう」

長者が金にあかして買い入れたハタを織る美しい奴隷なのだ。オレの生れたヒダの国へも他国から奴隷を買いにくる者があるが、それは男の奴隷で、そしてオレのようなタクミが奴隷に買われて行くのさ。しかし、やむにやまれぬ必要のために遠い国から買いにくるのだから、奴隷は大切に扱われ、第一等のお客様と同じようにもてなしを受けるそうだが、それも仕事が出来あがるまでの話さ。仕事が終って無用になれば金で買った奴隷だから、人にくれてやることも、ウワバミにくれてやることも主人の勝手だ。だから遠国へ買われて行くことを好むタクミはいないが、女の身なら尚《なお》さらのことであろう。

可哀《かわい》そうな女たちよ、とオレは思った。けれども、ヒメの気に入った仏像を造った者にエナコをホービにやるという長者の言葉はオレをビックリさせた。

オレはヒメの気に入るような仏像を造る気持がなかったのだ。馬の顔にソックリだと云われて山の奥へ夢中で駈《か》けこんでしまったとき、オレは日暮れちかくまで滝壺《たきつぼ》のそばにいたあげく、オレはヒメの気に入らない仏像を造るために、いや、仏像ではなくて怖ろしい馬の顔の化け物を造るために精魂を傾けてやると覚悟をかためていたのだから。だから、ヒメの気に入った仏像を造った者にエナコをホービにやるという長者の言葉はオレに大きな驚愕を与えた。また、激しい怒りも覚えた。また、この女はオレがもらう女ではないと気がついたために、ムラムラと嘲《あざけ》りも湧いた。

その雑念を抑えるために、タクミの心になりきろうとオレは思った。親方が教えてくれたタクミの心構えの用いどころはこの時だと思った。

そこでオレはエナコを見つめた。大蛇が足にかみついてもこの目を放しはしないぞと我とわが胸に云いきかせながら。

「この女が、山をこえ、ミズウミをこえ、野をこえ、また山を越えて、野をこえて、また山をこえて、大きな森をこえて、泉の湧く里から来たハタを織る女だと？　それは珍しい動物だ」

オレの目はエナコの顔から放れなかったが、一心不乱ではなかった。なぜなら、オレは驚愕と怒りを抑えた代りに、嘲りが宿ってしまったのを、いかんともすることができなかったから。

その嘲りをエナコに向けるのは不当であると気がついていたが、オレの目をエナコに向けてそこから放すことができなければ、目に宿る嘲りもエナコの顔に向けるほかにどう仕様もない。

エナコはオレの視線に気がついた。次第にエナコの顔色が変った。オレはシマッタと思ったが、エナコの目に憎しみの火がもえたつのを見て、オレもにわかに憎しみにもえた。オレとエナコは全てを忘れ、ただ憎しみをこめて睨《にら》み合った。

エナコのきびしい目が軽くそれた。エナコは企《たくら》みの深い笑いをうかべて云った。

「私の生国は人の数より馬の数が多いと云われておりますが、馬は人を乗せて走るために、また、畑を耕すために使われています。こちらのお国では馬が着物をきて手にノミを握り、お寺や仏像を造るのに使われていますね」

オレは即座に云い返した。

「オレの国では女が野良《のら》を耕すが、お前の国では馬が野良を耕すから、馬の代りに女がハタを織るようだ。オレの国の馬は手にノミを握って大工はするが、ハタは織らねえな。せいぜい、ハタを織ってもらおう。遠路のところ、はなはだ御苦労」

エナコの目がはじかれたように開いた。そして、静かに立ち上った。長者に軽く目礼し、ズカズカとオレの前へ進んだ。立ち止って、オレを見おろした。むろんオレの目もエナコの顔から放れなかった。

エナコは膳部の横を半周してオレの背後へまわった。そして、そッとオレの耳をつまんだ。

「そんなことか！……」

と、オレは思った。所詮《しょせん》、先に目を放したお前の負けだと考えた。その瞬間であった。オレは耳に焼かれたような一撃をうけた。前へのめり、膳部の中に手を突ッこんでしまったことに気がついたのと、人々のざわめきを耳の底に聞きとめたのと同時であった。

オレはふりむいてエナコを見た。エナコの右手は懐剣のサヤを払って握っていたが、その手は静かに下方に垂れ、ミジンも殺意が見られなかった。エナコがなんとなく用ありげに、不器用に宙に浮かして垂れているのは、左手の方だ。その指につまれている物が何物であるかということにオレは突然気がついた。

オレはクビをまわしてオレの左の肩を見た。なんとなくそこが変だと思っていたが、肩一面に血でぬれていた。ウスベリの上にも血がしたたっていた。オレは何か忘れていた昔のことを思いだすように、耳の痛みに気がついた。

「これが馬の耳の一ツですよ。他の一ツはあなたの斧《おの》でそぎ落して、せいぜい人の耳に似せなさい」

エナコはそぎ落したオレの片耳の上部をオレの酒杯《しゅはい》の中へ落して立去った。

★

それから六日すぎた。

オレたちは邸内の一部に銘々の小屋をたて、そこに籠《こも》って仕事をすることになっていたから、オレも山の木を伐《き》りだしてきて、小屋がけにかかっていた。

オレは蔵の裏の人の立ち入らぬ場所を選んで小屋をつくることにした。そこは一面に雑草が生《は》え繁《しげ》り、蛇やクモの棲《す》み家《か》であるから、人々は怖れて近づかぬ場所であった。

「なるほど。馬小屋をたてるとすれば、まずこの場所だが、ちと陽当《ひあた》りがわるくはないか」

アナマロがブラリと姿を現して、からかった。

「馬はカンが強いから、人の姿が近づくと仕事に身が入りません。小屋がけが終って仕事にかかって後《のち》は、一切仕事場に立ち入らぬように願います」

オレは高窓を二重造りに仕掛け、戸口にも特別の仕掛けを施して、仕事場をのぞくことができないように工夫しなければならないのだ。オレの仕事はできあがるまで秘密にしなければならなかった。

「ときに馬耳よ。長者とヒメがお召しであるから、斧を持って、おれについてくるがよい」

アナマロがこう云った。

「斧だけでいいんですか」

「ウン」

「庭木でも伐ろと仰有《おっしゃ》るのかね。斧を使うのもタクミの仕事のうちではあるが、木地屋とタクミは違うものだ。木を叩《たた》ッ切るだけなら、他に適役があらア。つまらねえことでオレの気を散らさねえように願いますよ」

ブツブツ云いながら、手に斧をとってくると、アナマロは妙な目附で上下にオレを見定めたあとで、

「まア、坐れ」

彼はこう云って、まず自分から材木の切れッ端に腰をおろした。オレも差向いに腰をおろした。

「馬耳よ。よく聞け。お主《ヌシ》が青ガサやチイサ釜とあくまで腕くらべをしたい気持は殊勝であるが、こんなウチで仕事をしたいとは思うまい」

「どういうわけで！」

「フム。よく考えてみよ。お主、耳をそがれて、痛かったろう」

「耳の孔にくらべると、耳の笠はよけい物と見えて、血どめに毒ダミの葉のきざんだ奴を松ヤニにまぜて塗りたくッておいたら、事もなく痛みもとれたし、結構、耳の役にも立つようですよ」

「この先、ここに居たところで、お主のためにロクなことは有りやしないぞ。片耳ぐらいで済めばよいが、命にかかわることが起るかも知れぬ。悪いことは云わぬ。このまま、ここから逃げて帰れ。ここに一袋の黄金がある。お主が三ヵ年働いて立派なミロク像を仕上げたところで、かほど莫大《ばくだい》な黄金をいただくわけには参るまい。あとはオレが良いように申上げておくから、今のうちに早く帰れ」

アナマロの顔は意外に真剣だった。それほどオレが追いだしたいのか。三ヵ年の手当にまさる黄金を与えてまで追いだしたいほど、オレが不要なタクミなのか。こう思うと、怒りがこみあげた。オレは叫んだ。

「そうですかい。あなた方のお考えじゃア、オレの手はノミやカンナをとるタクミの手じゃアなくて、斧で木を叩ッきるキコリの腕だとお見立てですかい。よかろう。オレは今日かぎりここのウチに雇われたタクミじゃアありません。だが、この小屋で仕事だけはさせていただきましょう。食うぐらいは自分でやれるから、一切お世話にはなりませんし、一文《いちもん》もいただく必要はありません。オレが勝手に三ヵ年仕事をする分には差支えありますまい」

「待て。待て。お主はカン違いしているようだ。誰もお主が未熟だから追出そうとは言っておらぬぞ」

「斧だけ持って出て行けと云われるからにゃア、ほかに考え様がありますまい」

「さ。そのことだ」

アナマロはオレの両肩に手をかけて、変にシミジミとオレを見つめた。そして云った。

「オレの言い方がまずかった。斧だけ持って一しょに参れと申したのはご主人様の言いつけだ。しかし、斧をもって一しょに参らずに、ただ今すぐにここから逃げよと申すのは、オレだけの言葉だ。イヤ、オレだけではなく、長者も実は内々それを望んでおられる。じゃによって、この一袋の黄金をオレに手渡して、お主を逃がせ、とさとされているのだ。それと申すのが、もしもお主がオレと一しょに斧をもって長者の前へまかりでると、お主のために良からぬことが起るからだ。長者はお主の身のためを考えておられる」

　思わせぶりな言葉が、いっそうオレをいらだたせた。

「オレの身のためを思うなら、そのワケをザックバランに言ってもらおうじゃありませんか」

「それを言ってやりたいが、言ったが最後タダではすまぬ言葉というものもあるものだ。だが、先程から申す通り、お主の一命にかかわることが起るかも知れぬ」

　オレは即座に肚をきめた。斧をぶらさげて立上った。

「お供しましょう」

「これさ」

「ハッハッハ。ふざけちゃアいけませんや。はばかりながら、ヒダのタクミはガキの時から仕事に命を打込むものと叩きこまれているのだ。仕事のほかには命をすてる心当りもないが、腕くらべを怖れて逃げだしたと云われるよりは、そッちの方を選ぼうじゃありませんか」

「長生きすれば、天下のタクミと世にうたわれる名人になる見込みのある奴だが、まだ若いな。一時の恥は、長生きすればそそがれるぞ」

「よけいなことは、もう、よしてくれ。オレはここへ来たときから、生きて帰ることは忘れていたのさ」

アナマロはあきらめた。すると、にわかに冷淡だった。

「オレにつづいて参れ」

彼は先に立ってズンズン歩いた。

★

奥の庭へみちびかれた。縁先の土の上にムシロがしかれていた。それがオレの席であった。

オレと向い合せにエナコが控えていた。後手《うしろで》にいましめられて、じかに土の上に坐っていた。

オレの跫音《あしおと》をききつけて、エナコは首をあげた。そして、いましめを解けば跳《と》びかかる犬のようにオレを睨んで目を放さなかった。小癪《こしゃく》な奴め、とオレは思った。

「耳を斬《き》り落されたオレが女を憎むならワケは分るが、女がオレを憎むとはワケが分らないな」

こう考えてオレはふと気がついたが、耳の痛みがとれてからは、この女を思いだしたこともなかった。

「考えてみるとフシギだな。オレのようなカンシャク持ちが、オレの耳を斬り落した女を呪《のろ》わないとは奇妙なことだ。オレは誰かに耳を斬り落されたことは考えても、斬り落したのがこの女だと考えたことはめッたにない。あべこべに、女の奴めがオレを仇《かたき》のように憎みきっているというのが腑《ふ》に落ちないぞ」

オレの呪いの一念はあげて魔神を刻むことにこめられているから、小癪な女一匹を考えるヒマがなかったのだろう。オレは十五の歳に仲間の一人に屋根から突き落されて手と足の骨を折ったことがある。この仲間はササイなことでオレに恨みを持っていたのだ。オレは骨を折ったので三ヵ月ほど大工の仕事はできなかったが、親方はオレがたった一日といえども仕事を休むことを許さなかった。オレは片手と片足で、欄間《らんま》のホリモノをきざまなければならなかった。骨折の怪我《けが》というものは、夜も眠ることができないほど痛むものだ。オレは泣き泣きノミをふるッていたが、泣き泣き眠ることができない長夜の苦しみよりも、泣き泣き仕事する日中の凌《しの》ぎよいことが分ってきた。折からの満月を幸いに、夜中に起きてノミをふるい、痛さに堪《た》えかねて悶《もだ》え泣いたこともあったし、手をすべらせてモモにノミを突きたててしまったこともあったが、苦しみに超えたものは仕事だけだということを、あの時ほどマザマザと思い知らされたことはない。片手片足でほった欄間だが、両手両足が使えるようになってから眺め直して、特に手を入れる必要もなかった。

その時のことが身にしみているから、片耳を斬り落された痛みぐらいは、仕事の励みになっただけだ。今に思い知らせてやるぞと考えた。そして、いやが上にも怖ろしい魔人の姿を思いめぐらしてゾクゾクしたが、思い知らせてやるのがこの女だとは考えたことがなかったようだ。

「オレが女を呪わないのは、ワケが分るフシもあるような気がするが、女がオレを仇のように憎むのはワケが分らない。ひょッとすると、長者があんなことを云ったから、オレが女をほしがっていると思って呪っているのかも知れないな」

こう考えると、ワケが分ってきたように思われた。そこでムラムラと怒りがこみあげた。バカな女め。キサマ欲しさに仕事をするオレと思うか。連れて帰れと云われても、肩に落ちた毛虫のように手で払って捨てて行くだけのことだ。こう考えたから、オレの心は落附いた。

「耳男をつれて参りました」

アナマロが室内に向って大声で叫んだ。するとスダレの向うに気配があって、着席した長者が云った。

「アナマロはあるか」

「これにおります」

「耳男に沙汰を申し伝えよ」

「かしこまりました」

アナマロはオレを睨みつけて、次のように申し渡した。

「当家の女奴隷が耳男の片耳をそぎ落したときこえては、ヒダのタクミ一同にも、ヒダの国人一同にも申訳が立たない。よってエナコを死罪に処するが、耳男が仇をうけた当人だから、耳男の斧で首を打たせる。耳男、うて」

オレはこれをきいて、エナコがオレを仇のように睨むのは道理と思った。この疑いがはれてしまえば、あとは気にかかるものもない。オレは云ってやった。

「御親切は痛みいるが、それには及びますまい」

「うてぬか」

オレはスックと立ってみせた。斧をとってズカズカと進み、エナコの直前で一睨み、凄《すご》みをきかせて睨みつけてやった。

エナコの後へまわると、斧を当てて縄をブツブツ切った。そして、元の座へサッさと戻ってきた。オレはわざと何も言わなかった。

アナマロが笑って云った。

「エナコの死に首よりも生き首がほしいか」

これをきくとオレの顔に血がのぼった。

「たわけたことを。虫ケラ同然のハタ織女《おりめ》にヒダの耳男はてんでハナもひッかけやしねえや。東国の森に棲む虫ケラに耳をかまれただけだと思えば腹も立たない道理じゃないか。虫ケラの死に首も生き首も欲しかアねえや」

こう喚《わめ》いてやったが、顔がまッかに染まり汗が一時に溢れでたのは、オレの心を裏切るものであった。

顔が赤く染まって汗が溢れでたのは、この女の生き首が欲しい下心のせいではなかった。オレを憎むワケがあるとは思われぬのに女がオレを仇のように睨んでいるから、さてはオレが女をわが物にしたい下心でもあると見て呪っているのだなと考えた。そして、バカな奴め。キサマを連れて帰れと云われても、肩に落ちた毛虫のように払い落して帰るだけだと考えていた。

有りもせぬ下心を疑《うたぐ》られては迷惑だとかねて甚だ気にかけていたことを、思いもよらずアナマロの口からきいたから、オレは虚をつかれて、うろたえてしまったのだ。一度うろたえてしまうと、それを恥じたり気に病んだりして、オレの顔は益々《ますます》熱く燃え、汗は滝の如《ごと》くに湧き流れるのはいつもの例であった。

「こまったことだ。残念なことだ。こんなに汗をビッショリかいて慌ててしまえば、まるでオレの下心がたしかにそうだと白状しているように思われてしまうばかりだ」

こう考えて、オレは益々うろたえた。額《ひたい》から汗の玉がポタポタとしたたり落ちて、いつやむ気色《けしき》もなくなってしまった。オレは観念して目を閉じた。オレにとってこの赤面と汗はマトモに抵抗しがたい大敵であった。観念の眼をとじてつとめて無心にふける以外に汗の雨ダレを食いとめる手段がなかった。

そのとき、ヒメの声がきこえた。

「スダレをあげて」

そう命じた。たぶん侍女もいるのだろうが、オレは目を開けて確かめるのを控えた。一時も早く汗の雨ダレを食いとめるには、見たいものも見てはならぬ。オレはもう一度ジックリとヒメの顔が見たかったのだ。

「耳男よ。目をあけて。そして、私の問いに答えて」

と、ヒメが命じた。オレはシブシブ目をあけた。スダレはまかれて、ヒメは縁に立っていた。

「お前、エナコに耳を斬り落されても、虫ケラにかまれたようだッて？　ほんとうにそう？」

無邪気な明るい笑顔だとオレは思った。オレは大きくうなずいて、

「ほんとうにそうです」と答えた。

「あとでウソだと仰有ッてはダメよ」

「そんなことは言いやしません。虫ケラだと思っているから、死に首も、生き首もマッピラでさア」

ヒメはニッコリうなずいた。ヒメはエナコに向って云った。

「エナコよ。耳男の片耳もかんでおやり。虫ケラにかまれても腹が立たないそうですから、存分にかんであげるといいわ。虫ケラの歯を貸してあげます。なくなったお母様の形見の品の一ツだけど、耳男の耳をかんだあとではお前にあげます」

ヒメは懐剣をとって侍女に渡した。侍女はそれをささげてエナコの前に差出した。

オレはエナコがよもやそれを受けとるとは考えていなかった。斧でクビを斬る代りにイマシメの縄をきりはらってやったオレの耳を斬る刀だ。

しかし、エナコは受けとった。なるほど、ヒメの与えた刀なら受けとらぬワケにはゆくまいが、よもやそのサヤは払うまいとまたオレは考えた。

可憐《かれん》なヒメは無邪気にイタズラをたのしんでいる。その明るい笑顔を見るがよい。虫も殺さぬ笑顔とは、このことだ。イタズラをたのしむ亢奮《こうふん》もなければ、何かを企む翳《かげ》り

もない。童女そのものの笑顔であった。

　オレはこう思った。問題は、エナコが巧みな言葉で手に受けた懐剣をヒメに返すことができるかどうか、ということだ。まんまと懐剣をせしめることができるほど巧みな言葉を思いつけば、尚のこと面白い。それに応じて、オレがうまいこと警句の一ツも合せることができれば、この上もなしであろう。ヒメは満足してスダレをおろすに相違ない。

　オレがこう考えたのは、あとで思えばフシギなことだ。なぜなら、ヒメはエナコに懐剣を与えて、オレの耳を斬れと命じているのだし、オレが片耳を失ったのもその大本はと云えばヒメからではないか。そして、オレが怖ろしい魔神の像をきざんでやるぞと心をきめたのもヒメのため。その像を見ておどろく人もまずヒメでなければならぬ筈だ。そのヒメがエナコに懐剣を与えてオレの耳を斬り落せと命じているのに、オレがそれを幸福な遊びのひとときだとふと考えていたのは、思えばフシギなことであった。ヒメの冴《さ》え冴《ざ》えとした笑顔、澄んだツブラな目のせいであろうか。オレは夢を見たようにフシギでならぬ。

　オレはエナコが刀のサヤを払うまいと思ったから、その思いを目にこめてウットリとヒメの笑顔に見とれた。思えばこれが何よりの不覚、心の隙であったろう。

オレがすさまじい気魄《きはく》に気がついて目を転じたとき、すでにエナコはズカズカとオレの目の前に進んでいた。

シマッタ！　とオレは思った。エナコはオレの鼻先で懐剣のサヤを払い、オレの耳の尖《さき》をつまんだ。

オレは他の全てを忘れて、ヒメを見た。ヒメの言葉がある筈だ。エナコに与えるヒメの言葉が。あの冴え冴えと澄んだ童女の笑顔から当然ほとばしる鶴《つる》の一声が。

オレは茫然《ぼうぜん》とヒメの顔を見つめた。冴えた無邪気な笑顔を。ツブラな澄みきった目を。そしてオレは放心した。このようにしているうちに順を追うてオレの耳が斬り落されるのをオレはみんな知っていたが、オレの目はヒメの顔を見つめたままどうすることもできなかったし、オレの心は目にこもる放心が全部であった。オレは耳をそぎ落されたのちも、ヒメをボンヤリ仰ぎ見ていた。

オレの耳がそがれたとき、オレはヒメのツブラな目が生き生きとまるく大きく冴えるのを見た。ヒメの頬にやや赤みがさした。軽い満足があらわれて、すぐさま消えた。すると笑いも消えていた。ひどく真剣な顔だった。考え深そうな顔でもあった。なんだ、これで全部か、とヒメは怒っているように見えた。すると、ふりむいて、ヒメは物も云わず立ち去ってしまった。

ヒメが立ち去ろうとするとき、オレの目に一粒ずつの大粒の涙がたまっているのに気がついた。

★

それからの足かけ三年というものは、オレの戦いの歴史であった。

オレは小屋にとじこもってノミをふるッていただけだが、オレがノミをふるう力は、オレの目に残るヒメの笑顔に押されつづけていた。オレはそれを押し返すために必死に戦わなければならなかった。

オレがヒメに自然に見とれてしまったことは、オレがどのようにあがいても所詮勝味《かちみ》がないように思われたが、オレは是が非でも押し返して、怖ろしいモノノケの像をつくらなければとあせった。

オレはひるむ心が起ったとき水を浴びることを思いついた。十パイ二十パイと気が遠くなるほど水を浴びた。また、ゴマをたくことから思いついて、オレは松ヤニをいぶした。また足のウラの土フマズに火を当てて焼いた。それらはすべてオレの心をふるい起して、襲いかかるように仕事にはげむためであった。

オレの小屋のまわりはジメジメした草むらで無数の蛇の棲み家だから、小屋の中にも蛇は遠慮なくもぐりこんできたが、オレはそれをひッさいて生き血をのんだ。そして蛇の死体を天井から吊るした。蛇の怨霊《おんりょう》がオレにのりうつり、また仕事にものりうつれとオレは念じた。

　オレは心のひるむたびに草むらにでて蛇をとり、ひッさいて生き血をしぼり、一息に呷《あお》って、のこるのを造りかけのモノノケの像にしたたらせた。

　日に七匹、また十匹ととったから、一夏を終らぬうちに、小屋のまわりの草むらの蛇は絶えてしまった。オレは山に入って日に一袋の蛇をとった。

　小屋の天井は吊るした蛇の死体で一パイになった。ウジがたかり、ムンムンと臭気がたちこめ、風にゆれ、冬がくるとカサカサと風に鳴った。

　吊るした蛇がいッせいに襲いかかってくるような幻を見ると、オレはかえって力がわいた。蛇の怨霊がオレにこもって、オレが蛇の化身となって生れ変った気がしたからだ。そして、こうしなければ、オレは仕事をつづけることができなかったのだ。

　オレはヒメの笑顔を押し返すほど力のこもったモノノケの姿を造りだす自信がなかったのだ。オレの力だけでは足りないことをさとっていた。それと戦う苦しさに、いッそ気が違ってしまえばよいと思ったほどだ。オレの心がヒメにとりつく怨霊になればよいと念じもした。しかし、仕事の急所に刻みかかると、必ず一度はヒメの笑顔に押されているオレのヒルミに気がついた。

三年目の春がきたとき、七分通りできあがって仕上げの急所にかかっていたから、オレは蛇の生き血に飢えていた。オレは山にわけこんで兎や狸《たぬき》や鹿《しか》をとり、胸をさいて生き血をしぼり、ハラワタをまきちらした。クビを斬り落して、その血を像にしたたらせた。

「血を吸え。そして、ヒメの十六の正月にイノチが宿って生きものになれ。人を殺して生き血を吸う鬼となれ」

それは耳の長い何ものかの顔であるが、モノノケだか、魔神だか、死神だか、鬼だか、怨霊だか、オレにも得体が知れなかった。オレはただヒメの笑顔を押し返すだけの力のこもった怖ろしい物でありさえすれば満足だった。

秋の中ごろにチイサ釜が仕事を終えた。また秋の終りには青ガサも仕事を終えた。オレは冬になって、ようやく像を造り終えた。しかし、それをおさめるズシにはまだ手をつけていなかった。

ズシの形や模様はヒメの調度にふさわしい可愛《かわい》いものに限ると思った。扉をひらくと現れる像の凄味をひきたてるには、あくまで可憐な様式にかぎる。

オレはのこされた短い日数のあいだ寝食も忘れがちにズシにかかった。そしてギリギリの大晦日《おおみそか》の夜までかかって、ともかく仕上げることができた。手のこんだ細工はできなかったが、扉には軽く花鳥をあしらった。豪奢《ごうしゃ》でも華美でもないが、素朴なところにむしろ気品が宿ったように思った。

深夜に人手をかりて運びだして、チイサ釜と青ガサの作品の横へオレの物を並べた。オレはとにかく満足だった。オレは小屋へ戻ると、毛皮をひッかぶって、地底へひきずりこまれるように眠りこけた。

★

オレは戸を叩く音に目をさました。夜が明けている。陽はかなり高いようだ。そうか。今日がヒメの十六の正月か、とオレはふと思いついた。戸を叩く音は執拗《しつよう》につづいた。オレは食物を運んできた女中だと思ったから、

「うるさいな。いつものように、だまって外へ置いて行け。オレには新年も元日もありやしねえ。ここだけは娑婆《しゃば》がちがうということをオレが口をすッぱくして言って聞かせてあるのが、三年たってもまだ分らないのか」

「目がさめたら、戸をおあけ」

「きいた風なことを言うな。オレが戸を開けるのは目がさめた時じゃアねえや」

「では、いつ、あける?」

「外に人が居ない時だ」

「それは、ほんとね？」

オレはそれをきいたとき、忘れることのできない特徴のあるヒメの抑揚をききつけて、声の主はヒメその人だと直覚した。にわかにオレの全身が恐怖のために凍ったように思った。どうしてよいのか分らなくて、オレはウロウロとむなしく時間を費《つい》やした。

「私が居るうちに出ておいで。出てこなければ、出てくるようにしてあげますよ」

静かな声がこう云った。ヒメが侍女に命じて戸の外に何か積ませていたのをオレはさとっていたが、火打石をうつ音に、それは枯れ柴だと直感した。オレははじかれたように戸口へ走り、カンヌキを外《はず》して戸をあけた。

戸があいたのでそこから風が吹きこむように、ヒメはニコニコと小屋の中へはいってきた。オレの前を通りこして、先に立って中へはいった。

三年のうちにヒメのカラダは見ちがえるようにオトナになっていた。顔もオトナになっていたが、無邪気な明るい笑顔だけは、三年前と同じように澄みきった童女のものであった。

侍女たちは小屋の中をみてたじろいだ。ヒメだけはたじろいだ気色がなかった。ヒメは珍しそうに室内を見まわし、また天井を見まわした。蛇は無数の骨となってぶらさがっていたが、下にも無数の骨が落ちてくずれていた。

「みんな蛇ね」

ヒメの笑顔に生き生きと感動がかがやいた。ヒメは頭上に手をさしのばして垂れ下っている蛇の白骨の一ツを手にとろうとした。その白骨はヒメの肩に落ちくずれた。それを軽く手で払ったが、落ちた物には目もくれなかった。一ツ一ツが珍しくて、一ツの物に長くこだわっていられない様子に見えた。

「こんなことを思いついたのは、誰なの？　ヒダのタクミの仕事場がみんなこうなの？　それとも、お前の仕事場だけのこと？」

「たぶん、オレの小屋だけのことでしょう」

ヒメはうなずきもしなかったが、やがて満足のために笑顔は冴えかがやいた。三年昔、オレが見納めにしたヒメの顔は、にわかに真剣にひきしまって退屈しきった顔であったが、オレの小屋では笑顔の絶えることがなかった。

「火をつけなくてよかったね。燃してしまうと、これを見ることができなかったわ」

ヒメは全てを見終ると満足して呟《つぶや》いたが、

「でも、もう、燃してしまうがよい」

侍女に枯れ柴をつませて火をかけさせた。小屋が煙につつまれ、一時にどッと燃えあがるのを見とどけると、ヒメはオレに云った。

「珍しいミロクの像をありがとう。他の二ツにくらべて、百層倍も、千層倍も、気に入りました。ゴホービをあげたいから、着物をきかえておいで」

明るい無邪気な笑顔であった。オレの目にそれをのこしてヒメは去った。オレは侍女にみちびかれて入浴し、ヒメが与えた着物にきかえた。そして、奥《おく》の間《ま》へみちびかれた。オレは恐怖のために、入浴中からウワの空であった。いよいよヒメに殺されるのだとオレは思った。

オレはヒメの無邪気な笑顔がどのようなものであるかを思い知ることができた。エナコがオレの耳を斬り落すのを眺めていたのもこの笑顔だし、オレの小屋の天井からぶらさがった無数の蛇を眺めていたのもこの笑顔だ。オレの耳を斬り落せとエナコに命じたのもこの笑顔であるが、エナコのクビをオレの斧で斬り落せと沙汰のでたのも、実はこの笑顔がそれを見たいと思ったからに相違ない。

あのとき、アナマロが早くここを逃げよとオレにすすめて、長者も内々オレがここから逃げることを望んでおられると言ったが、まさしく思い当る言葉である。この笑顔に対しては、長者も施す術《すべ》がないのであろう。ムリもないとオレは思った。

人の祝う元日に、ためらう色もなくわが家の一隅に火をかけたこの笑顔は、地獄の火も怖れなければ、血の池も怖れることがなかろう。ましてオレが造ったバケモノなぞは、この笑顔が七ツ八ツのころのママゴト道具のたぐいであろう。

「珍しいミロクの像をありがとう。他のものの百層倍、千層倍も、気に入りました」

というヒメの言葉を思いだすと、オレはその怖ろしさにゾッとすくんだ。

オレの造ったあのバケモノになんの凄味があるものか。人の心をシンから凍らせるまことの力は一ツもこもっていないのだ。

本当に怖ろしいのは、この笑顔だ。この笑顔こそは生きた魔神も怨霊も及びがたい真に怖ろしい唯一の物であろう。

オレは今に至ってようやくこの笑顔の何たるかをさとったが、三年間の仕事の間、怖ろしい物を造ろうとしていつもヒメの笑顔に押されていたオレは、分らぬながらも心の一部にそれを感じていたのかも知れない。真に怖ろしいものを造るためなら、この笑顔に押されるのは当り前の話であろう。真に怖ろしいものは、この笑顔にまさるものはないのだから。

今生の思い出に、この笑顔を刻み残して殺されたいとオレは考えた。オレにとっては、ヒメがオレを殺すことはもはや疑う余地がなかった。それも、今日、風呂《ふろ》からあがって奥の間へみちびかれて匆々《そうそう》にヒメはオレを殺すであろう。蛇のようにオレを裂いて逆さに吊《つる》すかも知れないと思った。そう思うと恐怖に息の根がとまりかけて、オレは思わず必死に合掌《がっしょう》の一念であったが、真に泣き悶えて合掌したところで、あの笑顔が何を受けつけてくれるものでもあるまい。

この運命をきりぬけるには、ともかくこの一ツの方法があるだけだとオレは考えた。それはオレのタクミとしての必死の願望にもかなっていた。とにかくヒメに頼んでみようとオレは思った。そして、こう心がきまると、オレはようやく風呂からあがることができた。

オレは奥の間へみちびかれた。長者がヒメをしたがえて現れた。オレは挨拶もどかしく、ヒタイを下にすりつけて、必死に叫んだ。オレは顔をあげる力がなかったのだ。

「今生のお願いでございます。お姫サマのお顔お姿を刻ませて下さいませ。それを刻み残せば、あとはいつ死のうとも悔いはございません」

意外にもアッサリと長者の返答があった。

「ヒメがそれに同意なら、願ってもないことだ。ヒメよ。異存はないか」

それに答えたヒメの言葉もアッサリと、これまた意外千万であった。

「私が耳男にそれを頼むつもりでしたの。耳男が望むなら申分ございません」

「それは、よかった」

長者は大そう喜んで思わず大声で叫んだが、オレに向って、やさしく云った。

「耳男よ。顔をあげよ。三年の間、御苦労だった。お前のミロクは皮肉の作だが、彫《ほ》りの気魄、凡手《ぼんしゅ》の作ではない。ことのほかヒメが気に入ったようだから、それだけでオレは満足のほかにつけ加える言葉はない。よく、やってくれた」

長者とヒメはオレに数々のヒキデモノをくれた。そのとき、長者がつけ加えて、言った。

「ヒメの気に入った像を造った者にはエナコを与えると約束したが、エナコは死んでしまったから、この約束だけは果してやれなくなったのが残念だ」

すると、それをひきとって、ヒメが言った。

「エナコは耳男の耳を斬り落した懐剣でノドをついて死んでいたのよ。血にそまったエナコの着物は耳男がいま下着にして身につけているのがそれよ。身代りに着せてあげるために、男物に仕立て直しておいたのです」

オレはもうこれしきのことでは驚かなくなっていたが、長者の顔が蒼《あお》ざめた。ヒメはニコニコとオレを見つめていた。

★

そのころ、この山奥にまでホーソーがはやり、あの村にも、この里にも、死ぬ者がキリもなかった。疫病はついにこの村にも押し寄せたから、家ごとに疫病除《よ》けの護符をはり、白昼もかたく戸を閉して、一家ヒタイを集めて日夜神仏に祈っていたが、悪魔はどの隙間から忍びこんでくるものやら、日ましに死ぬ者が多くなる一方だった。

長者の家でも広い邸内の雨戸《とぎ》をおろして家族は日中も息を殺していたが、ヒメの部屋だけは、ヒメが雨戸を閉めさせなかった。

「耳男の造ったバケモノの像は、耳男が無数の蛇を裂き殺して逆吊りにして、生き血をあびながら呪いをこめて刻んだバケモノだから、疫病よけのマジナイぐらいにはなるらしいわ。ほかに取得もなさそうなバケモノだから、門の外へ飾ってごらん」

ヒメは人に命じて、ズシごと門前へすえさせた。長者の邸には高楼《こうろう》があった。ヒメは時々高楼にのぼって村を眺めたが、村はずれの森の中に死者をすてに行くために運ぶ者の姿を見ると、ヒメは一日は充《み》ち足りた様子であった。

オレは青ガサが残した小屋で、今度こそヒメの持仏のミロクの像に精魂かたむけていた。ホトケの顔にヒメの笑顔をうつすのがオレの考えであった。

この邸内で人間らしくうごいているのは、ヒメとオレの二人だけであった。

ミロクにヒメの笑顔をうつして持仏を刻んでいるときいてヒメは一応満足の風ではあったが、実はオレの仕事を気にかけている様子はなかった。ヒメはオレの仕事のはかどりを見に来たことはついぞなかった。小屋に姿を現すのは、死者を森へすてに行く人群れを見かけたときにきまっていた。特にオレを選んでそれをきかせに来るのではなく、邸内の一人一人にもれなく聞かせてまわるのがヒメのたのしみの様子であった。

「今日も死んだ人があるのよ」

それをきかせるときも、ニコニコとたのしそうであった。ついでに仏像の出来ぐあいを見て行くようなことはなかった。それには一目もくれなかった。そして長くはとどまらなかった。

オレはヒメになぶられているのではないかと疑っていた。さりげない風を見せているが、実はやっぱり元日にオレを殺すつもりであったに相違ないとオレは時々考えた。なぜなら、ヒメはオレの造ったバケモノを疱病よけに門前へすえさせたとき、

「耳男が無数の蛇を裂き殺して逆さに吊り、蛇の生き血をあびながら呪いをかけて刻んだバケモノだから、疱病よけのマジナイぐらいにはなりそうね。ほかに取得もなさそうですから、門の前へ飾ってごらん」

と云ったそうだ。オレはそれを人づてにきいて、思わずすくんでしまったものだ。オレが呪いをかけて刻んだことまで知りぬいていて、オレを生かしておくヒメが怖ろしいと思った。三人のタクミの作からオレの物を選んでおいて、疫病よけのマジナイにでも使うほかに取得もなさそうだとシャアシャアと言うヒメの本当の腹の底が怖ろしかった。オレにヒキデモノを与えた元日には、ヒメの言葉に長者まで蒼ざめてしまった。ヒメの本当の腹の底は、父の長者にも量《はか》りかねるのであろう。ヒメがそれを行う時まで、ヒメの心は全ての人に解きがたい謎《なぞ》であろう。いまはオレを殺すことが念頭になくとも、元日にはあったかも知れないし、また明日はあるかも知れない。ヒメがオレの何かに興味をもったということは、オレがヒメにいつ殺されてもフシギではないということであろう。

オレのミロクはどうやらヒメの無邪気な笑顔に近づいてきた。ツブラな目。尖端に珠玉をはらんだようなミズミズしいまるみをおびた鼻。だが、そのような顔のかたちは特に技術を要することではない。オレが精魂かたむけて立向わねばならぬものは、あどけない笑顔の秘密であった。一点の翳りもなく冴えた明るい無邪気な笑顔。そこには血を好む一筋のキザシも示されていない。魔神に通じるいかなる色も、いかなる匂いも示されていない。ただあどけない童女のものが笑顔の全てで、どこにも秘密のないものだった。それがヒメの笑顔の秘密であった。

「ヒメの顔は、形のほかに何かが匂っているのかも知れないな。黄金をしぼった露で産湯をつかったからヒメのからだは生れながらにかがやいて黄金の匂いがすると云われているが、俗の眼はむしろ鋭く秘密を射当てることがあるものだ。ヒメの顔をつつんでいる目に見えぬ匂いを、オレのノミが刻みださなければならないのだな」

オレはそんなことを考えた。

そして、このあどけない笑顔がいつオレを殺すかも知れない顔だと考えると、その怖れがオレの仕事の心棒になった。ふと手を休めて気がつくと、その怖れが、だきしめても足りないほどなつかしく心にしみる時があった。

ヒメがオレの小屋へ現れて、

「今日も人が死んだわ」

と云うとき、オレは何も言うことがなくて、概《おおむ》ねヒメの笑顔を見つめているばかりであった。

オレはヒメの本心を訊《き》いてみたいとは思わなかった。俗念は無益なことだ。ヒメに本心があるとすれば、あどけない笑顔が、そして匂いが全てなのだ。すくなくともタクミにとってはそれが全てであるし、オレの現身《うつしみ》にとってもそれが全てであろう。三年昔、オレがヒメの顔に見とれたときから、それが全部であることがすでに定められたようなものだった。

どうやらホーソー神が通りすぎた。この村の五分の一が死んでいた。長者の邸には多数の人々が住んでいるのに、一人も病人がでなかったから、オレの造ったバケモノが一躍村人に信心された。

長者がまッさきに打ちこんだ。

「耳男があまたの蛇を生き裂きにして逆吊りにかけ生き血をあびながら呪いをこめて造ったバケモノだから、その怖ろしさにホーソー神も近づくことができないのだな」

ヒメの言葉をうけうりして吹聴した。

バケモノは山上の長者の邸の門前から運び降ろされて、山の下の池のフチの三ツ又のにわか造りのホコラの中に鎮座した。遠い村から拝みにくる人も少くなかった。そしてオレはたちまち名人ともてはやされたが、その上の大評判をとったのは夜長ヒメであった。オレの手になるバケモノが間に合って長者の一家を護《まも》ったのもヒメの力によるというのだ。尊い神がヒメの生き身に宿っておられる。尊い神の化身であるという評判がたちまち村々へひろがった。

山下のホコラへオレのバケモノを拝みにきた人々のうちには、山上の長者の邸の門前へきてぬかずいて拝んで帰る者もあったし、門前へお供え物を置いて行く者もあった。

ヒメはお供え物のカブや菜ッ葉をオレに示して、言った。

「これはお前がうけた物よ。おいしく煮てお食べ」

ヒメの顔はニコニコとかがやいていた。オレはヒメがからかいに来たと見て、ムッとした。そして答えた。

「天下名題《なだい》のホトケを造ったヒダのタクミはたくさん居りますが、お供え物をいただいた話はききませんや。生き神様のお供え物にきまっているから、おいしく煮ておあがり下さい」

ヒメの笑顔はオレの言葉にとりあわなかった。ヒメは言った。

「耳男よ。お前が造ったバケモノはほんとうにホーソー神を睨み返してくれたのよ。私は毎日楼《ろう》の上からそれを見ていたわ」

オレは呆れてヒメの笑顔を見つめた。しかし、ヒメの心はとうてい量りがたいものであった。

ヒメはさらに云った。

「耳男よ。お前が楼にあがって私と同じ物を見ていても、お前のバケモノがホーソー神を睨み返してくれるのを見ることができなかったでしょうよ。お前の小屋が燃えたときから、お前の目は見えなくなってしまったから。そして、お前がいまお造りのミロクには、お爺《じい》さんやお婆《ばあ》さんの頭痛をやわらげる力もないわ」

ヒメは冴え冴えとオレを見つめた。そして、ふりむいて立去った。オレの手にカブと菜ッ葉がのこっていた。

オレはヒメの魔法にかけられてトリコになってしまったように思った。怖ろしいヒメだと思った。たしかに人力を超えたヒメかも知れぬと思った。しかし、オレがいま造っているミロクには爺さん婆さんの頭痛をやわらげる力もないとは、どういうことだろう。

「あのバケモノには子供を泣かせる力もないが、ミロクには何かがある筈だ。すくなくともオレという人間のタマシイがそッくり乗りうつッているだろう」

オレは確信をもってこう云えるように思ったが、オレの確信の根元からゆりうごかしてくずすものはヒメの笑顔であった。オレが見失ってしまったものが確かにどこかにあるようにも思われて、たよりなくて、ふと、たまらなく切ない思いを感じるようになってしまった。

★

ホーソー神が通りすぎて五十日もたたぬうちに、今度はちがった疫病が村をこえ里をこえて渡ってきた。夏がきて、暑い日ざかりがつづいていた。

また人々は日ざかりに雨戸をおろして神仏に祈ってくらした。しかし、ホーソー神の通るあいだ畑を耕していなかったから、今度も畑を耕さないと食べる物が尽きていた。そこで百姓はおののきながら野良へでてクワを振りあげ振りおろしたが、朝は元気で出たのが、日ざかりの畑でキリキリ舞いをしたあげく、しばらく畑を這《は》いまわってことぎれる者も少くなかった。

山の下の三ツ又のバケモノのホコラを拝みにきて、ホコラの前で死んでいた者もあった。

「尊いヒメの神よ。悪病を払いたまえ」

長者の門前へきて、こう祈る者もあった。

長者の邸も再び日ざかりに雨戸をとざして、人々は息をころして暮していた。ヒメだけが雨戸をあけ、時に楼上から山下の村を眺めて、死者を見るたびに邸内の全ての者にきかせて歩いた。

オレの小屋へきてヒメが云った。

「耳男よ。今日は私が何を見たと思う？」

ヒメの目がいつもにくらべて輝きが深いようでもあった。ヒメは云った。

「バケモノのホコラへ拝みにきて、ホコラの前でキリキリ舞いをして、ホコラにとりすがって死んだお婆さんを見たのよ」

オレは云ってやった。

「あのバケモノの奴も今度の疫病神は睨み返すことができませんでしたかい」

ヒメはそれにとりあわず、静かにこう命じた。

「耳男よ。裏の山から蛇をとっておいで。大きな袋にいっぱい」

こう命じたが、オレはヒメに命じられては否応《いやおう》もない。黙って意のままに動くことしかできないのだ。その蛇で何をするつもりだろうという疑いも、ヒメが立去ってからでないとオレの頭に浮かばなかった。

オレは裏の山にわけこんで、あまたの蛇をとった。去年の今ごろも、そのまた前の年の今ごろも、オレはこの山で蛇をとったが、となつかしんだが、そのときオレはふと気がついた。

去年の今ごろも、そのまた前の年の今ごろも、オレが蛇とりにこの山をうろついていたのは、ヒメの笑顔に押されてひるむ心をかきたてようと悪戦苦闘しながらであった。ヒメの笑顔に押されたときには、オレの造りかけのバケモノが腑抜けのように見えた。ノミの跡の全てがムダにしか見えなかった。そして腑抜けのバケモノを再びマトモに見直す勇気が湧くまでには、この山の蛇の生き血を飲みほしても足りないのではないかと怯《おび》えつづけていたものだった。

そのころに比べると、いまのオレはヒメの笑顔に押されるということがない。イヤ、押されてはいるかも知れぬが、押し返さねばならぬという不安な戦いはない。ヒメの笑顔が押してくるままの力を、オレのノミが素直に表すことができればよいという芸本来の三昧境《さんまいきょう》にひたっているだけのことだ。

いまのオレは素直な心に立っているから、いま造りかけのミロクにもわが身の拙《つたな》さを嘆く思いは絶えるまもないが、バケモノが腑抜けに見えたほど見るも無慚《むざん》な嘆きはなかった。バケモノを刻むノミの跡は、ヒメの笑顔に押されては、すべてがムダなものにしか見えなかったものであった。

いまのオレはともかく心に安らぎを得て、素直に芸と戦っているから、去年のオレも今年のオレも変りがないように思っていたが、大そう変っているらしいな、ということをふと考えた。そして今年のオレの方がすべてに於《おい》て立ちまさっていると思った。

オレは大きな袋にいっぱい蛇をつめて戻った。そのふくらみの大きさにヒメの目は無邪気にかがやいた。ヒメは云った。

「袋をもって、楼へ来て」

楼へ登った。ヒメは下を指して云った。

「三ツ又の池のほとりにバケモノのホコラがあるでしょう。ホコラにすがりついて死んでいる人の姿が見えるでしょう。お婆さんよ。あそこまで辿りついてちょッと拝んでいたと思うと、にわかに立ち上ってキリキリ舞いをはじめたのよ。それからヨタヨタ這いまわって、やっとホコラに手をかけたと思うと動かなくなってしまったわ」

ヒメの目はそこにそそがれて動かなかった。さらにヒメは下界の諸方に目を転じて飽かず眺めふけった。そして、呟いた。

「野良にでて働く人の姿が多いわ。ホーソーの時には野良にでている人の姿が見られなかったものでしたのに。バケモノのホコラへ拝みに来て死ぬ人もあるのに、野良の人々は無事なのね」

オレは小屋にこもって仕事にふけっているだけだから、邸内の人々とも殆《ほとん》ど交渉がなかったし、まして邸外とは交渉がなかった。だから村里を襲っている疫病の怖ろしい噂《うわさ》を時たま聞くことがあっても、オレにとっては別天地の出来事で、身にしみる思いに打たれたことはなかった。オレのバケモノが魔よけの神様にまつりあげられ、オレが名人ともてはやされていると聞いても、それすらも別天地の出来事であった。

オレははじめて高楼から村を眺めた。それは裏の山から村を見下す風景の距離をちぢめただけのものだが、バケモノのホコラにすがりついて死んでいる人の姿を見ると、それもわが身にかかわりのないソラゾラしい眺めながらも、人里の哀れさが目にしみもした。あんなバケモノが魔よけの役に立たないのは分りきっているのに、そのホコラにすがりついて死ぬ人があるとは罪な話だ。いッそ焼き払ってしまえばいいのに、とオレは思った。オレが罪を犯しているような味気ない思いにかられもした。

ヒメは下界の眺めにタンノーして、ふりむいた。そして、オレに命じた。

「袋の中の蛇を一匹ずつ生き裂きにして血をしぼってちょうだい。お前はその血をしぼって、どうしたの？」

「オレはチョコにうけて飲みましたよ」

「十四も、二十四も？」

「一度にそうは飲めませんが、飲みたくなけりゃそのへんへぶッかけるだけのことですよ」

「そして裂き殺した蛇を天井に吊るしたのね」

「そうですよ」

「お前がしたと同じことをしてちょうだい。生き血だけは私が飲みます。早くよ」

ヒメの命令には従う以外に手のないオレであった。オレは生き血をうけるチョコや、蛇を天井へ吊るすための道具を運びあげて、袋の蛇を一匹ずつ裂いて生き血をしぼり、順に天井へ吊るした。

オレはまさかと思っていたが、ヒメはたじろぐ色もなく、ニッコリと無邪気に笑って、生き血を一息にのみほした。それを見るまではさほどのこととは思わなかったが、その時からはあまりの怖ろしさに、蛇をさく馴《な》れた手までが狂いがちであった。

オレも三年の間、数の知れない蛇を裂いて生き血をのみ死体を天井に逆吊りにしたが、オレが自分ですることだから怖ろしいとも異様とも思わなかった。

ヒメは蛇の生き血をのみ、蛇体を高楼に逆吊りにして、何をするつもりなのだろう。目的の善悪がどうあろうとも、高楼にのぼり、ためらう色もなくニッコリと蛇の生き血を飲みほすヒメはあまり無邪気で、怖ろしかった。

ヒメは三四目の生き血までは一息に飲みほした。四匹目からは屋根や床上へまきちらした。

オレが袋の中の蛇をみんな裂いて吊るし終ると、ヒメは言った。

「もう一ッぺん山へ行って袋にいっぱい蛇をとってきてよ。陽のあるうちは、何べんもよ。この天井にいっぱい吊るすまでは、今日も、明日も、明後日《あさって》も。早く」

もう一度だけ蛇とりに行ってくると、その日はもうたそがれてしまった。ヒメの笑顔には無念そうな翳がさした。吊るされた蛇と、吊るされていない空間とを、充ち足りたように、また無念げに、ヒメの笑顔はしばし高楼の天井を見上げて動かなかった。

「明日は朝早くから出かけてよ。何べんもね。そして、ドッサリとってちょうだい」

ヒメは心残りげに、たそがれの村を見下した。そして、オレに言った。

「ほら。お婆さんの死体を片づけに、ホコラの前に人が集《あつま》っているわ。あんなに、たくさんの人が」

ヒメの笑顔はかがやきを増した。

「ホーソーの時は、いつもせいぜい二、三人の人がションボリ死体を運んでいたのに、今度は人々がまだ生き生きとしているのね。私の目に見える村の人々がみんなキリキリ舞いをして死んで欲しいわ。その次には私の目に見えない人たちも。畑の人も、野の人も、山の人も、森の人も、家の中の人も、みんな死んで欲しいわ」

オレは冷水をあびせかけられたように、すくんで動けなくなってしまった。ヒメの声はすきとおるように静かで無邪気であったから、尚のこと、この上もなく怖ろしいものに思われた。ヒメが蛇の生き血をのみ、蛇の死体を高楼に吊るしているのは、村の人々がみんな死ぬことを祈っているのだ。

オレは居たたまらずに一散に逃げたいと思いながら、オレの足はすくんでいたし、心もすくんでいた。オレはヒメが憎いとはついぞ思ったことがないが、このヒメが生きているのは怖ろしいということをその時はじめて考えた。

★

しらじら明けに、ちゃんと目がさめた。ヒメのいいつけが身にしみて、ちょうどその時間に目がさめるほどオレの心は縛られていた。

オレは心の重さにたえがたかったが、袋を負うて明けきらぬ山へわけこまずにもいられなかった。そして山へわけこむと、オレは蛇をとることに必死であった。少しも早く、少しでも多く、とあせっていた。ヒメの期待に添うてやりたい一念が一途《いちず》にオレをかりたててやまなかった。

大きな袋を負うて戻ると、ヒメは高楼に待っていた。それをみんな吊し終ると、ヒメの顔はかがやいて、

「まだとても早いわ。ようやく野良へ人々がでてきたばかり。今日は何べんも、何べんも、とってきてね。早く、できるだけ精をだしてね」

オレは黙ってカラの袋を握ると山へ急いだ。オレは今朝《けさ》からまだ一言もヒメに口をきかなかった。ヒメに向って物を言う力がなかったのだ。今に高楼の天井いっぱいに蛇の

死体がぶらさがるに相違ないが、そのとき、どうなるのだろうと考えると、オレは苦しくてたまらなかった。

ヒメがしていることはオレが仕事小屋でしていたことのマネゴトにすぎないようだが、オレは単純にそう思うわけにはいかなかった。オレがあんなことをしたのは小さな余儀ない必要によってであったが、ヒメがしていることは人間が思いつくことではなかった。たまたまオレの小屋を見たからそれに似せているだけで、オレの小屋を見ていなければ、他の何かに似せて同じような怖ろしいことをやっている筈なのだ。

しかも、かほどのことも、まだヒメにとっては序の口であろう。ヒメの生涯に、この先なにを思いつき、なにを行うか、それはとても人間どもの思量しうることではない。とてもオレの手に負えるヒメではないし、オレのノミもとうていヒメをつかむことはできないのだとオレはシミジミ思い知らずにいられなかった。

「なるほど。まさしくヒメの言われる通り、いま造っているミロクなんぞはただのチッポケな人間だな。ヒメはこの青空と同じぐらい大きいような気がするな」

あんまり怖ろしいものを見てしまったとオレは思った。こんな物を見ておいて、この先なにを支えに仕事をつづけて行けるだろうかとオレは嘆かずにいられなかった。

二度目の袋を背負って戻ると、ヒメの頬も目もかがやきに燃えてオレを迎えた。ヒメはオレにニッコリと笑いかけながら小さく叫んだ。

「すばらしい！」

ヒメは指して云った。

「ほら、あすこの野良に一人死んでいるでしょう。つい今しがたよ。クワを空高くかざしたと思うと取り落してキリキリ舞いをはじめたのよ。そしてあの人が動かなくなったと思うと、ほら、あすこの野良にも一人倒れているでしょう。あの人がキリキリ舞いをはじめたのよ。そして、今しがたまで這ってうごめいていたのに」

ヒメの目はそこにジッとそそがれていた。まだうごめきやしないかと期待しているのかも知れなかった。

オレはヒメの言葉をきいているうちに汗がジットリ浮んできた。怖れとも悲しみともつかない大きなものがこみあげて、オレはどうしてよいのか分らなくなってしまった。

オレの胸にカタマリがつかえて、ただハアハアとあえいだ。

そのときヒメの冴えわたる声がオレによびかけた。

「耳男よ。ごらん！　あすこに、ほら！　キリキリ舞いをしはじめた人がいてよ。ほら、キリキリと舞っていてよ。お日さまがまぶしいように。お日さまに酔ったよう」

オレはランカンに駈けよって、ヒメの示す方を見た。長者の邸のすぐ下の畑に、一人の農夫が両手をひろげて、空の下を泳ぐようにユラユラとよろめいていた。カガシに足が生えて、左右にくの字をふみながらユラユラと小さな円を踏《ふ》み廻《まわ》っているようだ。バッタリ倒れて、這いはじめた。オレは目をとじて、退いた。顔も、胸も、背中も、汗でいっぱいだった。

「ヒメが村の人間をみな殺しにしてしまう」

オレはそれをハッキリ信じた。オレが高楼の天井いっぱいに蛇の死体を吊し終えた時、この村の最後の一人が息をひきとるに相違ない。

オレが天井を見上げると、風の吹き渡る高楼だから、何十本もの蛇の死体が調子をそろえてゆるやかにゆれ、隙間からキレイな青空が見えた。閉めきったオレの小屋では、こんなことは見かけることができなかったが、ぶらさがった蛇の死体までがこんなに美しいということは、なんということだろうとオレは思った。こんなことは人間世界のことではないとオレは思った。

オレが逆吊りにした蛇の死体をオレの手が斬り落すか、ここからオレが逃げ去るか、どっちか一ツを選ぶより仕方がないとオレは思った。オレはノミを握りしめた。そして、いずれを選ぶべきかに尚も迷った。そのとき、ヒメの声がきこえた。

「とうとう動かなくなったわ。なんて可愛いのでしょうね。お日さまが、うらやましい。日本中の野でも里でも町でも、こんな風に死ぬ人をみんな見ていらッしゃるのね」

それをきいているうちにオレの心が変った。このヒメを殺さなければ、チャチな人間世界はもたないのだとオレは思った。

ヒメは無心に野良を見つめていた。新しいキリキリ舞いを探しているのかも知れなかった。なんて可憐なヒメだろうとオレは思った。そして、心がきまると、オレはフシギにためらわなかった。むしろ強い力がオレを押すように思われた。

オレはヒメに歩み寄ると、オレの左手をヒメの左の肩にかけ、だきすくめて、右手のキリを胸にうちこんだ。オレの肩はハアハアと大きな波をうっていたが、ヒメは目をあけてニッコリ笑った。

「サヨナラの挨拶をして、それから殺して下さるものよ。私もサヨナラの挨拶をして、胸を突き刺していただいたのに」

ヒメのツブラな瞳《ひとみ》はオレに絶えず、笑みかけていた。

オレはヒメの言う通りだと思った。オレも挨拶がしたかったし、せめてお詫《わ》びの一言も叫んでからヒメを刺すつもりであったが、やっぱりのぼせて、何も言うことができないうちにヒメを刺してしまったのだ。今さら何を言えよう。オレの目に不覚の涙があふれた。

するとヒメはオレの手をとり、ニッコリとささやいた。

「好きなものは呪うか殺すか争うかしなければならないのよ。お前のミロクがダメなのもそのせいだし、お前のバケモノがすばらしいのもそのためなのよ。いつも天井に蛇を吊して、いま私を殺したように立派な仕事をして……」

ヒメの目が笑って、とじた。

オレはヒメを抱いたまま気を失って倒れてしまった。

解　説

七北数人

本書には、坂口安吾の短篇小説の中から、自伝的作品を除く純文学および幻想文学の代表作が集められている。

収録作の発表年月および発表機関は以下のとおりである。

風博士	一九三一（昭和六）年六月	『青い馬』
傲慢な眼	一九三三年一月	『都新聞』
姦淫に寄す	一九三四年五月	『行動』
不可解な失恋に就て	一九三六年三月	『若草』
南風譜	一九三八年三月	『若草』
白痴	一九四六（昭和二十一）年六月	『新潮』
女体	一九四六年九月	『文藝春秋』

恋をしに行く　一九四七年一月　『新潮』
戦争と一人の女〔無削除版〕　一九四六年十月　『新生』
続戦争と一人の女　一九四六年十一月　『サロン』
桜の森の満開の下　一九四七年六月　『肉体』
青鬼の褌を洗う女　一九四七年十月　『愛と美』
アンゴウ　一九四八年五月　『サロン別冊』
夜長姫と耳男　一九五二年六月　『新潮』

作品のタイプはさまざまだが、どれも「女」をめぐる物語になっている。戦後、「堕落論」と「白痴」の二作で流行作家になった当時の安吾は「情痴作家」と呼ばれたりした。性的なテーマを扱った作品が並ぶことはある程度予想されたが、それでも、ここまで「女」に染まるとは意外だった。

安吾文学の出発点は、神経症的な不安と狂気を描くことにあった。初めての習作は一九二八年頃『改造』の懸賞創作に応募されたようで、内容はチェーホフの最も神経症的傾向の強い作品「退屈な話」「六号室」などに触発されたものだったと推定される。

一九三一年、満二十四歳の時、同人誌に発表したファルス「風博士」が大いに話題を呼んで、一足飛びに文壇の仲間入りを果たした安吾だが、デビューからおよそ八年の間、純然たるファルス作品はわずか数作しか書いていない。

初めての雑誌連載ということで力をこめた中篇「竹藪《たけやぶ》の家」や、初期作品の集大成ともいえる長篇「吹雪物語」などは、さながら神経症や鬱病《うつびょう》の見本市のような重たい小説である。神経の狂的にふるえる感覚の中、生と死のはざまで、のっぴきならない運命に押しひしがれそうになる人間たち。安吾はそこから文学をたちあげようとした。

もがき苦しむ人間たちの心に迫り、突きつめていくことによって、人間の生に（あるいは死に）光が射《さ》してくるのではないか――。安吾文学はいつも、この究極の光をめざす。代表作の多くに「女」がついてまわる理由もおのずとわかってくる。

恋に狂えば神経を病み、いつしか自分が自分でなくなっていく。人生の不安と狂気は、男女の愛欲の中にこそ巣食うことが多い。エッセイ「恋愛論」で「恋愛は人間永遠の問題だ。人間ある限り、その人生の恐らく最も主要なるものが恋愛なのだろうと私は思う」と書き、「教祖の文学」では、落下する久米の仙人が見た女のふくらはぎを「花」にたとえ、「その花はそのまま地獄の火かも知れぬ」と記した。

そのように、安吾が描く女はみな、地獄の花のように謎《なぞ》めいている。恐ろしく、幻惑的で、美しく張りつめた妖花。時に、血のにおいをたっぷり含んでいる。

最も血なまぐさいのが「桜の森の満開の下」と「夜長姫と耳男」。安吾作品の中では数少ない説話形式の小説だが、年々人気も評価も高まり、幻想作家としての一面を鮮烈に印象づけている。残虐で気高い女王の歓心を買うため、命をすりへらす下賤《げせん》の男。その構図は泉鏡花の「高野聖《こうやひじり》」や谷崎潤一郎の諸作を思い起こさせるが、西洋の説話文学にも「雪の女王」「石の花」「タンホイザー」など多くみられる話型である。安吾作品では、女が残虐であればあるほど無垢《むく》な聖性がきわだち、血みどろの世界にふしぎな透明感が漂う。マゾヒズムに陶酔境を見いだす谷崎とはこのあたりが決定的に違う。

中学時代には谷崎文学に最も惹《ひ》かれたと回想記に書いている安吾だが、被虐に快楽を感じる心理にはあまり興味がなかったかもしれない。それよりも、恋するがゆえに死を賭《と》してでも被虐に堪《た》えようとする、恋の苦しみのほうに関心があったように思われる。

「不可解な失恋に就て」では、初老の先生が愛人に若い男をあてがったりする。この愛人譲りのモチーフには執着があったようで、次作「雨宮紅庵」にも引き継がれるし、デビュー当時の短篇「黒谷村」にも既に現れていた。やはり谷崎文学に近しい世界だが、心理作用は異なる。真正のサディスト娘が登場する前作「禅僧」でも、被虐に快楽はない。男たちはみな神経がすりへるような恋に憑《つ》かれて、疑心暗鬼のとりこになっている。愛されないのではないかという不安。嫌われ捨てられる恐れ。彼女にふさわしくないと思う自虐。彼女の生き生きした姿を見たいためだけの献身。すべてが自分の神経を圧迫していき、やがて我慢の限界が来て、爆発する。野獣のように雨の中を狂奔したり、キリを相手の胸に突き立てたり……。

「南風譜」では、刃物を刺されるのは人間でなく仏像である。人形や彫像などに愛をそそぐうちに人形が人間らしさを帯びてくる、いわゆるピグマリオン奇談も谷崎や鏡花などからつながってくるテーマだ。現実か幻想かは知れず、倒錯的な愛欲にはまりこんでしまった友人夫婦もまた、恋に狂って神経が壊れてしまった人間たちである。仏像に嫉妬《しっと》する妻が白痴であるという設定も友人の好みを反映していよう。理性のやりとりを必要としない女は人形や仏像同然であり、その肉体をもてあそぶ男はマスターベーションにふけっているようなものだ。生身の肉体が眼前にある分、孤独の相はより深い。

「白痴」にもこのテーマの発展がみられる。「この女はまるで俺のために造られた悲しい人形のようではないか」という主人公伊沢の心のつぶやきが、自閉的な仮想の恋であることを暗示する。白痴の女との空襲下の道行きが夢のような幸福感に包まれているのも、二人の世界がまるで伊沢一人の内面世界であるかのように閉ざされているからだろう。男が女を犯しながら女の尻の肉をむしりとって食べる、そんな不気味な夢想に行き着くラストは、初期作品から続く神経症的な不安が覆いかぶさってくるようで狂おしい。

なお、この作品は『新潮』に掲載される際、後半部が数箇所削除された。改行も減り、最終行は掲載ページの末尾にきっちり収まっていたので、行数調整のため編集者が手を入れた可能性が高い。安吾の直筆原稿を翻刻した筑摩書房版最新全集で初めて完全形を読むことができるようになった。完全形の新かなヴァージョンは本書が初収録である。

出世作「風博士」は本書の中で唯一のファルス作品だが、これも幻想風味が色濃い。夢野久作の「ドグラ・マグラ」と類似の、狂人の語りを錯綜《さくそう》させたメタ・ミステリーとしても読める。ここでの「女」は、語り手「僕」の語る風博士の若いフィアンセと、風博士の遺書に書かれた博士の妻とに分裂しており、作品世界もまた種々に分裂している。

「アンゴウ」も広義のミステリーだが、どんでん返しの結末がさわやかな短篇なので内容には触れないでおこう。タイトルは「安吾」「暗号」「暗合」のトリプル・ミーニングになっている。巧みな構成にうならされ、結末で胸が熱くなる。

構成の素晴らしさでは「傲慢な眼」もひけをとらない。淡い恋心を描いた清新の気あふれる掌篇だが、ストーリーの骨格は意外にも「夜長姫と耳男」と相似形をなしている。気の強い令嬢と天才画家の卵である少年。二人の交流は、ただ画家とモデルとして睨《にら》み合うことでしかないのに、その熱さの中にさまざまな秘密を宿すかのようだ。この小品に美人作家矢田津世子《やだつせこ》への恋心が投影されているとみる意見は多いが、矢田と実際に出逢ったのは本作と相前後する時期であることが近年わかってきた。執筆時には出逢っていなかった可能性も少なくない。

矢田との恋のなりゆきについては自伝的作品「二十七歳」および「三十歳」に詳しく書かれているが、急速に進展するかにみえて、ぱったり会わなくなった時期に書かれた小説が「**姦淫に寄す**」である。ヒロイン氷川澄江はまぎれもなく矢田がモデルで、現実の二人がどんなふうに付き合っていたかがリアルに感じとれる。この作品などを最たる例として、安吾の恋愛小説は精神か肉体かという二元論の相剋で語られることが多い。澄江が聖書研究会の会員であることも皮肉な象徴だ。しかし、そもそも安吾の小説が肉欲を禁ずる精神に加担するはずもなく、神経を病むほど激しく焦がれる恋を描くのに二元論の入る余地などない。安吾がこの作品で描こうとしているのは、より強く禁ずる者ほど、より罪深い肉欲の嵐の中にいる、という霊肉逆転の構図である。戸外の嵐にも気づかない澄江の思いつめた激情には生々《なまなま》しい肉感がこもっている。

「**女体**」の素子のモデルも矢田津世子であると「戯作者《げさくしゃ》文学論」で安吾自身が語っている。矢田のイメージとはかなり違うようでもあるが、安吾が空想する矢田とのありえたかもしれない夫婦生活はこんなにも重苦しいものだった。互いに理論武装して、いがみ合うばかりの関係。安吾は矢田の美しい容姿に惹かれ、彼女の文学精進の一途《いちず》さに敬意を払いもしただろう。しかし、本質的には相いれない、思想も魂もぶつかり合うしかない関係であると感じていた。長篇を企図して書き始められたものだが、読みにくい文章からも執筆に難渋したことは察せられる。他の執筆依頼殺到などの外的要因がなかったとしても、この長篇はいずれ挫折したのではないだろうか。

四カ月も過ぎてから続篇として書かれた「恋をしに行く」では、主人公谷村は妻の素子から距離をとって、夜長姫にも似た信子との恋に癒《いや》しを求めようとする。ここでも精神か肉体かの二元論が会話の中に混じるが、やはりあっさりと一線を飛び越えてしまう。精神的な恋を求める谷村が信子との激しいセックスになだれ込むことが、ここではむしろ自然に感じられる。禁欲をまもり抜く「姦淫に寄す」に充満していた淫靡《いんび》なエロスが、ここには逆にない。信子のからだは素裸で投げ出され、信子の心も、からだと同じくすべてを投げ出して、よりどころなく孤独にさらされている。

「戦争と一人の女」と「続戦争と一人の女」は、「二十七歳」で戦争中に遊んだ相手と書かれている「娼婦あがりの全く肉体の感動を知らない女」をモデルとした創作。同じストーリーを男の視点と女の視点で語り変えた姉妹篇である。のちに「続」のほうが

「戦争と一人の女」のタイトルで単行本に収録されてしまったため、目次だけではどちらの作品か判別できないという、ややこしいことになっているが、正・続このように並べて読んでもらうのが作者の本意だろう。特に「戦争と一人の女」は雑誌掲載時にGHQにより大幅な削除を受けていたが、本書では最新版全集で初めて翻刻された無削除版が収録されているので、内容も格段に濃くなっている。

「白痴」の伊沢は「戦争の破壊の巨大の愛情が、すべてを裁いてくれるだろう」と、破滅願望にも似た、自分を突き放すような心情を吐露していたが、「戦争と一人の女」でも心の基点は同じようである。不感症なのに遊ばずにいられない女との、戦争の間だけという期限付きの性愛。GHQが削除したラストシーンには、「戦争なんて、オモチャじゃないか」という底深い比喩がある。戦争と女の肢体を一体化させて、「もっと戦争をしゃぶってやればよかったな。もっとへとへとになるまで戦争にからみついてやればよかったな」と書くところ、死と隣り合わせのエロスが冷たく凝縮された感がある。

「続戦争と一人の女」は、安吾には珍しい女性一人称スタイル。このスタイルの作品は他に翌年の「花火」「青鬼の褌を洗う女」の二作しかない。「戦争と一人の女」と同じ展開であることに間違いはないが、女の性格はかなり変質している。前作では弱さもあり男にべったりと頼る感じがあったが、こちらでは独立自尊の一匹狼のイメージが強くなっている。荒涼とした虚無の中、男女は互いに無関心で、結局は完全な他人でしかありえないことを自覚している。

「青鬼の褌を洗う女」のサチ子も「続戦争と一人の女」と似て、遊ばずにいられない性質の女である。文体も同じ女性一人称だが、この二作はまるで別次元にあるように世界が違う。安吾作品の登場人物の多くは、人生のすべてに退屈を感じている。見切ってしまっている面もあるし、一切を投げ捨てて悔やまない孤独者であるから何があっても驚かない。その点は両作に共通するが、「続戦争と一人の女」の女は退屈な時間の虚無を憎み、「私は退屈に堪えられない女であった」と述懐する。サチ子のほうは逆に退屈を愛している。万事にスローモーで、何もせず愛する男を見つめている時間が楽しい女。これは安吾作品全体の中でも異質な「退屈」の形である。

この二作の間に、安吾には二つの変化があった。一つは三千代の出現。一九四七年三月、妻となる三千代と出逢い、彼女をモデルにしてサチ子を造型したことを三千代本人に語っている。もう一つはエゴイズム観の変化。一九四六年十二月発表の「エゴイズム小論」で、マノン・レスコーのような天性の娼婦にはエゴイズムがないと述べている。自分を犠牲にして相手の喜びにのみ奉仕する者だから、という理由で、キリストや釈迦《しゃか》と同列に並べた。一九四六年九月の「欲望について」でもマノンに触れていたが、その時点では「堕落論」同様、あらゆる人間にエゴイズムを見る立場だった。この後に、エゴイズムのない人間がごくまれに存在する、と安吾は思うようになったようだ。同年十月の自伝的小説「いずこへ」から、娼婦の自己犠牲についての考察が始まっている。

エゴイズムをもたない天性の娼婦を書いてみたい。そう思っていた矢先、三千代と出逢い、サチ子のキャラクターが肉付けされていった。そんな経緯でできあがったこの小説は全篇ふしぎな幸福感に包まれている。エゴイストが感じる退屈は虚《むな》しいばかりだが、自分を犠牲にすることを厭《いと》わないサチ子の退屈はふかふかと温かい。

ラスト近く、「私はただニッコリ笑いながら、彼を見つめているだけ」という箇所の「彼」が、初版本以降「私」に変わっている。誤植か著者自身の訂正か、どちらとも断定はできない。私が私を見つめる、というほうが観念的で安吾らしいと捉える向きもあるだろう。そうみた場合は「私自身も思えばただ私の影にすぎない」と感じる**「続戦争と一人の女」**の心象と一致する。しかし、この作品では「彼」であってほしい。天性の娼婦は「私」なぞを見つめることはないはずだ。エゴイズムがないのだから。

二〇〇八年八月

〈編集付記〉

本書の底本には、筑摩書房版『坂口安吾全集』第一巻(一九九九年刊)、同第二巻(一九九九年刊)、同第四巻(一九九八年刊)、同第五巻(一九九八年刊)、同第六巻(一九九八年刊)、同第十二巻(一九九九年刊)、同第十六巻(二〇〇〇年刊)を用いた。

原則として、漢字は新字体に、仮名づかいは現代仮名づかいに統一し、適宜読み仮名を付した。ただし、原文が文語文のとき、旧仮名づかいのままとしたところが若干ある。

なお、概数「二三」等については「二、三」に、「いゝ」「斯う〳〵」「人物々々」等については「いい」「斯う斯う」「人物人物」に改めた。

本書中に差別的な表現とされるような語が用いられているところがあるが、作者が故人であることも鑑みて、改めるようなことはしなかった。

(岩波文庫編集部)

桜《さくら》の森《もり》の満開《まんかい》の下《した》・白痴《はくち》　他十二篇

2008年10月16日　第1刷発行
2025年7月15日　第26刷発行

作　者　坂口安吾《さかぐちあんご》

発行者　坂本政謙

発行所　株式会社 岩波書店
〒101-8002 東京都千代田区一ツ橋2-5-5

案内 03-5210-4000　営業部 03-5210-4111
文庫編集部 03-5210-4051
https://www.iwanami.co.jp/

印刷・三秀舎　カバー・精興社　製本・松岳社

ISBN 978-4-00-311822-1　Printed in Japan

読書子に寄す

——岩波文庫発刊に際して——

岩波茂雄

真理は万人によって求められることを自ら欲し、芸術は万人によって愛されることを自ら望む。かつては民を愚昧ならしめるために学芸が最も狭き堂宇に閉鎖されたことがあった。今や知識と美とを特権階級の独占より奪い返すことはつねに進取的なる民衆の切実なる要求である。岩波文庫はこの要求に応じそれに励まされて生まれた。それは生命ある不朽の書を少数者の書斎と研究室とより解放して街頭にくまなく立たしめ民衆に伍せしめるであろう。近時大量生産予約出版の流行を見る。その広告宣伝の狂態はしばらくおくも、後代にのこすと誇称する全集がその編集に万全の用意をなしたるか。千古の典籍の翻訳企図に敬虔の態度を欠かざりしか。さらに分売を許さず読者を繫縛して数十冊を強うるがごとき、はたしてその揚言する学芸解放のゆえんなりや。吾人は天下の名士の声に和してこれを推挙するに躊躇するものである。このときにあたって、岩波書店は自己の責務のいよいよ重大なるを思い、従来の方針の徹底を期するため、すでに十数年以前より志して来た計画を慎重審議この際断然実行することにした。吾人は範をかのレクラム文庫にとり、古今東西にわたって文芸・哲学・社会科学・自然科学等種類のいかんを問わず、いやしくも万人の必読すべき真に古典的価値ある書をきわめて簡易なる形式において逐次刊行し、あらゆる人間に須要なる生活向上の資料、生活批判の原理を提供せんと欲する。この文庫は予約出版の方法を排したるがゆえに、読者は自己の欲する時に自己の欲する書物を各個に自由に選択することができる。携帯に便にして価格の低きを最主とするがゆえに、外観を顧みざるも内容に至っては厳選最も力を尽くし、従来の岩波出版物の特色をますます発揮せしめようとする。この計画たるや世間の一時の投機的なるものと異なり、永遠の事業として吾人は微力を傾倒し、あらゆる犠牲を忍んで今後永久に継続発展せしめ、もって文庫の使命を遺憾なく果たさしめることを期する。芸術を愛し知識を求むる士の自ら進んでこの挙に参加し、希望と忠言とを寄せられることは吾人の熱望するところである。その性質上経済的には最も困難多きこの事業にあえて当たらんとする吾人の志を諒として、その達成のため世の読書子とのうるわしき共同を期待する。

昭和二年七月